MUSA · WÜSTENWÖLFE

Reclam Bibliothek

BELLETRISTIK

Sabri Musa

WÜSTENWÖLFE

Roman

1991

Reclam-Verlag Leipzig

Aus dem Arabischen
Übersetzung, Nachwort und Anmerkungen von
Regina Karachouli

ISBN 3-379-00661-0

Übersetzung nach: Ṣabrī Mūsā, Fasād al-amkina, Beirut 1982
Die Übersetzung wurde unterstützt durch die Gesellschaft zur Förderung der Literatur aus Afrika, Asien und Lateinamerika e. V. in Zusammenarbeit mit dem Institut für Auslandsbeziehungen.

Reclam-Bibliothek Band 1385
1. Auflage
Reihengestaltung: Lothar Reher
Printed in Germany
Dresdner Druck- und Verlagshaus GmbH
Gesetzt aus Garamond-Antiqua

Hört mir gut zu, meine Lieben, und bedenkt, was ich sage. Heute bin ich euer Gastgeber auf einem königlichen Bankett. Speisen vom Berg werde ich euch vorsetzen, wie kein Städter sie kennt. Dazu will ich meine schwache Zunge bewegen und euch die Geschichte vom armen Nicola erzählen, jenem Greis, den seine Mutter nach einem alten Heiligen genannt hat, vor langer Zeit, als sie ihn in einer Ortschaft zur Welt brachte, an die er sich jetzt nicht mehr erinnern kann. Sein Unglück war, daß er zuviel staunte. Denn was auch immer vor seinen Augen geschah, es war ihm ganz neu, und er begegnete ihm mit solch kindlicher Liebe, daß er niemals aus Erfahrungen lernen konnte.

Der Darhib
Fast eine Schlußszene

Nur ein Vogel könnte die Szenerie überblicken. Sehr hoch müßte er fliegen und bei seinem stolzen Kreisen achtgeben, daß er mit dem gefiederten Kopf nicht an einen Felsgipfel oder Vorsprung stieße. Aus seiner Sicht würde der Darhib wie eine Mondsichel von gewaltigem Ausmaß erscheinen. Irgendwann einmal mußte sie von ihrem Platz am Himmel herabgestürzt sein, nun liegt sie geborsten und versteinert auf der Erde. Mit mächtigen Sichelarmen umfängt sie fast das ganze vegetationslose Wadi. Statt Bäumen gibt es da nur Felsvorsprünge und Höhlungen, die von Winden und Erosionskräften über Jahrtausende geschaffen wurden.

Wenn dieser hoch oben kreisende Vogel sehr aufmerksam und scharf hinsähe, würde er vielleicht auch Nicola entdecken, Nicola den Greis, der den Namen eines Heiligen trägt. Er steht dort nackt unter der höllischen Augustsonne, inmitten einer schroffen Kulisse aus Basalt, Granit und anderen kalkigen Gesteinen, die sich bald zu Abgründen, bald zu Hügeln formieren. Er harrt auf den trügerischen, glitschigen Gipfeln aus, schwankt unsicher auf spitzen Kieselsteinen aus Asbest, scharfkantigen Marmorsplittern und zerbrochenen Muscheln, die seit Jahrmilliarden hier liegen. Der heimatlose Nicola ist nackt und einsam an das Kreuz dieser sengenden Leere geschlagen. Hin und wieder streift ihn der rauhe Wüstenwind, aber er kann auch nicht eine Handvoll davon zurückbehalten.

Das macht Nicola nun Tag für Tag.

Der Vogel, angenommen ein orientalischer Falke mit braunen Federn, gelben Krallen und gelbem Schnabel, könnte ihn jeden Tag zur selben Zeit an seinem imaginären, doch unentrinnbaren Kreuz vorfinden. Nur müßte er erst einmal bis hierher fliegen und über dem Darhib kreisen, ein weiter Flug von Bir Schalatein und dem Dschebel Abrak über die federweiß leuchtenden Gipfel der Berge von Zurkat an-Niam hinweg, hinunter zum

Leichenschmaus im Wadi Gemal, wo die Kamelstuten manchmal unter der Gewalt einer allzu heftigen Paarung verendeten.
Aber nicht einmal Falken können aufsteigen, solange die Sonne im Zenit steht. So bleibt Nicola immer allein, wenn er das Strafritual an sich vollzieht. Nur der Himmel sieht ihm zu, betroffen und erschrocken über die furchtbaren Dinge, die Nicola getan hat und die er sich immer wieder ins Gedächtnis ruft.
Die Sonne ist auf ihrer gemächlichen Reise eben ein wenig vom senkrechten Stand nach Westen hin abgebogen. Die leere, vom Duft der Berge erfüllte Wüste breitet sich stolz unter ihr aus. Die roten Felsen strahlen Gluthitze aus, auch auf den schwarzen könnte man Brot bakken. Da muß der arme Nicola einsehen, daß er die Strafe so nicht länger aushalten kann. Nackt stolpert er von den glitschigen Gipfeln hinunter zu seiner Zufluchtsstätte im Bauch des Darhib. Dort will er das Ritual auf andere Art fortsetzen.
Im Innern des Darhib ist überhaupt alles ganz anders. Hier ist auf Schritt und Tritt zu spüren, daß Menschen am Werk gewesen sind. Auf dem Innenbogen des Darhib, da wo sein Gipfel zum Fuß hin abfällt, ungefähr in der Mitte, ist der Boden glatt und eben. Erst kommt ein Halbkreis, dort stehen die Holzhütten und der Abort. Dann erscheint die glatte Kreisebene wie eingedrückt und bildet einen freien Platz vor den drei Hütten. Holzreste und kaputtes Werkzeug liegen verstreut herum. Auch schwarze Öllachen. Leere Fässer. Vom Vorplatz geht ein schmaler Pfad ab, steigt zunächst bergan und senkt sich dann allmählich in die Felsen hinein, tiefer und tiefer, bis er zu einem ausgehauenen Tunnel wird, der zum Himmel hin offensteht. Nun tritt man an den Schlund des Darhib, die Pforte, die zu seinen Schätzen und Edelsteinen führt.
Doch die Schätze und Edelsteine liegen verlassen, seit die Leute ihre Habseligkeiten gepackt haben und vom Darhib fortgezogen sind. Niemand klettert jetzt mehr ins Innere hinab als der einsame Nicola. Hier unten gibt es lange Wege und Gänge, Kammern zu beiden Seiten,

Plätze. Tausend Meter tief unter dem verwunschenen Eingang, über Dutzende Kilometer ziehen sich die Tunnel hin. Sie sind mit Eisenschienen verlegt, über die einst Förderwagen mit taubem Gestein und mit Rohstoff gerollt waren. Das alles hatte Nicola mit Sachverstand projektiert und geplant.
Im Laufe der Jahre hat Nicola viele Tausendmal hier unten, im Bauch des Darhib, gestanden.
In den heißen Stollen und den kalten, den weißen, tiefgrün abgedunkelten Höhlen, in frostiger Kühle, wo ihn die Spitzen der wächsernen Talkstrukturen wie gezückte Säbel umgaben, stand der gute Nicola damals und plante für seine Männer die Gangstrecken durch den Leib des mächtigen Darhib. Selbst das Herz des Berges hatte er sie mit ihren groben Händen berühren lassen! Und trotzdem sind sie fortgegangen und haben alles zurückgelassen, was ihnen zu schwer zum Tragen war. In ihrer Vermessenheit bildeten sie sich sogar ein, auch Nicola mitnehmen zu können!
Nicola spuckt den Wüstensand aus, den ihm der Wind in den Mund geweht hat. Er versucht, den trockenen Gaumen mit der trockenen Zunge anzufeuchten. In gebrochenem Akzent brummelt er einen arabischen Fluch, als er sich auf dem verlassenen, wüsten Hof vor den Hütten umsieht. Was war hier für ein Leben und Treiben gewesen! Was hatten sie hier gearbeitet und gegessen, Karten gespielt und grölend oder lamentierend getrunken!
Alle hatten doch ihr Bestes, ihr Letztes, aus sich herausgeholt und hatten es dem Staub und den Felsen des Berges geopfert. Wie konnten sie nur so dumm sein, einfach fortzuziehen und ihr wahres Wesen aufzugeben!
Aber das lag wohl in der Natur der Dinge.
Viele waren es, die kamen, viele, die wieder gingen. Aber immer hätten sie ihr wahres Wesen mitnehmen können!
Nicola war jedesmal mit dem Darhib allein zurückgeblieben. Sie sind geflohen. Alle sind sie abgehauen, desertiert!
Wütend stößt es Nicola hervor. Dann wird seine Stimme

wieder ruhiger, der Ton milder, als ob er sie wegen ihrer Flucht und ihrer Feigheit bemitleidete, als ob er sicher wüßte, daß er sowieso mehr Leid ertragen könne als sie. Letzten Endes waren sie ja frei und ledig. Es gab keine Schuld, die sie an diesem Ort festhielt, kein Verbrechen, das sie band. Schließlich hatte keiner von denen die eigene Tochter in einer Abraumhalle, auf einem Kissen aus Stein, beschlafen, hatte ein Kind mit ihr gezeugt und es ihr später gestohlen, während sie schlief, um es den Wölfen und Hyänen zum Fraß vorzuwerfen!

Keiner von denen hatte seine Tochter in dunkle Stollen geführt, durch heiße und kalte Korridore getrieben, sie vor sich hergestoßen wie zu einer Hinrichtung, dorthin, wo die belebten Gänge aufhörten und jene stillgelegten Stollen kamen, die seit Hunderten von Jahren keines Menschen Fuß mehr betreten hatte. Keiner, der sie für immer dortgelassen hätte, nachdem sie durch einen tükkischen Einsturz in einer Höhle eingeschlossen wurde.

Ilia hatte aufgeschrien, als sie sah, daß der Felsbrocken den Eingang verschloß und sie in der Höhle gefangen setzte. Mit ihren gepflegten, lackierten Fingernägeln begann sie an dem Felsgestein in ihrem finsteren Kerker herumzukratzen, während ihr Schrei draußen weiter durch die Stollen lief und darin widerhallte. Sogar dann noch, als ihr der aufgewirbelte Staub die Kehle zuschnürte, als sie von den Steinen abließ und sich mit den schönen Fingern in den Mund fuhr, bis ihre Bewegungen schließlich erstarben, sogar da hallte dieser Schrei wider und wider, und Nicola vernahm ihn, während er entsetzt durch die Stollen davonstürzte. Der Schrei schien ihn zu verfolgen, ihn packen und zu Ilia zurückbringen zu wollen. Qual, Verzweiflung und Fassungslosigkeit schwangen in diesem Schmerzensschrei mit. Er schien ihn anzuklagen, ihn aufzufordern, daß er bei ihr bliebe, schien ihn in eine Zauberwelt zu locken, die sie zu zweit in diesen tauben Felsmassen erschaffen müßten, um gemeinsam darin zu leben, Seite an Seite, wie das von jeher war: Mann und Tochter. Mann und Mutter. Mann und geliebte, liebste Frau.

Wie hätten denn all diese Deserteure zu solchen Blutsbanden kommen sollen, die ihnen jede Flucht verboten!
Traurig senkt Nicola den Kopf. Mit der großen, staubigen Handfläche wischt er sich den Schweiß ab, der über seinen nackten, staubbedeckten Körper strömt. Nun klebt ihm der Staub in allen Poren.
Die Sonne übergießt den Platz vor den Holzhütten mit Feuerschein. Staub und Sand sehen darin wie glühende Asche aus, in der die Felsen am Vorplatz verbrennen.
Langsam schleppt sich Nicola zu seiner Behausung.
Begleiten wir ihn, so sehen wir, daß die Hütte nur aus einem einzigen Raum besteht. An der einen Seite ist eins von diesen eisernen Betten aufgestellt, wie man sie gewöhnlich in Spitälern oder bei Bergleuten und Armeeoffizieren findet. Eine Menge unterschiedlicher Gesteinsproben und Werkzeug liegt in dem Zimmer herum, an den Holzwänden hängen Wüstenkarten. Alles deutet auf das harte, abgeschiedene Leben eines Bergbauingenieurs hin.
Nicola hat an diesem Tag noch keinen Bissen zu sich genommen. Es fällt ihm wieder ein, als er die Konservendosen mit Fisch auf dem Eisentisch liegen sieht. Angewidert preßt er die Lippen zusammen und runzelt die Stirn. Er greift nach der Weinflasche, muß aber feststellen, daß sie leer ist. Gestern hat er sie schon einmal hergenommen und bemerkt, daß sie leer war. Etwas später würde er sie wieder nehmen, und sie wäre immer noch leer. Wie sollte denn auch Wein hineingekommen sein?
Der alte Nicola ist barfuß. Sein Körper, dem Ursprung nach europäisch, hat eine tiefe, natürliche Bräune angenommen, er ist weder dürr noch dick. Das dichte Haar ist weiß wie Baumwolle. Jetzt streckt er die Hand nach der Flasche mit dem roten Spiritus aus und kippt einen Schluck hinter – wie Feuer brennt das. Er preßt beide Arme gegen Brust und Bauch, um sich unter diesem Schmerz, den er nur zu gut kennt, nicht krümmen zu müssen. Gleich würde der Schmerz vergehen, eine selige Betäubung würde seinen angegriffenen Verstand vollends einschläfern.

Nicola tritt an ein Schachbrett, das auf einem kleinen Holztisch steht. Er hebt den Tisch hoch und trägt ihn hinaus auf den Vorplatz. Auf dem Brett befinden sich ein paar Schachfiguren in den alten Farben Rot und Schwarz. Sie stehen unverändert in den Positionen einer Partie, die Nicola vor zwei Tagen eröffnet hat. Er betrachtet sie, nackt darübergebeugt.

Der rote König wird vom schwarzen Wesir, der im Schutz seines Reiters steht, offen angegriffen. Der schwarze König ist indirekt, allerdings tödlich, von beiden roten Türmen bedroht. Schwarz ist im Vorteil, Rot im Nachteil. Nicola faßt nach dem roten König und rettet ihn in die Deckung durch sein Pferd. Nun geht er um das Brett herum und nimmt den Angriff auf den roten König mit Hilfe des schwarzen Turms, gedeckt vom Wesir, wieder auf. Er hält inne und denkt nach. Dann zieht er den roten König hinter seinen zweiten Elefanten zurück. So greift Nicola an, geht um das Brett herum, um den Angriff auf der anderen Seite zu führen, und weicht ihm danach erneut aus. Das macht er nicht zu seinem Vergnügen oder um die Zeit herumzubringen. Nicola ist Spieler und zugleich Gegenspieler, ist Rot und Schwarz in einem.

Zwischen zwei Schachzügen geht Nicola in sein Holzhaus und trinkt noch einen Schluck Spiritus. Sich windend, kommt er wieder auf den Vorplatz heraus, um Angriff und Abwehr fortzusetzen, wie er es während seines Strafrituals für sich beschlossen hat. Allerdings ist das Ergebnis ohnehin bekannt: es steht fest, am Ende würde die Partie nur einen Verlierer haben. Nicolas Größe besteht eben darin, daß er um dieses Ergebnis von vornherein weiß und das Spiel trotzdem weiterspielt.

Wie seltsam ist doch so ein Schachspiel! Die Figuren bewegen sich als die geschnitzten Abbilder sprechender und stummer Wesen in festen Abstufungen und Rangordnungen darüber hin. Der Schah ist der König. Pferd und Elefant sind seine Reittiere. Der Reiter ist sein Wesir, und der Roch, beziehungsweise Turm, bietet ihm Schutz und Zuflucht. Die Bauern aber sind seine Untertanen. Alle kommen sie aus ein und demselben Beutel, der Schah, der Reiter, der Bauer. Ein jeder von ihnen hat sein besonderes Schicksal gemäß seiner Bestimmung und Fähigkeit. Und Nicolas Bestimmung war es, zu scheitern. So ergibt er sich am imaginären Kreuz seiner Strafe, als wäre er jener alte Grieche, der seinen Felsbrocken zum unerreichbaren Gipfel hinaufschiebt. Jedesmal, wenn er fast schon oben angelangt ist, entgleitet ihm der Stein, und er steigt hinunter, um ihn wieder heraufzuholen. Das geht so weiter, bis die Sonne im Westen untergangen ist, bis schwärzliches Dunkel über das Gelb, das Rot und Grün der Wüste hinwegkriecht und alles zudeckt. Die sengende Hitze geht in einen heißen Wind über und schlägt dann in beißende Kälte um. In der endlosen Weite verwandeln sich die Berge in Fabelwesen. Nicola kann kaum noch etwas erkennen. Er holt eine Decke und hüllt sich darin ein. Den Rücken an die Felsen des Darhib gelehnt, die allmählich eiskalt werden, kauert er sich nieder. Am östlichen Himmel geht der Mars mit seinem schwachen Karfunkelrot auf und blickt auf die Arabische Halbinsel nieder. Fern im Westen beginnt der Jupiter über der Libyschen Wüste zu flimmern. Da entschwebt Nicolas Geist in dieses weite Himmelreich.

2. Kapitel

Wenn sie von ihrer Heimat redeten, wurde Nicola traurig, denn er hatte keine Heimat. Niedergeschlagen zog er sich zurück und beteiligte sich nicht mehr am Gespräch. Zu welchem Vaterland sollte er auch gehören?
Seine Familie war aus einer russischen Kleinstadt ausgewandert, als er noch ein Kind von zehn Jahren war. Der Vater ließ sich später als Zahnarzt in Istanbul nieder. Das war das letzte, was er von ihm hörte, während er, immer zusammen mit seinen beiden Brüdern, in der Welt herumvagabundierte. Irgendwo ließ er dann auch sie zurück.
Nicola fischte sich sein Wissen aus dem weiten Meer des Nomadenlebens, aber er zahlte einen hohen Preis dafür. In den folgenden zwanzig Jahren holten ihn die Briefe seiner Brüder nicht mehr ein. Sie konnten ihm bei diesen rastlosen Aufbrüchen nicht folgen.
Eine Zeitlang hielt er sich in irgendeiner italienischen Stadt auf. In dem einem Stadtteil lernte er eine Frau kennen und in einem anderen einen Bergbauingenieur.
Die Frau war eine ausgewanderte Kaukasierin, Anfang Dreißig, und hinreißend schön. Auf den ersten Blick raubte sie einem die Sinne und versetzte sie in rauschhaften, erwartungsvollen Aufruhr. Er war damals geradezu verrückt nach Frauen, eine Leidenschaft, die ihn völlig beherrschte. Allerdings war sie zugleich von einer Zartheit, die sie fast schon wieder keusch erscheinen ließ. Damit stand er in deutlichem Widerspruch zu allem, was ihn an diesem jodgeschwängerten Erdenwinkel umgab, den die Geographen als das Mittelmeerbecken bezeichnen, denn es war ein Ort, an dem die Frau vor allem als Leckerbissen für lüsterne Fische angesehen wurde. Vielleicht ist das inzwischen ihr historisches Schicksal geworden. Heutzutage gelten Frauen ja allerorten als Futter für gierige Bestien.
„Ich werde dich verdoppeln, Nicola“, sagte die Kaukasierin. „Ich nagele dich fest. Dir wird es schon vergehen, immer so von Ort zu Ort zu ziehen.“

Möglicherweise war es seine scheinbare Zurückhaltung, die sie anzog, die ihre Verführungskünste provozierte und anstachelte, ihn zu erobern. Er wiederum hatte sich mit jeder neuen Frau eine ganz besondere Liebe erträumt, eine Harmonie, die so vollkommen wäre, daß sie gemeinsam in einen weiten Himmel auffliegen könnten, der sich über allen Orten zugleich wölbte. Immer und ewig würden sie darüber hin schweben, sich niemals dem warmen Mief, der Ruhe und Bequemlichkeit eines einzelnen Ortes ausliefern.
Aber zwei Flügel fliegen allemal freier und leichter als vier. Bevor seine Liebe richtig erblüht war, schlug sie stets in tiefe, wehmütige Freundschaft um. Keine Frau konnte das verstehen. Bei dem einen wurde Freundschaft, beim anderen Liebe daraus. Doch er war dadurch fast völlig frei und unabhängig von allen Orten.
Vielleicht ist es gerade sein Anderssein gewesen, das die erste Ilia, seine Frau und ausgewanderte Kaukasierin, an ihm fesselte. Er hatte sie an der italienischen Küste kennengelernt, wo sie den Liebhabern Fallen mit ihrer Schönheit stellte, die so hinreißend war, daß sie die Sinne auf den ersten Blick in kitzelnden Aufruhr versetzte.
Sie führte mit ihrem Vater ein Lokal am Meer. Der Vater, ein grober, rücksichtsloser Kerl, schlug sie vor den Augen der Gäste. Als Nicola kam und nach Arbeit fragte, war sie es, die ihn einstellte. Er war noch keine sechs, sieben Stunden im Restaurant beschäftigt, hatte sein neues Bett hinten im Abstellraum für die Gerätschaften noch gar nicht ausprobiert, da brach Ilia schon in seine stille Kammer ein und gab sich ihm zum ersten Mal hin. Aber auf diese Weise konnte sie ihn nicht erobern. Mit dem Körper war er bei ihr, während seine Seele weit fortflog und nach allerlei neuen Orten Ausschau hielt, wo sie noch nicht gewesen war. Unterdessen schwatzte sie über das Lokal und ihr Traumprojekt, ein Kasino. Hoch oben auf dem Felsen sollte es stehen, mit Blick auf den Strand. Bei gedämpftem Licht würden die Verliebten unter künstlichen Bäumen ruhen und sich ihre heiße, immerwährende Liebe gestehen.

Alles, was sie erstrebte und erhoffte, war Geborgenheit. Und er, ein junger Mann, noch ohne feste Prinzipien und reife Grundsätze, fügte sich und heiratete sie. Dann brachte sie die kleine Ilia zur Welt.
„Ich verdoppele dich, Nicola", hatte sie versprochen. „Du bekommst von mir einen Stammhalter, der wird dich wohl am Boden festhalten und dir die Flügel stutzen."
Aber sie schenkte einem Mädchen das Leben. Um sie für den Verlust seiner Liebe, die sich bereits in Freundschaft verwandelt hatte, zu entschädigen, fand er nichts anderes, als sie nun selber zu verdoppeln. So nannte er das Mädchen Ilia.
In seinem Leben gab es jetzt zwei Frauen, und beide hießen Ilia. Er war ihnen in fester Freundschaft verbunden, zur Liebe reichten seine Gefühle nicht mehr. Die eine war seine Ehefrau, die andere seine Tochter.
Die große Ilia begann Pläne zu schmieden, wie sie sich des Vaters, der ihren Projekten im Wege stand, am besten entledigen könnte. Nicola sollte ihr dabei helfen. Ein Schlag auf seinen Hinterkopf würde doch niemandem schaden, setzte sie ihm auseinander. Der alte Mann dürfte endlich von aller Mühe und Plage, die er unter der Sonne hatte erdulden müssen, ausruhen. Bestimmt würde er ins ewige Himmelreich kommen. Ihre Gebete und ein Loblied auf seine Güte und Großzügigkeit würden ihn dorthin begleiten. Immerhin hinterließe er ihnen ein hübsches Kapital, mit dem sie die Zukunft der kleinen Ilia sichern könnten.
Nicola traf sich aber gerade zu dieser Zeit häufiger mit seinem Freund, einem abenteuerlustigen Bergbauingenieur, der ihm etwas vorschwärmte von einem großartigen Land mit langer Geschichte. Es werde der Länge nach, bis zur Meeresküste hin, vom Nil geteilt, und der wiederum käme aus gewaltigen Wüstengebieten, und dort gäbe es Berge, die alle möglichen Schätze an Metallen und Mineralien in sich bargen. Dieses Land werde auch nicht von seinen Bewohnern regiert. Jeder, der nur wolle, könne ohne weiteres da hingehen, schürfen und fündig werden. Man brauchte sich bloß eine Schürflizenz zu beschaffen, und damit sei man Eigentümer ei-

nes dieser mächtigen Berge, die bisher niemandem gehörten.
Nicola wurde übermütig. Er begann selber zu träumen und sah sich schon als Besitzer eines Berges, der auf der ganzen weiten Welt nicht seinesgleichen hätte.
Der Hinterkopf des Alten, des Vaters seiner Frau, war nur einen kleinen Schritt von dem Schlag entfernt, der ihn ins Himmelreich befördert hätte. Da drückte sich Nicola. Er flüchtete zu seinem abenteuerdurstigen Freund und schiffte sich mit ihm zusammen in südliche Richtung ein. Seine beiden Freundinnen, von denen jede Ilia hieß, ließ er zurück.
Das alles war nun schon fünfzig Jahre her, oder waren es vierzig?
Erst jetzt, nach dieser langen Zeit, während er von seinem einsamen Hochsitz auf dem Darhib hinunterschaut, begreift er: Ohne es beabsichtigt oder gewollt zu haben, hatte er der kleinen Ilia, seiner geliebten Freundin und Tochter, eine ganz andere Zukunft vorgezeichnet, als ihre Mutter, die große Ilia, sie erträumte.
Eigentlich bereitete er schon damals ihr elendes Ende vor, – lebendig und tot zugleich in einer verlassenen Höhle, tief unten in den Eingeweiden des Berges verschüttet zu sein. Dieser Berg in der Wüste ist es ja gewesen, zu dem er sich mit seinem Freund, dem Ingenieur Mario, aufgemacht hatte, von dem er träumte, daß er ihn einmal besitzen würde.
Und jetzt ...
Jetzt besitzt der arme Nicola tatsächlich seinen Berg. Doch was für einen schrecklichen Preis hat er dafür gezahlt!
Früher, da hüteten die Berge ihre Geheimnisse, und die Wüste gab sich rätselhaft und dunkel. Ihre Bewohner gehörten zu den Stämmen der Bega, dem ältesten Volk Afrikas, das einst aus Asien eingewandert war. Nicola war demnach von alters her mit ihnen verwandt und verschwägert. Die Erzähler hielten es für wahrscheinlich, daß die meisten von ihnen sogar Nachkommen jener Kusch Ben Ham waren, die nach der Sintflut ziellos umhergeirrt waren.

Sie waren Heiden, bis der Islam zu ihnen vordrang. Sie nahmen ihn an, blieben aber bei ihrer beduinischen Lebensweise und ihrer Sprache, schon der sprichwörtlichen Sturheit wegen, für die sie berühmt waren. Das Leben in der Wüste war hart, fast das ganze Jahr über standen die Wadis dürr und unfruchtbar, die Brunnen vertrocknet. Trotzdem hielten sie diesen Gebirgsfelsen standhaft die Treue. Sie vermehrten sich und gliederten sich in Sippen und Stämme, wie die Bischarin, die Ababde, die Bugus und die Banu Amir. Sie verteilten sich über die Brunnen und Quellen, die unverändert geblieben waren seit der Pharaonenzeit. Als Waffen trugen sie lange Säbel, Schilde und Lanzen, auch Dolche. Ihre Säbel glichen den Schwertern, die vormals gefangengenommene Kreuzzügler bei sich hatten. Wenn sie sich auf den Erdboden zum Schlafen niederlegten, betteten sie den Kopf auf eine hölzerne Stütze, die der goldenen Kopfstütze des Tutenchamon nachgebildet zu sein schien. Sie durchstreiften die Berge, immer ihren Kamelen, Schafen und Ziegen folgend, und stellten ihre Zelte in den Weidegebieten der ganzen Küstenebene auf, von Bir Schalatein in Ägypten bis an die Grenzen des Königreichs Sudan. Da hockten sie nun vor ihren Zelten, buken ihr Brot auf den Steinen und schlürften den heißen, schwarzen Kaffee, während ihre Kamele die kostbaren, spärlichen Pflanzen der Wüste abweideten.
Zu den Markttagen entsandten sie Karawanen nach Süden, in den Sudan, oder in westliche Richtung nach Kena, um dort Kamele und Hammel zu verkaufen und Hülsenfrüchte und Tabak dafür einzukaufen. Zelt reihte sich an Zelt. Die Männer saßen im Halbkreis und berieten, welche Tiere verkauft werden sollten, was an Lebensmitteln und Schmuck einzuhandeln wäre. Dann machte sich die Abordnung fertig. Sie nahmen die Kamele am Halfter und führten die Karawane über die viel benutzten Routen, die ihre Vorfahren auf den sich immer wiederholenden Zügen durch die Berge angelegt hatten. Kena am Nil erreichten sie in fünf Tagen und die Ulbaberge, von denen schon die Höhenzüge in Sudan zu sehen waren, in neun oder zehn Tagen.

Wenn der Zeitpunkt näherrückte, an dem sie wieder zurückerwartet wurden, begaben sich die Bischarin, Ababde und alle anderen Beduinen, die in der Wüste geblieben waren, hinaus an die Markierung der Wüstenstraße. Hier warteten sie auf die Karawane und verbrachten ihre Zeit mit der Beobachtung des Horizonts. Vielleicht könnten sie die Karawane schon entdecken, wenn sie in der Ferne auftauchte. Die lange Enthaltsamkeit hatte sie ganz zermürbt, sehnsüchtig und voller Neugier harrten sie der Dinge, die aus einer anderen Welt zu ihnen gelangen würden. Traf die Karawane dann endlich ein, hüpften ihnen die tapferen, geduldigen Herzen vor lauter Glück, und allgemeiner Jubel brach aus. Die Wüste verwandelte sich geradezu in eine kultivierte Gegend, wenn so eine Karawane mit Zigaretten, Duftwässern, Hülsenfrüchten und Süßigkeiten ankam!

An irgendeinem dieser längst vergangenen Tage saßen wieder Beduinen im Kreis an der Markierung, hingehockt mit untergeschlagenen Beinen, auf beiden Knien wie zum Gebet, oder auf einem angewinkelten Bein. Aufmerksam suchten sie den Horizont ab. Sie erwarteten eine Karawane zurück, die mit mehreren Khawagas, Beys und Ingenieuren in die Wüste gezogen war. Ein Trupp Kamelreiter der Grenzwache, bewaffnet mit Gewehren und Peitschen, hatte die Karawane eskortiert. Man hatte sie damals umzingelt und einige von ihren Leuten als wegekundige Führer mitgenommen. Dann begannen die Fremden, in den Bergen herumzumessen und zu graben. Sie erkundigten sich, wie die Berge hießen, und trugen alles in ihre Papiere ein. Das dauerte ein ganzes Jahr.

Schließlich waren sie aus der Wüste abgezogen und blieben wiederum für ein Jahr verschwunden. Danach tauchte eine zweite, mit Werkzeugen beladene Karawane auf, und nun durchwühlten sie die Berge, als ob sie einen Schatz suchten.

Ein wichtiger und sehr geheimnisvoller Schatz mußte das sein, denn die Beduinen wußten nichts davon, obwohl sie doch die ganze Zeit über daneben gelebt hatten. So fragten sie sich neugierig, was es wohl damit auf

sich haben könnte. Ihre Neugier hatte aber weiter keine Folgen. Weil sie von Natur aus alle Fremden mieden, gingen sie auch diesen lieber aus dem Weg. Als die Fremdlinge versuchten, sie zur Mitarbeit beim Graben zu bewegen, lehnten sie ab, nicht zuletzt aus Stolz auf ihre Individualität. Einige von ihnen wurden allerdings von der Neugier überwältigt. Sie ließen sich als Wegführer anstellen und brachten die Fremden mit ihren Zelten und Ausrüstungen über die weiten, jederzeit gefahrvollen Wüstenstraßen zu den Bergen, die sie ihnen mit Namen nannten. Die meisten dieser Fremden waren Khawagas. Sie stammten weder von ihren Vorfahren auf den Höhen im Süden noch von ihren Nachkommen im äußersten Norden ab. Sie waren Fremde mit roten Gesichtern, eben Khawagas, die über das große Salzmeer herübergekommen waren.
Durch diese Handvoll neugieriger Beduinen, die mit den Khawagas in Berührung kamen, wurde aber das Geheimnis gelüftet und allgemein bekannt. Jetzt erfuhren alle, was das für Rohstoffe in den Felsen waren, nach denen die Fremden suchten.
Zu den Führern, die ihr reiches Wissen über die heimatlichen Berge an die Fremden verkauften, gehörte Isa. Er war es auch, der Nicolas Kamel leitete. Dabei war er schweigsam, als ob er tief drinnen an einer schweren Last zu tragen hätte, die über seine Kräfte ging. Der neue Khawaga schaukelte unterdessen glücklich wie ein kleines Kind auf seinem Kamel hin und her, als er die Wüste zum ersten Mal erblickte.
Zweimal rastete Isa an diesem längst vergangenen Morgen, nachdem sie von Scheich Alis Haus in Marsa Alam aufgebrochen und in die Wüste, Richtung Sukariberg, losgezogen waren. Unter irgendeinem Vorwand hielt er an, um einen verstohlenen Blick auf den Fremden zu werfen, und er beobachtete, mit welcher kindlichen Reinheit und Begeisterung Nicola das Panorama der jungfräulichen Wüste bestaunte.
Vielleicht geschah es bei einer dieser beiden Pausen, die Isa einlegte, um Nicola heimlich auszuforschen, daß er ihn lieb gewann.

Diese Sache hatte ihn schon interessiert, als er gerade vierzehn Jahre alt geworden war und von der Sippe zur Bestätigung seiner Mannesreife einen Dolch verliehen bekam. Seit dieser Zeit prüfte Isa die Fremden und verfolgte mit Leidenschaft, was immer sie taten.

In jenen alten Zeiten erdröhnten die Berge im Widerhall der Hammerschläge und Detonationen. Die Höhlen füllten sich mit Arbeitern, die mit Unterstützung der Behörden aus dem Nilwadi beschafft worden waren. Sie mußten das Felsgestein in den Grotten unter der Aufsicht dieser Khawagas brechen, die in den Bergen eine so ganz andere Form von Zusammenleben einführten, daß Isa verwirrt und erstaunt war.

Die Khawagas und Ingenieure saßen in ihren komfortablen Zelten und entwarfen die Zugänge zu Höhlen und Stollen auf Papier. Köche setzten ihnen Speisen vom Grill und konserviertes Obst vor. Die Arbeiter in den Grotten und Höhlen bekamen dagegen nur soviel zu essen, daß sie unter ihren schweren Lasten durchhalten konnten. Was sie aber in diese Grotten und Höhlen getrieben hatte, war ein relativ guter Lohn, zehn Piaster pro Mann und Tag. Sie alle waren Tagelöhner vom Land, wo eine Arbeitskraft für ein oder zwei Piaster verkauft wurde.

Isa hatte sie schon einmal gesehen, als er mit Scheich Ali, seinem Onkel väterlicherseits, eine Mine aufsuchte. Der Besitzer, ein Khawaga, hatte den Onkel wegen eines Auftrags zu sich bestellt.

Sie waren damals nachts an dem Bergwerk eingetroffen. Der Khawaga schlief bereits, also gingen sie zu den Unterkünften der Arbeiter, um den Morgen abzuwarten. Eine Karbonlampe beleuchtete den Platz, und Isa sah die Behausungen der Arbeiter im Halbkreis vor sich stehen. Es waren Baracken aus kaputten Fässern, dürren Ästen, altem Holz und ein paar Steinen. Zusammengeflickte, wacklige Buden. Er konnte sich kaum vorstellen, daß Menschen darin leben sollten. Er selbst war in einem Zelt aus Palmwedeln zur Welt gekommen, dessen Bahnen zum Himmel und zu den Wadis hin offenstanden und klares, helles Licht hereinfluten ließen.

Wie sollte er sich aber erst wundern, als er mit ansah, was für eine schwere Arbeit die Bewohner dieser Baracken in den Stollen seiner heimatlichen, angestammten Berge verrichten mußten!
Diese mächtigen, riesigen Felsen standen seit Menschengedenken an ihrem Platz in der Wüste. Zeit und Wetter hatten sie umgebildet und verändert. Dutzende Mineralsorten waren in ihrem Leib entstanden und gewachsen. Isa hatte sie mit eigenen Augen gesehen, mit eigenen Händen berührt und dabei festgestellt, daß jedes Mineral seine ganz bestimmte Farbe und Struktur besaß.
Sobald die Sonden Rohstoff anzeigten, begannen sich die Arbeiter aus dem Wadi in den Berg zu graben, um bis an die betreffende Stelle vorzudringen. Wenn sie anfingen, wußten sie nicht, wann Schluß sein würde. Der Leib des Berges war ihnen preisgegeben, und die Rohstoffadern lockten und zogen sie immer weiter fort. Wie diensteifrige Fördermaschinen gruben sie die Fußstrekken aus und verlegten dann die Eisenschienen für die Förderwagen, damit der Rohstoff aus den Höhlen abtransportiert werden konnte. Draußen wurde er auf Kamele verladen und aus der Wüste weggebracht.
Isa lernte jede dieser heldenhaften Arbeiten, die die Männer vom Nilwadi in den Höhlen und Grotten vollbrachten, kennen und unterscheiden. Wenn so einer vierhundert oder fünfhundert Meter tief im Bauch des Berges den Hammer hob, wußte er Bescheid. Es war möglich, ja sehr wahrscheinlich, daß sich die Felsen über ihm lockerten und einstürzten und ihm damit den Weg zurück ins Leben abschnitten.
Vielleicht hatte all das zusammen, ohne daß es ihm selbst bewußt wurde, eine Sorgensaat in Isa gelegt. Jedesmal, wenn er an einem Bergwerk vorbeikam, wenn er einen Khawaga sah oder eine Kamelkarawane, die mit Rohstoffen auf dem Weg zum Meer an ihm vorbeizog, dann keimten diese Samen weiter, bis sie zu Schößlingen einer unterdrückten Wut, eines instinktiven Zorns, aufgingen.
Verwirrt und ärgerlich begann er sich zu fragen, wieso

eigentlich diese Männer hier schufteten, wieso sie die Schätze aus seinen ureigensten Bergen, aus seinem Lebenskreis, seiner Welt, herausholen durften. Mit welchem Recht? Wer war der wahre Eigentümer?

3. Kapitel

Silbern steigt das Frühlicht aus den tiefen Wadis hinter den Bergen auf, dem Sukari, Hamata, Abu Ghusun, Samiuki, Zurkat an-Niam, Abrak, Misrar und wie sie alle heißen. Es gleitet über die Hügel und Höhen hin, sickert in tiefe nächtliche Dunkelheit und löst sie zu Wolken und Nebelschwaden auf, die an den abgeplatteten oder spitzen Gipfeln vorbei, hinauf in den ewigen Himmel über der Wüste schweben, scheinbar ganz nahe und doch unerreichbar.

Mit den ersten Lichtstrahlen trifft die Morgendämmerung auf Nicola und weckt ihn.

Er liegt unter seiner einzigen Decke auf den Felssteinen des Darhib, die während der Nacht eiskalt geworden sind. Jetzt beginnen sie wieder in frischen, feuchten Zügen zu atmen. Nicola murmelt etwas und dreht sich herum.

Er schält sich mit dem nackten Oberkörper aus der Decke, setzt sich aufrecht hin, mit seinem dichten weißen Haar, dem kräftigen weißen Bart, den starken weißen Brauen, reibt sich die Augen und steht schließlich auf, wobei ihm die Decke herunterrutscht und um die Füße fällt. Er reckt und streckt sich, um die starren Glieder wach zu bekommen. Dann balanciert er über das Felsgeröll hinweg und steigt hinunter zum ebenen Platz vor den drei Holzhütten. Er überquert ihn, geht hinüber zu seiner Behausung, sieht sich aber vor, daß er das Schachbrett, das die ganze Nacht auf dem kleinen Holztisch gestanden hat, unterwegs nicht umstößt.

Nicola beugt sich über die Tonne am Haus. Mit einem Krug schöpft er Wasser, gießt etwas davon in die hohlen Handflächen und schüttet es sich über Gesicht und Nakken. Er holt noch einen Krug herauf und trinkt gierig. Dann füllt er den Teekessel, bückt sich zu den Holzstückchen und Spänen, die in einer Vertiefung zwischen zwei Steinen aufgeschichtet sind, bläst die Asche weg und ordnet alles neu. Nun zündet er das Feuer an und hängt den Kessel darüber.

So beginnt Nicola seinen Tag.
Der bittere Tee ist sein ganzes Frühstück. Sobald er damit fertig ist, erklimmt er den Gipfel des Darhib. Noch ist die Goldfarbe nicht in die Niederungen geflossen, die Sonne nicht über dem Silberhorizont aufgetaucht. So steht Nicola schon bereit, wenn sich die Wüste im ersten goldenen Schimmer Stück für Stück zu entschleiern beginnt. Sein Blick schweift über die Senken und Wadis hin, springt hinauf zu den Gipfeln. Seinen nackten, freien Körper umspielt ein morgendlicher Windhauch, der jungfräulich reinen Duft aus den dürren und den blühenden Ebenen zu ihm herüberträgt. Da erschauert Nicola in rauschhafter Sehnsucht und Erfüllung und ist überwältigt vor Glück.
In diesen kurzen Augenblicken zwischen Frühlicht und Morgendämmerung, zwischen Silber und Gold, bevor er mit dem täglichen Ritual seiner Strafe beginnt, ist Nicola tatsächlich vollkommen glücklich. Wieder lebt jenes alte Gefühl in ihm auf, das ihn einst überströmte, als er die Wüste zum ersten Mal betrat.
So ein Sonnenaufgang läßt Nicola immer wieder erzittern, seit fünfzig Jahren schon. Oder vierzig. Eine Art überschießender Begeisterung, sehnsüchtigen Fernwehs nach dem Unerreichbaren wird in ihm aufgerührt. Jetzt wäre er imstande, sein Kamel anzuspornen, auf den geraden Horizont zwischen Silber und Gold loszujagen und die Sonnenscheibe zu greifen, noch ehe sie in den Himmel hüpft.
Die Szenerie, die ihn damals umgab, hatte schon etwas Phantastisches. Er schaukelte hoch oben auf seinem Kamel, und der Ingenieur Mario schaukelte auf seinem Kamel neben ihm her. Hinter ihnen trotteten drei weitere Kamele. Sie beförderten die Arbeiter, Werkzeuge und Verpflegung.
Marios Kompagnon, ein ägyptischer Pascha namens Khalil, hatte ihnen erklärt, daß die Beduinen in dieser Wüste Schaf- und Kamelhirten seien und daß sie es ablehnten, im Bergwerk zu arbeiten. Deshalb habe er ihnen aus Oberägypten Goldgräber, Zimmerleute und Träger für das Gestein besorgt. Diese Arbeiter setzte er auf

eins der Kamele. Auf das zweite wurde der Proviant gepackt: Öl, Reis, Mehl, Butterschmalz, Tee, Zucker und Zigaretten. Das dritte Kamel bekam Holz, Schießpulver, Schürfwerkzeug und Körbe aufgeladen. „Ich finanziere die Arbeit", sagte der Pascha zu Mario, „und du führst sie aus."

Auf diese Weise waren die beiden Teilhaber geworden. Der Pascha blieb noch zum Abendessen in dem Holzhaus, das Scheich Ali, dem Wüstenführer, in Marsa Alam gehörte. Der Scheich grillte für sie einen großen Fisch. Seine beiden Söhne hatten ihn im Roten Meer geangelt, das gleich hinter den hölzernen Wänden plätscherte. Zur Feier des Tages spendierte der Pascha zwei Flaschen Whisky. Kurz nach Mitternacht stand Scheich Ali auf und weckte die Arbeiter und die Kamele. Die Karawane machte sich reisefertig. Auch der Pascha erhob sich, um sie zu verabschieden, und wünschte ihnen viel Erfolg. Vielleicht träumte er insgeheim schon jetzt von den Goldbarren, die ihm die kleine Karawane nach und nach zuschicken würde. Sie mußten diesem Sukariberg, zu dem sie jetzt aufbrachen, das Gold nur erst aus den Klauen reißen.

Alle träumten von dem Gold. Nur Nicola träumte begeistert vom Wissen, das er sich aus dem Meer dieses Nomadenlebens herausfischen würde.

Auf dem ganzen Weg, den sie an jenem längst vergangenen Morgen in den Bergen zurücklegten, kamen sie nur an zwei oder drei Bäumen vorbei. Jeder Baum stand einsam und allein in der Einöde, aber er warf Schatten. Die Beduinen suchten ihn mit ihren Schafen auf und bauten sich in seinem Schutz einen Unterschlupf aus Zeltleinen. Wenn ihre Tiere kein grünes Blättchen mehr finden konnten, rissen sie ihn wieder ab und zogen weiter.

Ab und zu trat aus so einem Schattenfleck ein menschliches Wesen zu ihnen heraus. Die Hand über den Augen, kam es der Karawane entgegen, brummte etwas in einer unverständlichen Sprache und winkte ihnen mit einem langen, rostigen Säbel. Scheich Ali goß ein wenig Wasser in sein Trinkgefäß und reichte ihm auch noch eine Zigarette dazu. Der Mann setzte sich auf die Erde

nieder und fing an, ihren Tabak zu rauchen. „Das ist von den Bischarin", erklärte ihm Scheich Ali. Und weiter ging die Reise.
Der Mann war barfuß gewesen. Das Haar fiel ihm lang zu beiden Seiten des Hauptes herab, im Nacken reichte es bis auf die Schultern. Nach altbewährter pharaonischer Art war es reichlich mit Ziegenfett und Sandelöl eingerieben.
An jenem Tag, als sie schon tief in die Wüste vorgedrungen waren, sagte Mario zu ihm: „Mit denen bist du verwandt und verschwägert, Nicola. War nicht deine Frau, die Ilia, aus dem Kaukasus ausgewandert? Das hier sind auch Auswanderer aus den kaukasischen Bergen. Vor langer Zeit sind sie über Syrien und die Sinaihalbinsel heruntergekommen und dann am Ostufer des Roten Meeres entlanggezogen, bis es zu Ende war. Sie überquerten das Meer und gelangten bis nach Eritrea. Aber die meisten von ihnen haben sich in der sudanesischen und ägyptischen Wüste östlich vom Nil niedergelassen."
Nicola stellte sich seinen dunkelbraunen Verwandten vor und fragte erstaunt, wo denn die weiße europäische Haut geblieben wäre.
„Fünftausend Jahre Exil unter der heißen afrikanischen Sonne dürften wohl ausreichen, einem die Haut zu verbrennen und schwarz wie Kaffee zu rösten!" erklärte Mario. „Aber die kaukasische Nase verschwindet nie. Schau nur richtig hin, du siehst sie bei allen. Ist das nicht genau die Nase von Ilia, deiner Frau?"
Mario brachte es fertig, im selben Moment ernsthaft und leichtfertig zu sein.
Von Zeit zu Zeit erschien an irgendeinem Berghang oder Wadirand plötzlich ein Haufen weißer Knochen. Oder ein dürrer Ast, an dessen äußerster Spitze ein Stückchen Stoff flatterte. Das waren die Zeichen des Todes in der Wüste. Nicola registrierte sie jedesmal zitternd und ehrfurchtsvoll.
Der Knochenhaufen da ist einmal ein Kamel gewesen. Er sah genauer hin und stellte fest, daß das Skelett in sich zusammengebrochen war. Die Teile lagen verstreut

umher. Daraus schloß er, daß der Tod schon vor langer Zeit eingetreten sein mußte. Er hatte das Kamel mitten im Laufen überrascht, vor Erschöpfung war es niedergestürzt. Manchmal bemerkte Nicola, daß der Schädel weit vorgestreckt lag. Die Halsknochen hatten ihn noch getragen, das war klar und deutlich zu erkennen. Nicola begriff, daß das Kamel im Sitzen verendet war, während es noch würdevoll über die Wüste hinblickte. Danach waren die Raubvögel über das Aas hergefallen. Nur die Knochen blieben übrig und setzten auf den Felsen für Hunderte von Jahren Zeichen in leuchtendem Weiß.
Wenn es ein Mensch war, begruben sie ihn an Ort und Stelle, wo er gestorben war.
Sie fanden die Leichen irgendwo auf einem Felsen oder am Rand einer Ebene. Ihre Münder waren rissig vor Durst, Hitze und Tod hatten ihre Augen ausgelöscht. Sogar an der Markierung der Karawanenstraße entdeckten sie Tote. Entkräftet von der Suche nach Mensch oder Tier oder irgendeinem Laut, der ihnen einen Tropfen Wasser verhieß, waren sie hier gestorben.
Auch Nicola war dem Tod in der Wüste begegnet, hatte erfahren, wie es ist, wenn der Mensch planlos zwischen den Felsen umherirrt. Einen Tag oder zwei sucht er noch nach dem Weg und nach Wasser. Am dritten oder vierten Tag fühlt er sich sehr einsam und verlassen im endlosen Gebirge. Seine Kehle ist rauh, sein Leib wie ausgedörrt, Gliedmaßen und Lippen springen ihm auf. Sein Herz ist voller Angst, aber der Selbsterhaltungstrieb stößt ihn nach rechts und nach links, immer auf der Suche nach einem Brunnen. Wenn er nicht mehr aufstehen kann, kriecht er weiter und weiter. Aber allmählich spürt er keinen Durst mehr. Das Atmen fällt ihm schwer mit seiner trockenen Kehle. Er schwebt in einem Zustand zwischen Bewußtsein und Ohnmacht. Schließlich stürzt er zu Boden und gibt auf.
Damals sagte sich Nicola: Ich habe getan, was ich konnte. Für mich gibt es jetzt keine andere Hoffnung mehr, als in Ruhe zu sterben. Und er schloß die Augen, um seinen Frieden zu finden. Später, als er sie wieder öffnete, sah er Isa, der mit verhülltem Gesicht und gezo-

genem Säbel neben seinem Kopf kniete. Aus seinem schafledernen Schlauch flößte er ihm Wasser ein.
Sie hatten am Dschebel Sukari Halt gemacht. Rings um den Eingang der alten, verlassenen Mine herrschte ein reges Treiben. Die Arbeiter schwärmten aus, sie legten den einstigen Weg frei und stiegen dann in die Stollen hinunter, um die Felsen von innen nach Kieseladern abzusuchen, denn darin waren die Goldteilchen eingeschlossen.
In diesen Gängen wurde Nicola in die Geheimnisse des Bergbaus eingeweiht. Hier begriff er, daß er nicht der erste Bergmann war und sicher auch nicht der letzte sein würde.
Diese aufgegebenen Stollen wußten ihm uralte Geschichten von den Pharaonen zu erzählen, sie waren die ersten gewesen, die das Gold aus den Felsen geschlagen hatten. Nach ihnen waren die Römer und die Araber gekommen. In eben dieses Bergwerk hatte Muhammad Ali, Statthalter von Ägypten, seine albanischen Arbeiter geschickt, damit sie alle zwei Monate achtzig Ratl Gold für ihn herausholten.
Solche Berichte erfüllten Nicola mit Begeisterung.
Er schaute zu, wie das Quarzgestein zerstoßen wurde, wie es in die Mühlen kam und gesiebt wurde. Als er dann die Goldkörnchen bei der Quecksilberreinigung in den Kupferpfannen glänzen sah, erfaßte ihn ein wahrer Siegestaumel.
Er malte sich aus, wie diese Goldkörnchen sich nach und nach vermehren, wie sie unter Druck zum Barren gepreßt und schließlich nach Kairo, in das Büro des Paschas, geschickt würden.
Dieser eine Barren aber sollte nicht nach Kairo in das Büro des Paschas gelangen. Groß war er und schwer. Über Nacht ließen sie ihn in dem Schmelztiegel aus Granit liegen, und am Morgen war der Barren nicht mehr da.
Isa hatte keinen rationalen Begriff von Recht und Gerechtigkeit, und die Sorgensaat in ihm war noch nicht ausgereift, so daß sie seiner dumpfen Wut eine bestimmte Richtung hätte geben können. Während alles

schlief, bestimmte er drei von seinen Leuten. Mit gezückten Säbeln und Lanzen schlichen sie sich in das Sukaribergwerk und hoben den Goldbarren, zwei Ratl schwer, aus dem Basalttiegel heraus. Isa steckte ihn in einen Beutel und verschwand mit seinen Männern in der Wüstennacht.
Es mußte wie ein angeborener Zorn sein, der in seinem alten Begablut kreiste und der bewirkte, daß Isa an jenem Tag zitternd und bebend im Minenvorhof stand, als flehte er die Schicksalsmächte an, irgendwie einzugreifen. Nicola weihte den Barren feierlich als die Ausbeute von zwei Jahren harter Arbeit, in aufreibender Mühe und Plage von einer kleinen, zusammengewürfelten Menschengruppe gewonnen, die sich diesen Berg erwählt hatte, um ihrem Leben hier an diesem Ort einen Sinn zu geben.
An diesem Tag beobachtete Isa den Geschäftspartner des ägyptischen Paschas, Khawaga Mario, der an Nicolas Seite hocherfreut Beifall klatschte. Aus den Augenwinkeln verfolgte er zugleich eine Gruppe Arbeiter, die den Schmelztiegel umringten. Mit einfältigen, schlaffen Gesichtern und leeren Augen starrten sie auf den Barren Gold, als könnten sie gar nicht glauben, daß er aus diesem mächtigen Felsgestein stammte, das sie mit ihren Händen abgehackt und in zwei Jahren auf ihren Rücken aus dem Berg geschleppt hatten. Mario unterbrach ihr Staunen. Er gab Isa Anweisung, die Leute beiseite zu nehmen und zwei Schafe für sie zu schlachten.
Es stimmte also, was sein Vater Baschir immer gesagt hatte: Das Gold für die Fremden, den Hiesigen einen vollen Bauch, oder zwei!
Er begann diese Khawagas zu belauern, die er eines Morgens vor zwei Jahren von Marsa Alam aus in die Wüste geführt hatte. Damals waren sie noch ganz Demut und Bescheidenheit gewesen. Der eine war geradezu überwältigt wie ein kleines Kind gewesen, als er in die Berge kam. Und jetzt benahmen sie sich plötzlich, als wären das bereits ihre Berge!
Vielleicht war es allein aus dieser Einsicht heraus geschehen, daß Isa den Barren an sich nahm. Vielleicht

wollte er sich nur versichern, daß er noch Herr über seine Berge war, indem er gegen die Herrschaft dieser Fremdlinge aufbegehrte und sie in ihrem hochmütigen Dünkel erschreckte. Es lag nicht in seiner Absicht, den Barren zu behalten. Als er ihn entwendete, beschloß er im gleichen Augenblick, ihn wieder zurückzugeben.

In der Wüstennacht trieb er sein Kamel zur Eile an. Den Beutel mit dem Barren trug er an der Brust wie einen Panzer, der ihn vor allen heimtückischen Vorhaben, die diese Fremden hinter ihm anzetteln könnten, schützen sollte. In der Wüste wandte er sich südlich, parallel zur fernen, unsichtbaren Meeresküste. Seine drei Gefährten ritten mit ihm. Sie passierten den Ras Samadi und den Scharm. Im Westen tauchte der Dschebel Zijara vor ihnen auf, und eine Stunde vor Tagesanbruch gelangten sie nach Ras Baghdadi. Beim ersten Lichtstrahl durchquerten sie Wadi Gemal und lenkten die Kamele nun in südliche Richtung, nach Bir Ranga, Hamata und Ras Nakrat. Nachmittags konnten sie schon das Meer sehen. Sie bogen aber nach Westen ab, wieder zurück in die Wüste. Die Trümmer der antiken Stadt Berenika, die Kaiser Ptolemäus vor zweitausend Jahren zur ewigen Erinnerung an seine Tochter negroider Abstammung hatte erbauen lassen, ließen sie hinter sich. Der berühmte Golf von Banas lag zuerst linker Hand, dann hinter ihnen. Sie rasteten am Fuße des Dschebel Batuga und setzten ihren Weg über Bir Schalatein und die Berge von Zurkat an-Niam fort, weiter ihrem Ziel entgegen, dem heiligen weißen Berg Ulba. Nach zwei weiteren Tagen hatten sie ihn dann erreicht. Erschöpft und außer Atem fielen sie dem Berg zu Füßen, warfen sich nieder wie zum demütigen Gebet oder wie Sendboten, die in heiliger Mission gekommen waren.

Stolz ragte der Berg in den Himmel, von seinen Kuppen hielten wilde Widder Ausschau. Sie lebten dort im Schatten seiner heiligen grünen Bäume, die auf den höchsten, erhabenen Gipfeln bis in die Wolken hinein wuchsen. Aus den scharfkantigen spitzen Felsen, die schroff und abweisend wirkten, sprudelte Süßwasser und schlug in Wasserfällen auf die Süd- und Westhänge

des Berges auf. Es ergoß sich weiter bis in das Wadi Aidhab, wo es einen Wald bewässerte, der so dicht war, daß ihn bis jetzt kein Mensch hatte durchqueren können. Die Stämme der Bega glaubten, daß in diesem Wald die Seele ihres großen alten Vorfahren verborgen liege – Koka Luanka, der sein ganzes Leben in einer Höhle tief im weißen Berg damit zugebracht hatte, den Ort anzubeten und zu verehren, bis sich sein Leib nach langer Zeit und vielen frommen Übungen in einen Felsstein verwandelte. Seine Seele aber habe sich durch die Gipfel gebohrt und die Quellen freigelassen, damit im Wadi ein Wald wachsen konnte, der sie in sich aufnehmen sollte.
An diesem frühen Morgen nun stand am Fuße des Berges, unterhalb der Höhle mit dem Felsstein, der einstmals Koka Luanka gewesen war, dessen Nachfahre Isa. Er hob den Barren Gold von seiner Brust und legte ihn auf einen Stein. Mit seinen Kameraden stellte er sich im Kreis auf, als wollten sie ihren Ahnen Koka zum Zeugen für das anrufen, was sie getan hatten, als wollten sie ihm versichern, daß seine Nachkommen nach wie vor die Herren über die Wüste und die Wüstenberge waren.
Alle Bischarin, Ababde und andere Stämme der Bega machten das so. Wenn sie etwas quälte, wenn sie aus einer Lage keinen Ausweg mehr wußten, dann trugen sie ihre Sorgen und Nöte dem himmelhoch ragenden Berg vor, den der Nebel wie mit einem weißen Schleier umhüllte, ohne das leuchtende frische Grün auf seinen trotzigen Gipfeln verbergen zu können.
An diesem Pakt hielten sie treulich fest, seit sich ihr großer Vorfahre zu Füßen des stolzen Berges Ulba niedergelassen hatte. Der Berg wurde ihr Wallfahrtsort. Sie stiegen hinunter nach Norden, hinauf nach Süden, zogen nach Westen und begegneten den Auswanderungswellen, die im Laufe der Zeit schubweise von Osten her über das Meer strömten und die sie vor sich herschoben. Aber immer wieder kehrten sie zum Ulba zurück.
Als Allah Adam erschaffen hatte, so erzählten sie sich, habe er ihm die Welt Stück für Stück gezeigt, daß er sie betrachte. Und wie nun Adam auf Ägypten heruntersah,

da habe er den Berg Ulba erblickt, ganz von Licht bedeckt, und es war ein weißer Berg. So habe er ihn den verstorbenen Berg genannt und Gott um Fruchtbarkeit und Segen für seinen Boden gebeten.
Konnte es da noch einen Zweifel für sie geben? Dieser alte Adam konnte kein anderer als ihr großer Urvater Koka Luanka sein!
Isa sprach seinen Vorfahren an. Er stand unten am Berg und schrie hinauf zu ihm, damit er ihn oben in seiner Höhle auch verstehen konnte. Er offenbarte ihm alles, was auf seiner Seele lastete, berichtete ihm in allen Einzelheiten, was er getan hatte. Dann hob er mit beiden Händen den Barren empor, als wollte er ihn seinem Ahnherrn näher vor die steinernen Augen halten. Der Barren funkelte in den Sonnenstrahlen auf, die sich in seinen Kanten brachen. Isa erklärte, er werde ihn nun wieder zum Bergwerk zurückbringen, denn Stehlen sei nicht seine Art und Gewohnheit. Zum Schluß bat er den Vorfahren, ihm sein Wohlwollen zu schenken und ihn auf allen Wegen in der Wüste stets zu blühenden Weiden und reichlich Wasser zu führen.
Aus den Bergspalten traten Verwandte und Bekannte Isas. Ihre Zähne schimmerten weiß, das filzige Haar war straff auf dem Kopf zusammengeflochten. Stolz und aufrecht standen sie um ihn herum, nahmen die Goldscheibe in die Hände, kehrten sie zwei-, dreimal der Sonne zu, warfen sie gegen die Felsen, um ihre Festigkeit und Echtheit zu prüfen. Darauf gaben sie Isa den Barren zurück und sprachen Segenswünsche für ihn. Er barg das Gold wieder an der Brust, ließ sein Kamel aufstehen und machte sich in Begleitung seiner Gefährten auf den Rückweg zum Bergwerk.
Sie ritten die ganze Nacht hindurch. Die Kamele flogen durch die Wüste wie fortgeschleuderte Speere. Ein magischer Mond und unzählige Sterne erhellten ihnen den Weg. Gegen Morgen näherten sie sich einem Wüstenstreifen heiß wie die Hölle, wo sie Nicolas Hut fanden. Isa erkannte ihn. Er gab Befehl, den Khawaga zu suchen. Nach zwei Stunden gründlicher Spurensuche und Bodenprüfung entdeckten sie ihn. Er lehnte an einem Fel-

sen, seine aufgerissenen Finger, an denen das Blut schon geronnen war, steckten im Boden, als hätte er nach Wasser gegraben. Wie es aussah, war er seit Stunden tot. Isa beugte sich über ihn und horchte seine Brust ab. Er benetzte ihm das Gesicht, achtete aber peinlich darauf, daß nicht mehr als zwei Tröpfchen in den Mund fielen. Sein Schlund mußte sich erst lockern, die inneren Kanäle mußten geschmeidig werden, um die Flüssigkeit aufnehmen zu können. Mühsam schlug Nicola die Augen auf, trank fröstelnd einen kleinen Schluck Wasser. Isa zog seine Abaja aus und deckte ihn damit zu. Dann packte er ihn auf sein Kamel.
Nicola hatte seinen Tod nicht gefunden, den er sich damals, nach fünftägigem Umherirren, halbverdurstet, einen Moment lang herbeigewünscht hatte. Seinen blutigen Fingern war es nicht gelungen, Wasser aus dem Felsen zu graben. Auch den gestohlenen Goldbarren, dem er hinaus in die Wüste gefolgt war, hatte er nicht wiederbekommen können.
Er wußte nicht, daß die Goldscheibe im Brustbeutel Isas steckte, der schweigsam sein Kamel führte und ihn von den Todesbergen zurück in die Täler des Lebens brachte. Genauso hatte er auch damals geschwiegen, als er sein Kamel leitete und ihn zum ersten Mal in die Wüste mitnahm.
Ihr Rückweg zum Bergwerk führte sie über die Felsen, vorbei an den Trümmern antiker Städte im Wadi al-Ailaki, an verfallenen Zitadellen in den Wadis Schanschaf, Sket und al-Kharit. Es waren alte Straßen, die schon die Armeen der Pharaonen und römischen Imperatoren benutzt hatten, wenn sie auf ihren Eroberungs- und Kriegszügen durchmarschierten oder Kriegsgefangene und Verurteilte eskortierten, die zur Arbeit in die Bergwerke und Steinbrüche getrieben wurden, damit sie Marmorsäulen und Gestein als Zierat für die Paläste des Pharaos, des Imperators oder für die Tempel herausschlugen.
Überall, wo die kleine Karawane mit Nicola in ihrer Mitte vorüberkam, stießen die Männer auf Überreste solcher verlassenen Bergwerke aus dem Altertum. An den Felsen entdeckten sie die Spuren alter Inschriften.

Nicola erschauerte voller Respekt und Demut. Diese Landschaft überwältigte ihn, verdrängte seinen heißen Wunsch, weiterzufliegen. Er fühlte es, er war nahe daran, einen Ort zu finden, dem er für immer angehören wollte.
Er war im Begriff, eine Heimat zu finden. Und er glaubte fest daran, daß er in Isa einen Freund und Bruder gewonnen hatte.
Nicola vermochte weder zu sprechen noch sich zu bewegen. So saß er und betrachtete bald Isa, bald die Wüste. Rings umher gab es nur den blaßgelben Sand, einen mattblauen Himmel und die Atemzüge der Erde, die sich unter der Sonne verdichteten. Sobald sich die Männer weiter entfernten, sahen diese Atemzüge wie Wolken aus. Nicola starrte sie an und folgte ihnen noch lange mit den Blicken.
Anfangs waren sie ihm wie tiefe Schatten am Horizont vorgekommen. Nur wie Schatten. Als er aber genauer hinsah, meinte er Kuppeln, Minarette, Mauern und Tore zu erkennen. Ja, er hätte schwören können, daß er sogar Bäume mit dichtem, üppigem Blattwerk, schwer von Früchten, vor sich hatte. Dabei war ihm, als ob sie hin und her schwankten und sich bewegten. Er hatte versucht, das Rätsel um diese Schatten zu lösen, die ihm einmal wie Kuppeln und Moscheen, ein anderes Mal wieder wie Gärten und Fontänen vorkamen. Gefährlicher war allerdings, daß sie einem, wenn man sie so ansah, vollkommen echt erschienen. Erst später erkannte er, daß des Rätsels Lösung bei ihm selbst lag. Er wurde sich seiner Situation bewußt, wußte nun, daß alles Hoffen und Wünschen nur Fallen waren, die sich die Menschen selber stellten. Keuchend jagten sie ihnen dann nach, um am Ende auf sie hereinzufallen.
Aber jetzt war er in Sicherheit auf seinem Kamel, in der Obhut dieser harten Männer, die die Wüste wie ihre eigenen Finger kannten. Er durfte ganz ruhig dasitzen und die Wolken betrachten, sie für sich ausdeuten und über sie nachsinnen.
Es waren noch die gleichen Wolkengebilde, denen er erst gestern mit verblendeten Augen nachgejagt war, als

er mit aufgerissenem Mund, halbverdurstet, in diesem höllischen Felsareal umherirrte, in dem es doch eigentlich gar keinen Schatten von irgendeinem Baum oder sonst einem Geschöpf geben konnte. Trotzdem war er beharrlich und sehnsüchtig weiter darauf zugestrebt, um unter den Kuppeln Sicherheit zu finden, um seinen Durst an den Fontänen zu löschen und unter den Bäumen auszuruhen. Er lief, fiel hin, erhob sich wieder, lief weiter, vorwärtsgetrieben von der Gewalt seines wahnsinnigen Durstes, bis er mit seinen Kräften am Ende war. Leblos, mit rissigem Schlund und ausgetrockneten Eingeweiden, stürzte er auf die Felsen nieder. Die Kuppeln und die üppigen Bäume hatte er nicht erreichen können. Sie waren nur ein Trugbild gewesen, eine Ausgeburt seiner Not.

4. Kapitel

Damals hatten die Ausländer in Ägypten das Sagen, sie maßten sich Rechte an, als stünden sie ihnen von jeher zu.
Ein ägyptischer Bürger durfte zum Beispiel keine vier Kilometer hinter Heliopolis in die Wüste reisen, wenn er nicht vorher ein Visum von der britischen Besatzungsbehörde eingeholt hatte.
Nicola erlebte es selber noch und sah mit eigenen Augen, wie sich dieser Alp auflöste und verschwand. Doch damals, in jenen vergangenen Tagen, hatten die Engländer in der Wüste ganze Abteilungen Kamelreiter postiert, die mit Gewehren und Karbatschen ausgerüstet waren, angeblich um die Grenzen gegen Infiltration und Schmuggel zu sichern. Insgeheim aber schützten sie die Gesellschaften, die in die Wüstenberge ausschwärmten, um nach Gold, Kupfer, Blei, Zink und Talk zu suchen.
In den Bergen hatte sich kein nennenswerter Raub mehr ereignet, seit diese Grünschnäbel, die Söhne von Isas Onkeln aus dem Stamm al-Maaza, eine Karawane überfallen hatten, die die Scherifensänfte, die Hülle für die Kaaba und staatliche Almosengelder beförderte. Die Karawane war unterwegs zur Pilgerfahrt nach Mekka gewesen und hatte zwischen Kift und al-Kuseir die Wüstengebirge passieren müssen. Nach dem Überfall traten die Oberhäupter des Maazastammes zusammen, um Gewinn und Beute unter sich aufzuteilen. Sie versammelten sich an einem Berg, der bis heute unter dem Namen al-Guch, das Tuch, bekannt ist, eine Anspielung auf die geraubte Kaabahülle. Sie waren mit der Teilung fast fertig, als eine Strafexpedition, vom großen Muhammad Ali entsandt, über sie herfiel. Sie beschlagnahmte die Kamele und alles, was darauf geladen war. Dann trieb sie Männer, Frauen, Mädchen und kleine Kinder des Maazastammes zusammen und führte sie als Gefangene fort, um sie allesamt auf dem Sklavenmarkt am Zitadellenplatz zum Verkauf anzubieten.
Seit der Zeit gab es in der Wüste keinen größeren Raub

mehr. Die paar leeren Fässer und alten Holzteile, die die Wüstenaraber um die Minen herum aufsammelten, um Behälter, Schattendächer und Gefäße daraus zu zimmern, wurden von den Bergwerksbesitzern nicht mehr als geraubtes Gut betrachtet.
Es mußte schon etwas Schwerwiegendes geschehen sein, daß Kamelreiter der Grenzwache aus Bir Schalatein herüberkamen. Ein Teil von ihnen blieb beim Bergwerk, ein anderer brach in die Wüste auf und verfolgte den Goldräuber. Auch der ägyptische Pascha war, schäumend vor Wut, aus Kairo angereist und fing an, mit seinen Beziehungen und Befugnissen zu drohen, die er in der Hauptstadt besäße. Man bot ihm im Hof einen bequemen Stuhl an. Sein Diener holte ihm gerolltes Konfekt von Groppi aus der Reisetasche und brachte einen mit Zellophan abgedeckten Korb voll Obst. Der Pascha setzte sich und löschte seinen Durst nach der beschwerlichen Reise, während Mario, noch ganz verwirrt und betroffen, dabeistand und ihm berichtete, was passiert war: Wie sie an dem betreffenden Morgen erwacht waren und Nicola vermißt hatten, wie sie den Barren Gold einfach nicht hatten finden können. Der Pascha hörte sich alles der Reihe nach an. Von Zeit zu Zeit blickte er Mario scharf ins Gesicht, als kämen ihm gewisse Zweifel, ob nicht Mario selber das Spielchen zusammen mit seinem Freund Nicola arrangiert hätte. Pascha bleibt eben Pascha. Wie eng er auch mit diesen Ausländern liiert schien, wie sehr seine Interessen mit den ihren konform gehen mochten, seine eingefleischte listige Vorsicht blieb stets hellwach.
Mario spürte das lauernde Mißtrauen in den Augen seines Kompagnons. In ihm kochte es. Wie eine Wand stand die Wut zwischen ihm und dem Pascha, man konnte sie fast sehen. Fünf Tage hinderte sie die beiden, daß sie miteinander redeten. Solange hielt sich der Pascha am Bergwerk auf, um die Fahndung und Ermittlung selber zu überwachen.
Sie gingen sich aus dem Weg. Jeder bildete sich etwas auf den Abstand ein, den er zu wahren wußte. Die Beduinen, Arbeiter und Kamelreiter drückten sich um sie

herum wie überflüssige Statisten, die durch das Ereignis ihre Fähigkeit zu überlegen und zu begreifen eingebüßt hatten. Stumm hockten sie auf der Erde, und wenn sie doch miteinander flüsterten, dann tauschten sie dunkle Prophezeiungen und Spekulationen aus.
Am sechsten Tag sprang alles im Morgengrauen auf. Man hörte das Brüllen von Kamelen, die sich eben im Hof vor der Mine niederließen. Es war der Trupp Kamelreiter, der die Verfolgung in der Wüste aufgenommen hatte und nun mit seinem kostbaren Fang zurückkehrte.
Der Pascha war sprachlos, vor Staunen klappte ihm der Kiefer herunter. Mario stand hoch aufgerichtet und starrte Nicola an, der von Isas Kamel rutschte, während Isa in Stricken daherstolperte, denn die Kamelreiter hatten ihn gefesselt. Schlagartig und sehr überzeugend wurde allen klar, daß Isa der Räuber und Nicola sein Komplize sein mußte.
Der Kommandeur der Wache berichtete dem Pascha, daß sie Isa mit seinen Leuten am Rande des Dschebel an-Nikris entdeckt und umzingelt hätten. Isas Männer wären ihnen zwar entkommen, aber dafür seien ihnen Isa und Nicola in die Hände gefallen. Und der Goldbarren hinge an Isas Brust.
Nicola erklärte, daß er bei Nacht in die Wüste aufgebrochen wäre, um einigen schemenhaften Gestalten zu folgen, die das Bergwerk verlassen hätten. Er habe sich aber dann verirrt, und Isa hätte ihn vor dem Tod in der Wüste gerettet. Es sei doch einfach nicht möglich, daß Isa der Dieb wäre. Vielleicht habe er das gestohlene Gold nur sichergestellt und sei damit schon auf dem Rückweg zur Mine gewesen, als er ihn, Nicola, unterwegs gefunden und gerettet habe.
Isa sagte kein einziges Wort.
Der Pascha freute sich, das Gold war wieder da. Was nun noch geschehen würde, interessierte ihn eigentlich nicht mehr, wenn nur seine Würde und Macht dabei gewahrt blieben und ein bißchen Spaß und Unterhaltung für ihn heraussprängen.
Vielleicht wollte er es heimtückisch ausnutzen, daß Ni-

cola Isa so offen verteidigte, um Mario noch im Zweifel darüber zu lassen, ob Nicola die Sache nicht doch gemeinsam mit Isa geplant hatte? Nicola begreift das erst jetzt richtig, ja er ist davon überzeugt. Nach all diesen Jahren ist er sich mit einemmal vollkommen sicher, daß der Pascha damals, an jenem längst vergangenen Tag, nicht umsonst befohlen hatte, ihn mit Isa zusammenzusperren und zu bewachen. Mario sollte über die Angelegenheit nachdenken und einen Entschluß fassen.
In jenen langen Stunden der Gefangenschaft, in denen der Pascha draußen im Hof vor dem Bergwerk umherspazierte, ab und an in die Stollen hinabstieg und Maschinen und Werkzeuge inspizierte – geführt von dem zweifelnden Mario –, damals war es, als ob er in dieser hölzernen Zelle von neuem geboren würde. Er teilte die Zelle mit Isa, dem Beduinen, dem er sein Leben verdankte und dem er jetzt doch nicht helfen konnte. Sie wurden von der Wache mit ihren Karbatschen und Gewehren streng bewacht.
Nicola bebte vor Zorn, als er Isa in die Augen sah. Er war so vollkommen von Isas Unschuld überzeugt, daß er in Wut geriet, weil dieser sich hartnäckig in Schweigen hüllte.
Vielleicht war Isa im Innern doch von der Aufregung Nicolas bewegt. Immerhin war er der einzige von diesen Khawagas, den er gleich gemocht hatte, als er ihn damals mit einem verstohlenen Blick streifte. Überrascht und verzaubert wie ein kleines Kind war der Khawaga gewesen, während er ihn in seine heimatlichen Wüstenberge einführte. Vielleicht lag es aber auch an ihrer gemeinsamen Gefangenschaft, daß die Schranken fielen, die Rasse und Hautfarbe zwischen ihnen aufgerichtet hatten.
Wie dem auch sei, Isa fing an, Nicola von den Sorgen zu erzählen, die sein Herz bedrückten. Er gestand ihm, daß er das Gold an sich genommen hatte, um es seinem Vorfahren zu zeigen und dann wieder hierher zurückzubringen. Sein sehnlichster Wunsch, der ihn ganz und gar erfüllt habe, sei es nämlich gewesen, daß von dieser Leibesfrucht der Berge ein Abglanz auf sie zurückfallen

möge. Mehr als einmal wären solche Empfindungen in ihm übermächtig geworden, und besonders zur Dämmerstunde, wenn die Berge im mattroten Licht aufleuchteten. Da sei es ihm oft so vorgekommen, als ob hinter den scharfkantigen Felsen eine Masse aus Fleisch, Blut und Knochen eingeschlossen läge, eine Masse aus den Männern, die in den alten Schächten erstickt oder unter einstürzenden Felsen in den Bergwerkstunneln verschüttet worden waren. Deshalb habe er auch immer das Gefühl, der Berg sei Fleisch und Blut!

Hätte ein anderer als Nicola in diesem Augenblick Isa zugehört, er hätte ihn weder verstehen noch gar ihm glauben können. Aber Nicola spürte deutlich, daß er neu geboren wurde, eben jetzt, während er Isa zuhörte. Durch die Worte dieses Beduinen, der der Natur um sich herum ganz natürlich begegnete, entdeckte er, was Zugehörigkeit und Bindung wirklich bedeuteten. Und er glaubte ihm. Mehr noch, er drückte ihn an die Brust und küßte ihn!

Scheich Ali traf, beschämt und verlegen wegen des Verdachts gegen den Sohn seines Bruders, am Berg ein. Er bat den Pascha um Erlaubnis, einheimisches Recht anwenden zu dürfen.

Das Gold wäre ja wieder da, aber die Wahrheit läge immer noch im Dunkel. Nach ihrem Brauch ließen sie das Feuer entscheiden, was Recht und was Unrecht sei.

Sollte Isa doch über den Scheiterhaufen gehen. Wenn er die Wahrheit gesagt hätte, dann entkäme er auch dem Feuer, ohne Schaden zu nehmen.

Der Pascha stimmte dem Vorschlag Scheich Alis zu. Er wollte die gute Beziehung zu ihm erhalten, das konnte in der Wüste sehr nützlich sein. Andererseits könnte er durch diesen Vorfall sein Ziel noch besser erreichen und in Mario einen Stachel zurücklassen, der es ihm unmöglich machen würde zu feilschen, wenn es einmal soweit wäre, daß der Goldbarren geteilt werden sollte. Er war intelligent genug, um zu wissen, daß es ihm nichts einbringen würde, die gerichtliche Untersuchung von der Wüste in die Stadt zu verlegen und ein paar Beduinen ins Gefängnis zu werfen. Nicht einmal ihre Hinrich-

tung würde ihm etwas einbringen. So aber war von vornherein klar, daß sein Ansehen in der Wüste gewahrt bliebe.
Der Scheich wies seine Leute an, vor den Hütten eine Grube von drei Meter Länge und einem Meter Breite auszuheben. Sie sammelten Holzabfälle und dürre Äste und füllten die Grube. Alles wurde dicht zusammengedrückt und fest geschichtet. Dann zündeten sie die Äste an und warteten ab, daß sich das Feuer ausbreitete und alles Holz erfaßte. Während die Flammen an diesem heißen Nachmittag hell auf loderten, standen Scheich Ali und seine Männer in düsterem, bedrücktem Schweigen. Sie hatten sich im Kreis versammelt und beobachteten besorgt und gespannt die Flammen, bis sie die dicken Bohlen in wabernde Glut verwandelt hatten. Ab und zu sprangen noch einzelne Feuerzungen wie gierige Teufel daraus hervor.
Der Pascha befahl, man solle jetzt Isa herbeischaffen. Als sie ihn vor das Feuer stellten, straffte sich seine Gestalt. Er blickte dem Onkel fest in die Augen. Laut beteuerte er Scheich Ali in seiner Begasprache, daß er nicht beabsichtigt hätte, das Gold zu stehlen. Man habe ihn festgenommen, als er es gerade zurückbringen wollte.
Nicola stand zitternd da und starrte den ägyptischen Pascha an, der sich in zweideutigen Witzeleien erging, um die düstere Stimmung, die alle bedrückte, etwas aufzulockern. Dabei war klar, daß sich niemand außer ihm selbst daran ergötzen mochte. Schweigsam standen sie um ihn herum, außerstande, auf seine Späße zu reagieren. Ihre furchtsamen Blicke gingen zwischen dem schlanken, aufrechten Isa und dem brennenden Holz in der länglichen Grube hin und her. Die Äste waren inzwischen mit den Balken verschmolzen, alles war zu Glut verbrannt. Nur noch niedrige Flämmchen, kaum sichtbar in diesem heißen Nachmittag, züngelten daraus auf. Eine weit zurückliegende Szene fiel Nicola wieder ein: Die Gattin dieses Paschas, Ikbal Hanum, einundzwanzig Jahre war sie jünger als er, rekelt sich halbnackt im Küstensand von Marsa Alam. Ihr geschmeidiger, offen dargebotener Körper liegt ausgestreckt vor Mario,

der, ebenfalls fast nackt, bei ihr sitzt. Er sammelt zierliche Schalentiere in schillernden Farben, verteilt sie wortlos und mit unbewegtem Gesicht auf dem entblößten weiblichen Körper. In der sinkenden Sonne leuchten sie wie Juwelen, sie schmücken ihren Leib, lassen ihn noch verführerischer erscheinen. Nicht lange, und die feinen klebrigen Tierchen, die in den Schalen verborgen sind, spüren die Wärme des Fleisches. Sie strecken die Gallertfüßchen heraus und beginnen auf der Frau herumzukriechen. Lebhaft und schnell, als ob in den Schalen plötzlich Leben erwacht wäre, gleiten sie hierhin und dahin, um den Hals, die Brüste, über den Leib und in den Nabel. Ikbal Hanum windet sich, gekitzelt, erregt. Sie schreit und lacht, Lachen und Schreien werden eins, und aus ihrem Mund ergießt sich eine aufreizende Mischung aus gekünsteltem Schrecken und Lust über das unberührte Ufer hin.
Ob Khalil Pascha den Sonnenuntergang damals genießen konnte? Er füllte ihnen die Gläser mit Whisky, saß am Vorabend ihrer Abreise zu diesem Berg mit ihnen im Gästezimmer von Scheich Alis Holzhaus zum letzten gemeinsamen Abendessen, einem großen, nach Lammart gegrillten Fisch. Und nur wenige Meter von ihm entfernt überschüttete seine Ehefrau diesen jungfräulichen Strand mit ihrem wollüstigen Gekreisch!
Hatte der Pascha den Abend damals wirklich so genossen, wie er ihn jetzt auf diesem unglückseligen Berg genoß? Konnte er das überhaupt, wo er doch mit ansehen mußte, wie Mario sich erregt niederbeugte, mit bloßen Armen seine Frau umfing, sie aufhob und zum Meer hintrug? Wie die beiden in dem stillen Wasser verschwanden, das in der untergehenden Wüstensonne magisch erstrahlte, als wollte es eine Zauberdecke über ihre leidenschaftliche Umarmung breiten?
Nachdenklich betrachtete Nicola den Beduinen Isa. Der warf nur einen kurzen, bebenden Blick auf das feurige Rechteck vor sich, bückte sich dann und legte seine Sandalen ab. Er krempelte die Pluderhose hoch, seine geäderten, dunkelbraunen Beine kamen zum Vorschein. Stolz richtete er sich wieder auf und streckte ein Bein

vor. Die weit geöffneten Augen auf den Horizont gerichtet, trat er auf das Glutbett. Möglicherweise schaute er jetzt mit seiner reinen Seele in die tiefsten Tiefen der Vergangenheit hinab. Vielleicht sah er, wie Nimrod den Abraham ins Feuer stieß, und wie jener unversehrt daraus hervorging. Vielleicht erblickte er das Wunder von Babylon, sah Nebukadnezar, der drei seiner Untertanen gefesselt in die Flammen warf, und wie sie mit gelösten Banden heraustraten, ohne daß das Feuer auch nur ihre Kleider berührt hätte!

Isa glaubte an die Geschichten der Vorfahren, genauso wie er an das glaubte, was er getan hatte. Sein reines Gefühl sagte ihm, daß er niemandes Recht verletzt hatte. Und dieses starke Gefühl gab ihm die Kraft, seinen abgehärteten Körper nun auch auf die Qualen des Feuers einzustellen. Er durchquerte es. Vor aller Augen. Einmal und noch einmal und ein drittes Mal. Trat unverletzt heraus und suchte seine Sandalen zusammen. Dann warf er sich auf die Erde und reckte die Füße jedermann ins Gesicht, als sollten sie seine Unschuld bezeugen.

War das für einen dieser Beduinen etwas Außergewöhnliches? Ihre Körper waren über Generationen hinweg für die harte Ordnung gestählt worden, die die Wüste jedem auferlegte, der sie zum Wohnort erwählte.

An einer Sache gab es für sie nichts herumzudeuteln. Ein aufrechter, edler, bedächtiger Mann konnte weder lügen noch stehlen oder huren. Wer sich eines dieser Vergehen schuldig gemacht hatte, wurde verachtet, die jungen Mädchen weigerten sich, ihn zu heiraten. Kam er in eine Ratssitzung und es wurde Kaffee herumgereicht, so streckte der, der ihn anbot, wohl die Hand vor, als wollte er auch ihm eine Tasse anbieten. Wenn er sie aber annehmen wollte, schüttete der andere den Kaffee verächtlich vor ihm auf den Boden. Er muß den Rat verlassen, ohne ein einziges Wort gesprochen zu haben. Meist geht so einer aus der Wüste fort und zieht in ein fremdes Land, wo niemand etwas von seinem Verbrechen weiß.

Die Wüste hatte sie mit allen Tugenden ausgestattet, und sie gebrauchten sie als Waffen, um die Gefahren des täglichen Lebens damit abzuwehren. Hunderte kleiner Vergehen, die wir in der Stadt ganz leicht und bequem gegen uns selbst und andere verüben, sammeln sich doch in unseren Herzen und unserem Verstand. Nach und nach verdichten sie sich, legen sich wie ein Nebel auf unsere Augen und Füße, und wir irren durchs Leben wie blinde Ungeheuer. Die Stadt, das ist Gedränge, und Gedränge ist Chaos, Rivalität, Barbarei. In der Wüste dagegen leben nur wenige Menschen. Jede kleine Verfehlung wird schnell offenbar, und sie verfolgt den, der sie begangen hat. Hier lastet der Nebel dichter und schwerer auf der Seele. Die Lebenswege in der Wüste erfordern einen besonders klaren Weitblick, um ihren Gefahren ausweichen zu können.

Seine Tugenden befähigen den Beduinen zu dieser Klarheit. Er verfügt über ein unfehlbares, instinktives Gespür. Es leitet ihn, wenn er im feinen, heißen Wüstensand einmal vom Weg abgekommen ist, und so findet er ihn wieder. Es warnt ihn mit Herzklopfen, wenn er nachts in der Wüste schläft und eine Gefahr droht, sei es durch einen Skorpion oder eine Schlange.

Nicola kroch gefesselt von seinem Platz hinter Khalil Pascha in den Kreis um das Feuer. Er kniete sich neben Isa, ergriff seine Füße und drückte sie an sich. Sie waren sehr, sehr heiß, als hätten sie die Glut des Feuers gespeichert und gäben sie nun an seine Brust, gleich neben dem Herzen, ab.

Ein überwältigendes Gefühl erfüllte ihn in jenen Augenblicken, er wurde eins mit diesem Ort, löste sich in ihm auf. Er flüsterte Isa, der mit geschlossenen Augen dalag, leise ins Ohr, was ihn im Innersten bewegte. Er wolle ihm folgen, sagte er, hinauf nach dem Süden, parallel zur fernen, unsichtbaren Meeresküste. Zu zweit würden sie den Ras Samadi überqueren und würden dann den Scharm, das Wadi Gemal, Bir Ranga, den Hamata und Nakrat passieren. Den berühmten Golf von Banas und die Ruinenstadt der Prinzessin negroider Herkunft Berenika ließen sie hinter sich. Mit einer Tapferkeit, die sie aus ihrem Zusammenhalt schöpften, würden sie gemeinsam gegen die Wirbelwinde und Sandstürme bei Bir

Schalatein bestehen und ihren Weg fortsetzen, bis zum heiligen verstorbenen weißen Berg Ulba. Ehrfürchtig und respektvoll wollte er, Nicola, mit seiner europäischen Stirn den Fuß des Berges berühren, während Isa ihn seinem großen, erhabenen Vorfahren, dem Felsen, vorstellen würde.
Er wünschte, er könnte mit ihm durch alle Winkel des Berges streifen, flüsterte er, und seine Verwandten von alters her, die Vettern der väterlichen und mütterlichen Linie und die Schwager, kennenlernen.
Über all das denkt Nicola nach, während er auf dem schlüfrigen Gipfel des Darhib steht, in der höllischen Augustsonne, inmitten einer schroffen Kulisse aus Basalt, Granit, Kalkstein und Muscheln, die vor Jahrmilliarden kalziniert sind. Taumelnd verharrt er dort, am Kreuz seiner Strafe und seiner Erinnerung, und betrachtet die Berge, wie sie vor ihm in stolzer Nacktheit unter der Sonne liegen. Schon beginnen ihre roten Felsen zu glühen, auch auf den schwarzen könnte man jetzt Brot backen.
Er denkt an die einfachen Beduinen, die in diesen Bergen leben und mit Mutter Natur im ständigen Kampf liegen. Mit ihrem reinen, lauteren Wesen nehmen sie ihre Härte genauso wie ihre Güte hin. Ruhig und liebevoll läßt Nicola den Blick über die Gipfel schweifen, die glühend und strahlend in den Himmel ragen. In seiner Phantasie sieht er hinter ihnen Hunderte von geschorenen Kamelen, bedeckt mit dem neu sprießenden Frühlingsflaum, er kann sehen, wie sie sich mit ihren Hälsen umarmen und einander liebkosen, weit hinten am Horizont, der bis ans Meer reicht. Genauso sieht er die von Kopf bis Fuß verschleierten Beduinenfrauen, wie sie sich im Kreis um die wenigen Bäume in diesen Bergen bewegen und sie verehren, wie sie ihnen Weihgaben bringen, Nägel und Stifte an den Ästen befestigen und sie mit den Körnern von Hülsenfrüchten, mit Ölkrügen und alten Münzen schmücken. Da spürt Nicola wieder die Gewißheit: Nur hier ist das Leben wahrer Menschen würdig, Menschen, die die Städte mit ihren verwilderten einsamen Geschöpfen hassen müssen.

Stolz erfüllt ihn. Er nimmt einen Schluck roten Spiritus, der wie Feuer in den Eingeweiden brennt und sie betäubt. Berauscht schreit er es in die Einöde: Recht hat er gehabt, als er sich entschloß zu bleiben, während Mario sich für das Fortgehen entschied.

Wie hätte er auch je vergessen können, daß sein Lebensretter und Freund Isa vor seinen Augen dreimal über das Feuer ging?

5. Kapitel

Eines längst vergangenen Morgens kaufte sich Hadsch Baha für einen Piaster ein kleines Heft und schrieb auf die erste Seite mit Kopierstift, den er bei jedem Wort mit der Zunge anleckte: „Im Namen Allahs, des Erbarmers, des Barmherzigen und mit seinem Segen entschlossen wir uns, gemeinsam mit Seiner Exzellenz Khawaga Anton Bey, am gesegneten Dienstag, dem ersten Tag des Monats Muharram im Jahre 1347 der Hidschra, die Reise nach Edfu anzutreten, um mit dem Ingenieur Nicola in Begleitung von Scheich Ali zusammenzutreffen. Wir werden uns dort Kamele nehmen und zum Darhib in der östlichen Wüste aufbrechen, wo die Arbeit ist." Die Schrift war ungelenk, die Züge lagen weit auseinandergezogen, die Buchstaben standen schief und krumm. Die Zeilen gingen auf den Seiten hoch und runter.

So einfach werden Schicksale bestimmt und Schlußpunkte vorgezeichnet. Hadsch Baha konnte ja auch nicht wissen, daß an diesem Datum, das er da mit seiner Hand niederschrieb, das Schicksal eines ganzen Lebens hängen würde.

Hadsch Baha war der Herkunft nach Beduine. Sein Großvater hatte sich von den Sippen der Abbadin getrennt und war über die Wüstenwege hinunter ans Nilufer gezogen. Er ließ die Viehzüchterei sein und fing Ackerbau und Handel an. Als er aber dann ein Mädchen aus seiner beduinischen Verwandtschaft heiraten wollte, bekam er einen Korb. Die Abbadin akzeptierten keine Hochzeit mit einem Mann, der sich aus der Wüste in die Seßhaftigkeit davongemacht hatte. So kam es, daß sich der abbadische Großvater in einem Dorf verheiratete. Seine Kinder und Enkel wurden in der Nilebene geboren, und es war recht gut um seinen Feldbau und Handel bestellt, die immer besser florierten und prosperierten.

Hadsch Baha hatte die großen Augen der Bergbewohner und die schmale Nase mit der charakteristischen Spitze vom Großvater geerbt. Er war ebenmäßig gewachsen, eher klein, aber alles in allem stabil und kräftig gebaut. Noch keine vierzig Jahre alt, hatte er es vermocht, die alte Brücke, die mit dem Fortgang seines Großvaters aus der Wüste in die Zivilisation abgebrochen war, neu zu errichten. Er stellte den Kontakt zu seinen Angehörigen und Verwandten wieder her, kaufte ihre Schafe, verkaufte ihnen dafür Öl, Mehl und Zucker und war ihnen mit seinen Finanzen und seiner Erfahrung von Nutzen. Und durch sie wurde er mit den Bergen der Wüste vertraut, er erfuhr von deren Minen und lernte, was die Arbeiter und Ingenieure in den Bergwerken an Werkzeug und Lebensmitteln benötigten.

Einer von seinen Verwandten brachte ihm einmal einen Talkbrocken mit, den er auf der Westseite eines Berges, genannt der Darhib, gefunden hatte. Daraufhin machte sich Hadsch Baha selber auf den Weg und nahm den Berg in Augenschein. Er steckte sich gleich ein Stück Land ab und suchte dann die Bergbaubehörde auf, um eine Schürflizenz zu erwirken und sein Vorzugsrecht beim Neuerschließen der alten Mine registrieren zu lassen. Anderthalb Jahre lag der Talkbrocken irgendwo in seinem Laden neben der Aufschlußurkunde und Schürflizenz, als Seine Exzellenz Khawaga Anton Bey auf der Suche nach einer Mine in die Wüste kam und dabei auf den Darhib stieß. Doch er mußte erfahren, daß ihm ein gewisser Hadsch Baha bereits zuvorgekommen war. Er setzte sich mit ihm in Verbindung und begann, um den Kaufpreis zu feilschen.

An jenem gesegneten Dienstag war Seine Exzellenz Khawaga Anton, aus Kairo kommend, in Kom Ombo eingetroffen und hatte sich unverzüglich zu dem erhöht gelegenen Hause Hadsch Bahas begeben. Die beiden setzten sich in den hinteren Hof, von wo man einen Ausblick auf die Ausläufer und ersten Anhöhen des Gebirges hatte. Einen Steinwurf entfernt grillten die Leute des Hadsch einen kleinen Hammel über Holzfeuer. Wenn sie ihn drehten, tropfte das Fett in die Glut, das Feuer flammte einen Moment auf und verbreitete appetitlich duftenden Rauch. Dann drehten sie ihn wieder

um. Es dauerte nicht lange, und sie konnten dem Hadsch und dem Khawaga das Fleisch, auf einem pyramidenförmigen Berg Reis angeordnet, servieren. Der Hadsch steckte die Finger hinein und teilte den Berg in zwei Hälften. Die bessere schob er dem Khawaga zu. Anton Bey betrachtete seinen Anteil verlegen. Auf der Suche nach einer Gabel oder einem Messer gingen seine Blicke hin und her, schließlich streckte er zögernd die schlanken Finger aus und brach sich einen kleinen Happen von dem heißen Fleisch ab. Mit seinen schadhaften Zähnen begann er darauf herumzukauen, und er nahm sich wieder einmal vor, sie durch ein ordentliches künstliches Gebiß ersetzen zu lassen. Während die beiden noch beim Essen waren, fingen sie an, von der Arbeit zu reden, von vergangener und von künftiger.
Khawaga Anton berichtete, er habe Werkzeug, Maschinen und Zelte, auch eine große Menge Holz, auf das Schiff „Fuad" verladen lassen. Hadsch Baha konnte ihm mitteilen, die „Fuad" wäre schon vor zwei Tagen in Edfu angekommen, ihre Fracht sei bereits gelöscht, und er denke, daß Scheich Ali inzwischen alles auf Kamele geladen habe und mit den Arbeitern Richtung Darhib aufgebrochen sei. Sie beschlossen aber, früh am nächsten Morgen selber nach Edfu zu reisen, um sich zu vergewissern.
Der Khawaga erkundigte sich nach der Wasserversorgung. Westlich vom Berg hätten sie einen alten Brunnen entdeckt, erklärte Hadsch Baha, allerdings wäre der schon seit Jahren verschüttet. Scheich Ali habe seinen Neffen Isa mit drei Männern losgeschickt, damit sie den Brunnen instand setzten und reinigten. Vielleicht bliebe ihnen dadurch der Wassertransport vom weit entfernten Brunnen Schadhili erspart.
Nach dem Abendbrot verbrachten sie ein weiteres Stündchen zusammen, tranken dabei drei Runden Tee und unterzeichneten einige Papiere. Im Morgengrauen weckte der Hadsch seinen Gast. Aus einem Silberkrug, der an der Seite im Hof stand, goß er ihm Wasser in die hohlen Hände, damit sich der Khawaga das Gesicht waschen konnte. Sie aßen jeder zwei Eier zum Tee, dann

nahmen sie den Zug nach Edfu, wo sie noch vor Tagesanbruch eintrafen. Sie begegneten Nicola, der gerade sein Frühstück im Büfett von Khawaga Andriko einnahm. Der Hadsch stellte sie einander vor, und die Männer machten sich bekannt.
Man kam überein, daß Nicola als technischer Direktor im neuen Bergwerk eingesetzt werden sollte.
Der ägyptische Pascha Khalil hatte die ganze Sache an jenem unglückseligen Nachmittag entschieden. Er zog Mario beiseite und teilte ihm mit, daß er die Lizenz des Sukaribergwerks an eine französische Firma verkauft habe, die die Mine mit ihren modernen Maschinen besser ausbeuten könne. Mario blieb bei der Teilung gelassen. Er feilschte nicht weiter, sondern nahm seinen Anteil vom Pascha angewidert entgegen. Er beschloß, an die Küste des Roten Meeres zu gehen und dort mit den anderen nach Erdöl zu bohren.
Nicola dagegen erklärte, er wolle hier bei seinen Verwandten im Südosten bleiben. Mario lachte darüber, als er sich von ihm verabschiedete, und erinnerte ihn daran, daß er Nachkommenschaft in Italien habe, und daß eigentlich dort sein Platz wäre.
Nicola hatte einige Briefe mit seiner Frau gewechselt. Ilia erzählte ihm darin viel über sein Töchterchen, das jetzt sechs Jahre alt geworden war. Ihre Wißbegier sei erwacht, sie finge schon an, beharrlich nach ihm zu fragen. Sie schickte ihm auch eine Fotografie, auf der sie in einem schattigen Kasino unter künstlichen Bäumen abgebildet war, und schrieb dazu, daß sein Schwiegervater friedlich eingeschlafen wäre. Da Mario sagte, er wolle zunächst einmal nach Italien reisen und erst im Frühjahr wieder in die westliche Wüste zurückkehren, gab ihm Nicola einen Brief an seine Frau und ein paar kleine Geschenke aus dieser Gegend für sein Töchterchen Ilia mit auf den Weg. Dann hatte er von Mario Abschied genommen und war Isa nach Kom Ombo gefolgt, wo er Hadsch Baha kennenlernen wollte.
Der Hadsch begrüßte Nicola und stellte ihm Khawaga Anton Bey vor. Zu dritt setzten sie sich zur Rast in Andrikos Büfett. Nicola konnte dem Hadsch berichten, daß

Scheich Ali mit den Kamelen voll Werkzeug bereits zum Darhib aufgebrochen sei, er wäre ihnen auf dem alten Weg über Wadi al-Kharit, Wadi Khaschab und Bir Schadhili zum Darhib vorausgegangen. Khawaga Anton Bey erzählte nun, er habe für das Projekt einen Jeep angeschafft und einen Chauffeur eingestellt. Hadsch Baha beglückwünschte seinen Kompagnon zu dieser Unternehmung, äußerte aber einige Bedenken wegen des unzugänglichen Geländes, das für Automobile wohl doch zu beschwerlich sei. Aber da ließ sich Khawaga Anton ausführlich über Jeeps aus. Neuerdings setze man sie sogar im Krieg ein, erklärte er ihnen, eben weil sie unwegsames Gelände so gut bewältigen und sogar Wälder durchqueren könnten. Er schloß mit einer Lebensmaxime, die Nicola noch Jahre danach in den Ohren klingen sollte, nämlich: „Gibst du viel, dann kriegst du viel." Seiner Rede war zu entnehmen, daß er große Hoffnungen auf das Darhibprojekt setzte. Gingen sie in Erfüllung, so käme mit Gottes Hilfe seine kleine Handelsfirma für Kosmetika in Kairo erst richtig in Schwung. Eine Fabrik könnte noch dazu kommen, vielleicht auch zwei, um das Talkum, das ihnen der großartige Dschebel Darhib bescheren würde, weiterzuverarbeiten.

Dann traf der Jeep mit dem Fahrer aus der Stadt ein. Funkelnagelneu und hochmütig hielt er vor Andrikos Büfett. Sein Glanz war wirklich des ersten Autos würdig, das es wagte, die Reifen auf Wüstensand und Kies zu setzen und über die gewundenen, in Fels gehauenen Pässe tapfer seines Wegs zu rollen.

Hadsch Baha schlug vor, die etwas längere, dafür aber sichere Route nach Westen zum Dschebel Schallul zu wählen und sich dann am Scheideweg beim Dschebel Mudrik nach Süden zu wenden. Durch das Wadi Baramije würden sie zu den Bergen Hafafit und Tamima gelangen. Bei Sonnenuntergang könnten sie schon den Darhib sehen, falls sie unterwegs nicht anhielten.

Anton Bey war mit dem Vorschlag einverstanden und ergänzte ihn nur damit, daß er einen Abstecher nach Abu Ghusun vorhabe. Er wolle nachsehen, wieweit die Ilme-

nitsuche dort gediehen wäre. Ein Freund von ihm sei an dem Projekt beteiligt, den möchte er treffen.
Anton Bey und Nicola nahmen auf dem Rücksitz Platz. Hadsch Baha setzte sich neben den Fahrer, um ihm den Weg zu weisen.
Als die Sonne an jenem gesegneten Tag, der in Hadsch Bahas Heft festgehalten war, ihren höchsten Stand erreicht hatte, suchte sich der Jeep mühsam seinen Weg über den Nordrand der Höhenzüge, die bald anstiegen, bald abfielen und ins Meer ausliefen, dann wieder von ihm wegführten, so daß es manchmal zu sehen war und ein andermal entfernter lag und ihren Blicken verborgen blieb. Weit hinten tauchten die Anhöhen des Abu Ghusun auf. Der Grenzposten hob den langen Schlagbaum, der den Weg versperrte, und wandte sich mit ein paar leise gemurmelten Worten an den Fahrer. Der verstand ihn nicht und verwies ihn an den Hadsch. Der Gefreite grüßte Hadsch Baha und übermittelte ihm dann die Botschaft.
In aller Ruhe, mit unbeteiligter Stimme, meldete er, daß die Männer im Brunnen umgekommen seien.
„Was denn für ein Brunnen?" fragte der Hadsch überrascht.
„Der alte Brunnen westlich vom Darhib", antwortete der Gefreite.
Isa hatte sich einen Mann und dessen Bruder und Sohn für das Unternehmen ausgewählt. Sie hatten die Lastsättel der Kamele mit Wasser, Proviant, Grabwerkzeugen, Seilen und Körben beladen und waren gegen Abend zum südwestlichen Teil des Dschebel Darhib aufgebrochen. Im Morgengrauen langten sie am Brunnen an. Sie nahmen die Sättel ab und sahen sich in der Gegend um. Isa gab Anweisung, aus trockenen Zweigen, die sie unterwegs gesammelt hatten, ein Schattendach zu errichten. Darunter sollten sie dann den Proviant und das Wasser abstellen und die Kamele niederknien lassen. Unterdessen zog Isa die Felssteine vom Brunnenrand weg und befestigte ein Seil für den Abstieg. Ein zweites Seil, an dessen Ende er den Korb zum Schuttransport anhängte, ließ er in den Brunnen hinab. Sie einigten

sich, daß zwei von ihnen in den Brunnen steigen und den Korb füllen sollten. Die beiden anderen müßten oben bleiben, um den Schutt heraufzuziehen, ihn oben auszukippen und den Korb wieder hinunterzulassen.
Der Mann stieg mit seinem Bruder hinab.
Isa und der Junge sahen zu, wie der Onkel am Seil in den Brunnen glitt, der Vater des Jungen folgte ihm – es war, als hätten sie den Abstieg in den Brunnen schon tausendmal geprobt. Nachdem sie in dem zwanzig Meter tiefen Loch verschwunden waren und genügend Zeit vergangen war, um den Korb zu füllen, ruckte das Seil, und Isa zog den Korb mit Hilfe des Jungen herauf. Der volle Korb erschien am Brunnenrand. Sie leerten ihn, ließen ihn wieder hinab und warteten. Doch es sollte ein langes Warten werden.
Isa steckte den Kopf in das Brunnenloch, sah aber nichts als tiefe Dunkelheit. Er rief nach den Männern, hörte aber nur das Echo seiner eigenen Stimme. Er bewegte das Seil nach dem vereinbarten Zeichen, es kam keine Reaktion.
Das beunruhigte ihn. Er beschloß, selber hinunterzusteigen und nachzusehen, was passiert wäre. Den Jungen ließ er oben.
Der Junge stand am Brunnenrand und beobachtete, wie Isa in der hohlen Finsternis verschwand. Kein Laut war zu hören. Das einzige, was noch von Leben in dem Brunnen zeugte, war das Gleiten des Seils am Rand, solange sich Isa hinabließ. Nun brach auch dieses Geräusch ab, das Seil stand still. Der Junge wußte, daß Isa unten am Grund angekommen war. Er geduldete sich ein Weilchen, sah mit schmalen Augen aufmerksam auf das Seilende, das ruhig über dem Rand lag, und wartete auf ein Signal von Isa. Doch es blieb aus. So gab er es selber, bewegte das Seil nach rechts und links, legte es wieder auf den Rand und wartete auf eine Reaktion. Aber das Seil rührte sich nicht. Er beugte sich über die Öffnung, rief nach dem Vater. Es kam keine Antwort. Er rief den Onkel. Keine Antwort. Er rief Isa. Nichts.
Niemand antwortete ihm. Der tiefe, finstere Schacht schluckte seine Rufe, wiederholte sie dann langgezogen,

singend. Alle Zuversicht wich aus seinem Herzen. Wahnsinnige Angst erfaßte ihn. Verzweifelt schrie er in das Brunnenloch hinein, rannte wie von Sinnen um den Brunnen, hierhin, dahin. Er lief weg, kehrte wieder um, starrte in das Dunkel, in den Schlund, der die drei Männer verschlungen hatte. Er brüllte, was die Kehle hergab, aber niemand antwortete ihm.

Schließlich erschlafften seine Bewegungen. Er hockte sich am Brunnenrand nieder und starrte unverwandt in das Loch, auf das bewegungslose Seil. Eine Stunde, zwei Stunden, drei Stunden. Als er der hereinbrechenden Dunkelheit gewahr wurde, kroch er los, über Wüstensand und Gestein, sprang dann plötzlich in Panik auf. Ihm war bewußt geworden, daß er in dieser wilden Gebirgsgegend ganz allein war.

Er rannte weiter, über Bergspalten, durch Mulden, hinauf und hinunter. Seine Füße rissen auf, als er über die Felsen kletterte, um den Darhib zu umgehen.

Er wußte, daß Scheich Ali mit einer Ladung Werkzeug zur Ostseite des Berges aufgebrochen war, denn er wollte den Platz am Eingang des Bergwerks zum Empfang für die anderen herrichten. Es war schon Nacht, als der Junge endlich bei den Zelten Scheich Alis und seiner Leute eintraf. Schon an seinem Keuchen und seiner Blässe erkannten sie, daß ein Unglück geschehen war. Sie setzten ihm etwas zu essen und zu trinken vor, aber er rührte nichts an. Sie hockten sich um ihn herum und stellten allerlei Vermutungen an, was mit den Männern im Brunnen passiert sein könnte.

„Vielleicht ist der Brunnen voll Lehm", meinte einer, „und sie sind darin eingesunken."

„Ausgeschlossen", sagte der Junge. „Der erste Korb, der heraufkam, war voll trockenem Schutt."

„Im Brunnen könnten Gase sein, so daß sie erstickt sind", überlegte ein anderer.

„Kann sein."

„Oder es gibt Schlangen drin."

„Möglich."

Scheich Ali war wie gebrochen, die schlimme Nachricht lähmte ihn für einen Moment. Doch er faßte sich rasch

und ordnete an, daß sie sofort zum Brunnen aufbrechen und in Erfahrung bringen sollten, was eigentlich vorgefallen sei.
In der schönen, hellen Nacht gingen sie über verschlungene Pässe im Osten schräg abwärts um den Berg herum, immer Richtung Westen, wo der Brunnen lag. Kurz vor Anbruch der Morgendämmerung erreichten sie ihn.
Sie fanden die Kamele unversehrt unter dem Schutzdach, das auf Isas Befehl errichtet worden war. Sie sahen das Wasser und den Proviant in den Tüchern und am Brunnenrand Isas Säbel und Schild. Der Brunnen aber lag wie ein geöffneter Mund im Frühlicht, das über der Wüste mit ihren stillen Bergen emporstieg, als hätte sich hier nie eine Tragödie abgespielt. Scheich Alis Herz krampfte sich zusammen. Erst jetzt begriff er so richtig, daß dieser verfluchte Schlund Isa, den Sohn seines Bruders, für immer verschluckt und nichts von ihm übriggelassen hatte als diese Eisenreste, sein Rüstzeug, mit dem er sich dem Leben gestellt hatte.
Scheich Ali krümmte sich. Er trat beiseite, um die Tränen zu verbergen, die ihm hochstiegen. Dann riß er sich zusammen und wies seine Männer mit rauher Stimme an, die Kamele der Toten zusammenzutreiben. Sie würden gleich nach Hamata aufbrechen. Hier könnten sie ohnehin nichts weiter ausrichten.
Hamata liegt zwischen Berenika und Abu Ghusun. Der Berg fällt dort in einem langgestreckten Hang ab, der sich bis an die Küste des Roten Meeres hinzieht. Selbst diese Ausläufer weisen noch eine beträchtliche Anzahl an Hügeln und Tälern auf.
Auf dem Berghang standen nur eine kleine Holzbude und ein Wasserfaß. Ein junger Militärposten war das einzige Anzeichen für Ordnung und Sicherheit, er war der offizielle Hüter des Gesetzes. Auf dem Hang gab es auch ein Schutzdach aus alten Brettern und Blech, zwar nur ein armseliger Unterschlupf, doch eine wahre Wohltat. Wie nützlich, herrlich und wertvoll war aber erst das Fleckchen Schatten darunter! Hier fanden sich die Männer zusammen, wenn sie von den Bergen herunterkamen. Hier erfuhren sie die neuesten Nachrichten,

tauschten Botschaften aus, warteten auf Karawanen und trafen sich mit den Scheichs der Wüste, um Unglücksfälle zu besprechen.
Als Scheich Ali mit seinen Leuten an dem Unterschlupf eintraf, war dieser bereits voll besetzt mit Ababde, Verwandten der Männer, die im Brunnen verschollen waren. Nun verbreitete sich die Nachricht überall in der Wüste.
„Du mußt was unternehmen, Scheich Ali“, sagten sie.
Aber Scheich Ali war noch zu sehr mit seinem Unglück beschäftigt.
„Wir müssen eine Botschaft nach al-Kuseir senden“, meinte er nur. „Die sollen uns den Staatsanwalt herschikken, damit er eine Ermittlung durchführt.“
In Marsa Alam gab es eine kleine Station für handvermittelten Funkverkehr. Sie gehörte zur Grenzwache, die sich von hier aus mit al-Kuseir an der Küste in Verbindung setzen konnte. Al-Kuseir war die Siedlung, die der Wüste am nächsten lag, sie verfügte über eine Küstenwache, Gendarmerie und einen Staatsanwalt. In al-Kuseir war das Gesetz.
Scheich Ali nahm ein Blatt Papier und schrieb in Kurzfassung auf, was passiert war. Zum Schluß forderte er einen Staatsanwalt für die Ermittlung an. Er faltete das Papier und übergab es einem Jungen von dreizehn Jahren. Der Junge füllte einen Ledersack mit Wasser und schnürte etwas Essen in sein Tuch ein. Er raffte seinen Gilbab, verknotete ihn an der Taille und setzte sich den Proviant und das Wasser auf die Schulter. Dann brach er einen kleinen Zweig von einem dürren Baum ab, kerbte ihn am Ende ein wenig ein und klemmte den Brief im Spalt fest. Wie ein Banner hob er Zweig und Brief hoch über seinen Kopf.
„Halt dich nicht zu lange auf“, ermahnte ihn Scheich Ali, „wir bleiben hier sitzen und warten.“
Der Junge lief los, immer geradeaus. Bald tauchte er auf, bald unter, bis er ihren Blicken schließlich entschwunden war.
Nachdem der Junge weg war, schaute einer zur Sonne hoch, um ihren genauen Stand festzustellen. „So Allah

will“, meinte er, „kommt er zur Nacht in Marsa Alam an.“
„Da wird der Telefonist schlafen“, sagte jemand.
„Und der Staatsanwalt schläft auch“, ergänzte ein anderer.
„Er ist erst am Dienstag früh dort“, sagte der Scheich, „und der Staatsanwalt trifft dann zu Mittag hier ein, oder nachts.“
„Nachts?“ protestierten die Männer.
„Und wenn schon“, sagte der Scheich. „Wir bleiben hier sitzen. Junge, mach uns Tee.“
Sie traten in das Fleckchen Schatten unter dem Schutzdach und begannen sich auf ein langes Warten einzurichten.
Über die kiesbedeckten Anhöhen kam der Jeep heruntergefahren. Hadsch Baha streckte den Arm heraus und zeigte dem Fahrer den Weg. Vor dem Unterschlupf in Hamata stoppte der Wagen.
Neben den Rädern bemerkte Nicola ein Feuer, darüber eine Teekanne. Ein Junge, dunkel wie Ebenholz, wusch Aluminiumbecher mit emaillierten Henkeln ab.
Im Schatten kauerten Männer, jeder mit dem Gesicht zwischen den Knien. Jetzt erhoben sich alle und machten Scheich Ali den Weg zur Begrüßung der Ankömmlinge frei.
Gefaßt richtete er den Blick auf Khawaga Anton Bey. Sein Unglück hinderte ihn nicht, den neuen Gast in der Wüste freundlich willkommen zu heißen und ihn zu begrüßen, wie es sich gehörte. Hadsch Baha erkundigte sich, was denn geschehen sei. „Es war Schicksal“, sagte Scheich Ali nur. „Allahs Wille.“
Er wiederholte es noch einmal. Zitternd versuchte er, seiner Erregung Herr zu werden. Er wandte sich ab und überspielte die Trauer mit Begrüßungsfloskeln. Einer der Männer übernahm es, Hadsch Baha über die Einzelheiten zu informieren.
Der Ebenholzknabe trat zu Nicola und bot ihm einen Becher Tee an. Als der dem Jungen ins Gesicht sah, glaubte er plötzlich, Isa vor sich zu haben. Nicola war fassungslos. Er packte den Jungen bei der Schulter,

starrte ihn kopfschüttelnd an, als wollte er seinen Augen nicht trauen. Aber es blieb dabei, der Junge hatte Isas Gesicht.
„Das ist Abschar, Isas Ältester“, klärte ihn Scheich Ali auf.
Nicola konnte im Gesicht des Jungen keine Spur des Unglücks entdecken. Nicht einmal den Verwandten der Toten merkte er etwas von der Katastrophe an. Ihre offenen, markanten Gesichter waren hart und fest. Unter den Augen lag jene tiefe Furche, die auf Güte und Schlichtheit hindeutet. Es war die Schlichtheit eines Menschenschlags, der Frühstück und Mittagessen in Leid verzehrte und nachts mit hellwachen Sinnen schlief.
Sie kniffen alle die Augen zusammen, wie es Menschen zur Gewohnheit wird, wenn sie in leeren, weiten Landstrichen unter glühender Sonne leben. Sie verengen die Augen, um weiter und schärfer sehen zu können und die Pupillen vor dem grellen Licht zu schützen. Hinter der Furchte unter den Augenschlitzen können sie aber auch ihre Trauer viel besser verbergen.
Sie waren Männer durch und durch, der Inbegriff all dessen, was dieses Wort „Mann“ bedeutet und symbolisiert.
Sogar Abschar, Isas Junge, war ein Mann.
Ihre Trauer äußerte sich still, in der Wüste ist der Tod etwas Vertrautes.
„Wir nehmen Abschar mit“, sagte Nicola, außerstande, allein mit dem Unglück fertig zu werden.
Das Auto fuhr los. Darin saßen Hadsch Baha, Khawaga Anton und Nicola, der neben sich einen Platz für Abschar freigelassen hatte. Scheich Ali und die Männer blieben zum Abschied stehen, bis das Fahrzeug in der Niederung verschwunden war. Nicola grübelte unterdessen über den tragischen Unfall nach, mit dem die Wüste ihm begegnet war. Seinen Freund und zwei andere Männer hatte sie, wohl zu Ehren seines Empfangs als ständigen Bewohner, einfach verschlungen!
Damals, als er zärtlich den Arm um den kleinen Abschar legte, war er davon überzeugt, daß dieser Unfall, den die

Wüste angerichtet hatte, während er noch bei Andriko in Edfu Wein trank und gefüllte Brathähnchen mit Fladenbrot verspeiste, einen düsteren Schatten auf seinen ganzen weiteren Aufenthalt werfen würde. Wie ein böser Zauber würde er sich auf seine Beziehung zur Wüste legen. Trotzdem wußte er genau, daß es für ihn kein Zurück mehr geben konnte.

Fröhlich und ausgelassen hatte er die Reise in Edfu angetreten, ein Mann, der einen Ausflug mit einer Gruppe Männer unternahm. Doch die Wüste von Hamata zeigte ihm ihr häßliches Gesicht, und ihm verging der Leichtsinn.

Furchtsam und ehrerbietig betrachtete er nun vom Auto aus die Berge. Man sollte sie nicht unterschätzen.

6. Kapitel

Im Laufe dieser langen Zeit, die Nicola nicht mehr messen kann, hat er einen Zustand erreicht, der fast der Nichtexistenz nahekommt. Wozu ernährt sich das alte Gerippe überhaupt noch, dieser Einsiedler da oben auf dem Gipfel des Darhib, am stillen Eingang zu einem verlassenen Bergwerk, wo bis vor kurzem noch das Leben pulsiert hatte?

Was hält ihn inmitten dieser scharfen, bizarr geformten Felsen so beharrlich weiter am Leben, was, wenn nicht jenes kostbare, einzigartige Gefühl, das ihn ganz erfüllt, ihn inspiriert und ihm versichert, daß sein menschlicher Körper, endlicher Aufenthaltsort seiner unendlichen Seele, sich bereits aufgelöst, ausgedehnt und organisch mit diesem weiten mütterlichen Ort vereint habe? Nicola schleppt sich vorwärts, er verzichtet auf das Essen, auf das Schachspielen. Er verzichtet sogar darauf, in den Adergängen des mächtigen Darhib umherzuwandern, wo ihn die gezähnten Wachsstrukturen des Talks wie gezückte Säbel umgeben, wenn er nach Ilia, der geliebten Freundin, seiner Tochter, sucht, die dort durch einen tückischen Einsturz in einer Höhle eingeschlossen worden war.

Nicola verzichtet auf das alles. Er schleppt sich fort mit seinem nackten europäischen Körper, den die Wüstensonne versengt hat, so daß er wie schwarz gebrannter Kaffee aussieht. Die Flasche mit dem Rest roten Spiritus nimmt er mit. Er erklimmt die Felsen, geht um sie herum. Den Osten im Rücken, wendet er sich Richtung Westen. Als die Sonne im Zenit steht, kommt er bei dem alten, verlassenen Brunnen an. Keuchend bleibt er stehen. Über seine nackte Haut ringelt sich der Schweiß wie Stricke, in die der aufgesogene Staub eingeflochten ist. Er sieht sich an dem ruhigen Platz um, als handele es sich um eine archäologische Grabstätte. Mit seinen stumpfen Augen unter den weißen Lidern blickt er in die stille Öffnung des Brunnens hinab, und er will sich mit dieser Stille nicht abfinden.

Wer würde jetzt noch glauben, daß Isa aus freien Stükken in den Schlund hinabgestiegen war, um Wasser für sie heraufzuholen? Weder Isa noch das Wasser kamen je herauf.

Wer könnte aber bestreiten, daß Isa noch immer hier ist?

Auf irgendeine Weise ist er doch hier!

Nicola kauert sich, für einen Moment verzweifelt, auf dem Rand nieder. Er nimmt einen feurigen Schluck von dem roten Spiritus und brüllt, so laut er es nur vermag, in den verlassenen Brunnen: „Isa, Isa!" Aber Isa antwortet nicht, und Nicola zieht sich zusammengekrümmt vom Rand zurück.

Wärst du doch in Abu Ghusun geblieben und hättest zum Zeitvertreib mit Seiner Exzellenz Anton Bey Langusten gefangen!

Hättest du damals, als der kleine Abschar dich mit seinen Männeraugen ansah, bloß nicht beschlossen, mit ihnen zum Brunnen zu fahren, zu jenem letzten Abschied.

Die Sonnenglut schien die Karosse des Jeeps in Brand zu setzen. Die Männer schmolzen vor Hitze, wurden zu Fettklumpen, in denen nicht mehr die Spur einer geistigen Regung war. Plötzlich lenkte der Fahrer das Auto scharf nach rechts, dann nach links. Von den Reifen, die über den felsigen Boden rutschten, kam ein gedämpftes Geräusch. Als wäre etwas zermalmt worden. Stolz verkündete der Chauffeur, er habe eine Schlange erwischt. Er hielt an und stieg aus, um die Reifen zu überprüfen und nachzusehen, ob alles in Ordnung wäre. Hadsch Baha nutzte diese Gelegenheit, um ebenfalls auszusteigen und die Glieder zu strecken. Nicola folgte ihm, auch Scheich Ali. Die anderen Männer, Verwandte der Toten, blieben zusammengedrängt oben auf der Ladefläche.

Scheich Ali bückte sich und sah genauer unter den einen Reifen. Der Fahrer habe keine gewöhnliche Schlange erlegt, erklärte er, sondern eine Tresche. Die Männer auf der Ladefläche gratulierten dem Chauffeur. Nattern krochen ja zu Tausenden im Wüstensand und zwischen den Felsen umher, die eine Sorte spie Gift, die andere biß

mit Giftzähnen zu. Aber die Tresche war von ganz besonderer Art. Die Männer fingen an, sich Geschichten von Leuten zu erzählen, die sich die Gliedmaßen mit ihren Säbeln oder Dolchen abgeschlagen hatten, weil sie von der Tresche gebissen worden waren. Bei ihrem Gift gab es nur eine Rettung, und das war die Amputation, man mußte das vergiftete Körperteil loswerden. Da hieß es nur, entweder Verzicht auf ein Glied oder Verzicht auf das ganze Leben.
Der Chauffeur hatte sich vergewissert, daß die Reifen unversehrt waren. Er stieg wieder in den Jeep ein, die anderen folgten ihm.
Wie viele Stunden sie schon gefahren waren, wie viele Stunden noch vor ihnen lagen, bis sie ihr Ziel erreichen würden, konnte Nicola nicht schätzen. Er hüllte sich in Schweigen und beobachtete den Fahrer, der ganz in sich versunken war, als ob er selber ein Eisenteil am Auto geworden wäre. Es war klar, daß es eigentlich der Weg war, der die Räder mit sich fortzog. Dem Fahrer blieb nichts weiter übrig, als zu gehorchen und sich zu unterwerfen. Er durfte nur der Markierung folgen, die Tausende Menschen- und Kamelfüße hinterlassen hatten, als sie früher über diese Straße gezogen waren. Nicola bildete sich ein, daß der Weg dem Fahrer schräg vorkommen mußte, wie wenn man einen Hang hinunterrutschte, und daß ihm das, wie manchmal im Traum, sicher Spaß machte. Aber sein Gesicht würde sich bestimmt sofort verfinstern und sehr besorgt aussehen, hellwach würden seine Augen werden, sobald nur einmal die Markierung verschwunden oder an einer Stelle undeutlich wäre. Dann würde er nach vorn blicken, und der Boden wäre eben und glatt, so unberührt, als hätte ihn nie zuvor eines Menschen Fuß betreten. Zwar läge er ruhig da, aber er steckte voller Gefahr. Die geringste wäre noch, daß er auf Mahlsand geraten wäre und das Auto im Sandmeer versänke. Nicola hörte, wie Scheich Ali den Chauffeur auf eine Kreuzung zweier Karawanenstraßen aufmerksam machte und ihn auf eine davon lenkte. Er hörte auch, daß der Fahrer Abschar versprach, ihm das Autofahren beizubringen, falls es ihm bestimmt

sei, in der Wüste zu bleiben. Und er hörte, daß Hadsch Baha von Langusten erzählte, die Khawaga Anton in Abu Ghusun finge.
Trotzdem war er abwesend, als wäre seine Seele in zwei Hälften gespalten. Alle Eindrücke wurden immer wieder von Isas Bild verdrängt.
Der Jeep fuhr ein Wadi hinunter, das die Sturzbäche ausgewaschen hatten. In der Ferne zeichnete sich der Darhib ab. Wie ein gewaltiger Schatten hockte er vor ihnen und breitete die sichelförmigen Schwingen aus, um das große Tal zu umfangen, das sie auf ihrem Weg zu ihm hin durchquerten. Seine Konturen konnten sie, trotz des schmerzenden Lichts, das die Sonne vom weißen Himmel auf ihn niederwarf, noch nicht genau erkennen.
Auf den Felsen sah Nicola jetzt die Schatten der Männer, die sich auf der Ladefläche befanden. Sie streckten die Köpfe heraus. Er hörte sie etwas rufen. Scheich Ali fragte, was es gäbe. Einer antwortete von hinten, daß die Männer, die am Brunnen auf sie warten sollten, ihnen entgegengelaufen kämen. Der Scheich wunderte sich darüber. Er mußte genau hinsehen, bis er die beiden Silhouetten auf dem Berghang entdeckte, sie hoben sich kaum von den Felsen ab.
Sie keuchten, als wären Gespenster hinter ihnen her. Sobald das Auto neben ihnen anhielt, sprangen sie eilig auf. „Schlangen, Scheich Ali!“ rief der eine. „Lauter Schlangen und Treschen! Sie kriechen den Brunnen rauf und runter, es ist wie am Jüngsten Tag. Da ist kein Zipfelchen Erde frei, daß du den Fuß draufsetzen kannst. Rings um den Brunnen ist alles mit Nattern bedeckt!“
Verwesungsgeruch drang in das Auto und stieg ihnen beißend in die Nase. Scheich Ali murmelte ein Allah-Bewahre-Uns und befahl dem Chauffeur, in Richtung Brunnen weiterzufahren.
Die Männer fanden den Hang wie mit langen, dicken Tauen von unterschiedlicher Größe ausgelegt. Das ringelte und wand sich, strebte vorwärts in Dutzenden von schwarzen, gelben, gefleckten Leibern, die der Verwesungsgestank aus dem Brunnen gelockt hatte, ihre

Schlupfwinkel zwischen den Felsen zu verlassen und ihm nachzukriechen.

Von einer Öffnung war nichts zu sehen. Wie ein Ameisenhaufen wimmelte der ganze Brunnenrand von Schlangen, die gerade herauf oder hinunter wollten.

Nicola kam der Hang wie ein sagenhaftes Meer vor, dessen Wellen Schlangen waren. Ihm wurde schwindlig davon.

Diese unermüdlich sich windende Bewegung überwältigte ihn. Er begriff, wie schwach er gegen die brutale Wüste mit ihren Gesetzen und Traditionen war, wo der Tod nur wenig bedeutete, wo Krankheiten mit Pflanzen behandelt wurden, wo schüchterne Zurückhaltung unangebracht und der Angriff die einzig richtige Methode war.

Der Automotor störte die Reptile auf. Lauschend hoben sie die Köpfe, und eine Zeitlang erstarrten ihre Bewegungen. Der Fahrer raste hinunter, riß den Wagen links herum, stieß zurück, dann nach rechts, als ob er die Nattern mit den Rädern jagen wollte. Die Schlangen ringelten sich zusammen, krümmten sich und flohen. Der Hang war plötzlich frei, als hätte der Berg sie verschluckt. Nur die verwundeten Reptile waren noch zurückgeblieben. Zischend zogen auch sie sich hinter die Felsen zurück, die zermalmten Schwänze nachschleifend. Der Jeep hielt an, und die Männer wollten abspringen. Aber Scheich Ali warnte sie noch rechtzeitig: Eine verletzte Schlange sei weitaus gefährlicher als eine gesunde.

Sie waren einer Meinung, daß sie sich damit begnügen wollten, einen Kanister Wasser zur Leichenwäsche in den Brunnen zu gießen und ein Gebet für die Toten zu sprechen. Sie hoben den Kanister vom Auto und gingen, vorsichtig die Köpfe nach rechts und links drehend, auf den Brunnen zu. An der Öffnung sprachen sie die Formel: „Im Namen Allahs des Gnädigen, des Barmherzigen“, sagten anschließend zwei Glaubensbekenntnisse und schütteten das Wasser in den Brunnen. Sie deckten das Loch mit einem großen Stück Blech ab und beschwerten es mit einem Felsbrocken. Nun stellte sich Scheich Ali als Vorbeter auf, und die Männer bildeten

hinter ihm eine Reihe. Wähend sie die Fatiha rezitierten, sahen sie sich ängstlich um, daß ihnen nicht etwa eine Schlange zwischen die Füße käme.
Welcher Frieden war den Toten in ihrer letzten Ruhestätte unten im Brunnen vergönnt! Furcht und Schrekken hatten sie den Lebenden überlassen. Die allein empfanden die Abscheulichkeit ihres Endes und beteten für ihre Seelen.
Die Sonne ging am Westhang des Darhib unter, ihre roten Strahlen brachen sich im bläulichen Felsgestein, ließen es in allen Spektralfarben aufleuchten.
In dieser mythischen Atmosphäre, an diesem abgeschiedenen Ort, erinnerte sich Nicola wieder daran, was Isa zu ihm gesagt hatte. Es kam ihm vor, als ob das Blut jener Männer, die der Brunnen verschlungen hat, über die Wüste hinströmte und alles rot färbte. Als ob die Natur dennoch die Opfer betrauerte.
Wie großartig war diese Trauer, die ihren Schleier über Erde, Himmel und Berge breitete!
Als das Auto den Schatten verließ, den die Westseite des Darhib ihnen gewährte, solange es hinauf nach Osten ging, hatte der Kummer die Lebenskraft der Männer ausgelöscht. Jeder stieg in seinen eigenen Brunnen hinab, versenkte sich tiefer und tiefer in sich selbst. Ihre Schweigsamkeit verband sich mit dem Schweigen des Berges und des Himmels. Das einzige bewegliche Lebewesen in dieser Stille schien das Metallauto zu sein.
Nicola begriff, daß alle Wesen in geheimer Verwandtschaft zueinander standen: Die Sonne, die auf den Ostteil des Berges niederschien. Der Berg, der sich in der Sonne lagerte und seine uralten felsigen Wurzeln bis an den Rand des Wadis, das sie schon vor Stunden hinter sich gelassen hatten, ausstreckte. Die staubige und die steinige Erde, die die stille Brunnenöffnung umgab, und sogar der Brunnen selbst. Die Felsformen, die über und über mit herbstlich gefärbten, scharfkantigen Pflanzen, die Gesteinssplittern ähnelten, bedeckt waren.
Alles auf Erden führt hinein in die Erde. Auch er kam von ihr her und würde unweigerlich zu ihr zurückkehren.

Alles auf Erden verändert, ersetzt und wandelt sich unaufhörlich.
Und du, Nicola, was magst du wohl früher einmal gewesen sein?
Demütig standet ihr beide, du und Isa, zu Füßen des verstorbenen Berges Ulba, vor Isas heiligem Vorfahren aus Stein. Er stellte dich als seinen Freund vor, und du hattest Angst. Die Sonne brannte euch auf den Rücken, während deine Augen an dem Glanz hingen, der aus den Höhlenrändern drang, dort oben, wo sich Koka Luanka aufhielt. Doch deine Angst verging immer dann, wenn dich Isa mit seinem reinen Beduinenlächeln ansah. Als die weißen Widder gemächlich zu den dichten Bäumen in den blühenden Hochlandwadis des verstorbenen Berges getrabt kamen und die Sonne mit nachlassender Kraft am Horizont versank, reichte dir Isa etwas von seiner Wegzehrung. Er führte dich an der Hand zu einem hoch in den Himmel ragenden Felsen, der sich zur Begrüßung der Sterne in Grau und Silber kleidete. Aber er gab dir auch von seinem Wissen ab. Er lehrte dich, daß der Sommer bei ihnen Kaiz, die Gluthitze, hieß. Der Herbst war Sadschidsch, die Wässerung, und der Winter Khimma, die Faulheit, Zeit der Untätigkeit, denn da kamen die Sturzbäche. Sie spülten die Markierungen weg, veränderten das Aussehen der Wadis, bewegten die Steine und kippten sie um.
Isa blickte zum Himmel hinauf und weihte dich in die Geheimnisse der Sterne ein, in die er und seine Vorfahren durch genaues Betrachten und Beobachten über Jahrtausende hinweg eingedrungen waren. Flüsternd erklärte er dir, daß die Plejaden zu Beginn des Sommers vor der Morgendämmerung aufgingen. Vierzehn Nächte danach erschiene Barbara, und nach weiteren fünfundzwanzig Nächten zeigten sich Arcturus, Spica virginis und Mirzam. Einer nach dem andern stiegen sie in einer Reihe von Osten herauf. Wiederum vierzehn Nächte nach Barbara ginge im Süden Canopus auf und kündigte den Beginn des Sadschidsch an. Zehn Monde und zwanzig Tage blieben diese Sterne in der Himmelssphäre, bis der Frühling zuende sei. Dann fingen sie, einer nach

dem andern, zu sinken an und seien für vierzig Tage verschwunden. Aber darauf zeigten sie sich von neuem, und an ihrer Spitze die Plejaden. So könne man die Jahreszeiten erkennen, sich auf die Witterung einrichten und den Wechsel der Jahre bemessen.
Er erklärte dir dieses exakte System, nach dem die Sterne auf- und untergehen. Doch über den Aufgang und Untergang der Menschen sagte er dir nichts.
Du warst voller Vertrauen zu ihm, warst empfindsam wie ein Kind. Dein ruheloses, bewegtes Leben als Emigrant, der seine Jugend mit Umherwandern verbrachte, hatten dich nicht abstumpfen lassen. Du hattest dir die Fähigkeit zu staunen bewahrt. Und da mußte er plötzlich von deiner Seite verschwinden! Ein Weggang ohne Wiederkehr ... Wie kam es, daß du dabei ruhig bleiben konntest, ohne bis ins Innerste getroffen zu sein? Es mußte wohl etwas in dir zerbrochen sein.
An dem Tag, als sie auf dem Vorplatz am Bergwerk ankamen, sah sich Nicola freudlos um. Eigentlich hätte er über den neuen Ort jubeln müssen. Aber er war darauf eingestimmt gewesen, ihn gemeinsam mit Isa zu betreten. Isa war ein Ersatz für Mario. Genauso wie Mario ein Ersatz für seine beiden Freundinnen-Frauen gewesen war, von denen jede Ilia hieß.
Jetzt hat er sie alle verloren und ist ganz allein.
Die Leute Scheich Alis bauten die Zelte auf dem Vorplatz auf, ein großes für die Arbeiter im hinteren Teil neben dem Zelt für Abfälle, ein Vorrats- und Küchenzelt und drei kleine Zelte im Vorderteil des Hofes, für Direktor Nicola, Seine Exzellenz Anton Bey und Hadsch Baha gemeinsam mit Scheich Ali, der nicht lange bleiben wollte. Hadsch Baha hatte unterwegs drei Lämmer von einem vorbeiziehenden Hirten gekauft, der ihm obendrein einen Wassersack aus Schafleder schenkte. Jetzt gab er seinen Leuten Anweisung, zwei Lämmer an den Mineneingang zu führen und sie dort zu schlachten, um den Segen zu erbitten. Die Männer stellten sich am Höhleneingang auf, sprachen „Im Namen Allahs des Gnädigen, des Barmherzigen“, riefen „Allahu akbar“ und rezitierten die Fatiha. Für sich selbst baten sie Gott, er

möge ihre Lage bessern, für Seine Exzellenz Khawaga Anton und Hadsch Baha baten sie um Ehre und Wohlergehen. Für Nicola erbaten sie gar nichts.

Es war, als hätte ihn plötzlich das Arbeitsfieber gepackt. Das tiefrote Blut der Lämmer floß noch reichlich über die Felsen am freien Nebeneingang, der in das Innere des Berges führte, da bestimmte Nicola schon drei Männer und befahl ihnen, den Vorplatz aufzuräumen. Sie bückten sich und sammelten alten Abfall auf, schafften kleinere Steine beiseite und schoben die großen Brocken halbkreisförmig am Rand zusammen. Nicola zeigte über die geneigten Köpfe hinweg, dahin und dorthin. Als sie mit dem runden Platz fertig waren, führte er sie weiter, damit sie auch den Weg zum Grotteneingang freilegten. Inzwischen war alles Blut aus den Lämmern zur Opferung und Segnung über die Felsen geströmt. Die Männer trugen sie hinter die Zelte und waren nun vollauf damit beschäftigt, das Fleisch zu zerlegen, in Stücke zu schneiden und mit ein bißchen Wasser zu waschen. Dann zündeten sie ein Feuer an, um das Fleisch zu grillen. Khawaga Anton und Hadsch Baha wollten sich etwas ausruhen, bis das Essen gar wäre. Nicola aber zündete zwei Karbonlampen an und bat Scheich Ali, ihn zu begleiten und mit ihm in die Grotte hinabzusteigen.

Die Öffnung war langgestreckt, sie schienen eine Höhle zu betreten. Nicola wies Scheich Alis Leute an, das Geröll am Eingang wegzuräumen. Zusammen mit Scheich Ali ging er hinein. Die Karbonlampen, die jeder von ihnen in der Hand hielt, warfen ihre beiden Schatten auf die Grottenwände – lange Schemen, deren Köpfe sich im unsteten Licht auf den gewölbten Felsflächen hin- und herbogen. Der Gang endete an einem tiefen Schacht. Scheich Ali beugte sich darüber und tastete den Rand ab. Die Eisenleiter sei noch da, erklärte er.

Die Mine war also keine Jungfrau mehr. Nicola erkundete den Einstieg, den seine Vorgänger, Bergleute in alter Zeit, hinterlassen hatten. Er streckte einen Fuß vor und verhinderte so, daß Scheich Ali ihm zuvorkam.

Die Leiter führte an die hundert oder hundertfünfzig Meter tief in den brunnenähnlichen Schacht. Dann stan-

den sie auf ebener Erde, wie im Innenhof eines Hauses. Zu beiden Seiten gingen alte Tunnel und Gänge ab. Nicola hob die Karbonlampe an die Tunnelwände und suchte nach dem begehrten Rohstoff. Er leuchtete die Fläche von der einen Seite ab. Scheich Ali tat dasselbe von der anderen Seite. Aber sie stellten nur Spuren von Talk fest, kärgliche Reste, die ihre Vorgänger übriggelassen hatten. Diese erste Ebene hatte nichts gebracht. Da stießen sie auf einen weiteren tiefen Schacht, auch hier war die Eisenleiter noch intakt. Sie stiegen weiter hinab bis in dreihundert Meter Tiefe. Scheich Ali konnte das gut schätzen, indem er die Leitersprossen zählte. Jetzt befanden sie sich auf einer zweiten Ebene, ebenfalls mit Tunneln und Gängen. Wieder hielten sie die Karbonlampen hoch, jeder von einer anderen Seite, und suchten die Wände nach Rohstoff ab.
Nicola vergaß sich selbst. Er vergaß auch Scheich Ali, der bei ihm war. Vergessen war Khawaga Anton und Hadsch Baha und die zwei Lämmer, die hinter den Zelten über dem Feuer gedreht wurden. Mit allen Sinnen ging er in der Entdeckung dieser neuen Welt auf, die seine Welt sein würde. Er strich mit einer Begeisterung über die Wände, wie er sie nicht einmal gefühlt hatte, als er die rosigen Wangen seiner Tochter Ilia mit den Fingerspitzen streichelte.
Die große Ilia pflegte zu sagen, er sei ein wilder Individualist, und er möge keine Kinder. Doch er war sich sicher, daß er Kinder noch viel mehr liebte als sie.
Sie hatte auch gesagt, er sei hartherzig, gefühllos, vielleicht überhaupt nicht fähig, Liebe zu schenken. Dabei vergaß sie aber, daß sie es gewesen war, die ihn überrumpelt hatte. Sie hatte ihm doch ihren Körper, ihre Träume und Pläne einfach so hingegeben. Ja, sie hatte ihm eine Ehefrau und eine Tochter beschert, während er damals nichts als eine Arbeit verlangt hatte, von der er leben konnte!
Warst du Isa etwa nicht in Liebe zugetan, Nicola? Und widerfuhr dir das nicht in dieser ausgestreckten Wüste, als du in sie eindrangst und sie zugleich erkanntest?
Isa war ein Ersatz für Mario, und Mario ist ein Ersatz für

deine beiden Freundinnen-Frauen gewesen. War diese zornerfüllte Traurigkeit dann also ein Trauern um sie alle?
Bestätigt das vielleicht nicht deine Fähigkeit, Liebe zu geben und Liebe zu fühlen?
Die Natur hat dir Isa auf heimtückische Weise geraubt, sie enthüllte dir ihr häßliches Gesicht. So bist du einsam geworden und müßtest nun stark sein, um diese Einsamkeit ertragen zu können. Nicht nur das, hier würdest du auch verantwortlich sein.
Wie Adern zogen sich diese endlosen Tunnel durch das Herz des Berges, und dir wäre es aufgetragen, die Männer, die jetzt oben auf dem Dschebel um das gegrillte Fleisch hockten, da hindurch zu führen. Du müßtest ihnen beibringen, wie sie Gutes und Schlechtes, das diese Adern genauso wie Mutter Natur in sich bargen, aus dem Weg zu räumen hätten, das heißt Schlechtes beiseitezuschieben und Gutes festzuhalten. Aber zwischen euch und dem Guten würden noch viel Mühsal und Schrecken liegen, Nicola. Deine Vorgänger hatten nichts zurückgelassen als scharfkantige Felsen, allen möglichen Schutt von den Einstürzen und alte Holzpfeiler, die ausgewechselt werden mußten. Von jetzt an müßtest du dich bereit halten, das alles in Angriff zu nehmen, dich da hineinzustürzen, um den echten Rohstoff zu finden und zu fördern.
Er strich mit den Fingerspitzen über die Felsen des Stollens, mit einer Leidenschaft, wie er sie nicht einmal gefühlt hatte, wenn er Ilias Wangen streichelte. Die Karbonlampe von Scheich Ali warf ihren flackernden Schein auf seinen schmalen, gebeugten Körper und bildete ihn als langgezogenen, gekrümmten Schatten auf den gebogenen Stollenwänden ab.
Der Scheich tippte ihm mit seinen schlanken geäderten Fingern auf die Schulter. Er schlug vor, es genug sein zu lassen und zum Essen hinaufzusteigen. Sie waren am Ende der Gänge auf der zweiten Ebene angelangt, ohne eine Spur von Rohstoff gefunden zu haben. Während sie die alten Leitern zur Oberfläche des Berges hinaufkletterten, meinte Nicola, sie müßten unbedingt eine dritte

Ebene einrichten, noch einmal hundertfünfzig, vielleicht auch zweihundert Meter tief. Es gäbe schon noch Talk im Berg, aber mehr seitlich und in größeren Tiefen gelegen. Scheich Ali sagte darauf, die Alten hätten wohl aufgegeben, als solche Tiefen für sie unerreichbar geworden wären. Nicola versicherte ihm, daß es ihre Pflicht sei, dorthin vorzustoßen, wo ihre Vorgänger nicht mehr hingelangt wären. Das sei ein Gesetz des Fortschritts.

Vor den Zelten auf dem Vorplatz hatten die Männer inzwischen eine runde Tafel vorbereitet. Alle hatten daran Platz genommen und warteten, daß Nicola und Scheich Ali sich zu ihnen gesellten.

Nicola stieg aus der Grotte und ließ sich an der großen Tafel nieder. Sein Lächeln war gezwungen, er schwieg bedrückt. Dieser kummervolle Ausdruck sollte sein Gesicht für viele Jahre prägen.

Er betrachtete Anton Bey, der mit gekreuzten Beinen neben Hadsch Baha auf der zu ebener Erde ausgebreiteten Kamelhaarplane vor der Tafel saß, bemüht, diesen Männern, die mit ihm zusammenarbeiten würden, höflich und sympathisch zu erscheinen. Hofftest du etwa, Nicola, daß er irgendwie anders wäre als jener ägyptische Pascha Khalil? Hattest du noch Zweifel, daß er sich jetzt schon insgeheim die Lippen leckte und in Fieberträumen von blendend weißen Talkhügeln wiegte, die von Kamelen aus der Grotte ans Ufer und von Booten über das Meer zu seiner kleinen Fabrik in Kairo transportiert würden, so daß diese Fabrik, und demzufolge auch er, Khawaga Anton, davon größer und gewichtiger würden?

Und der andere, der seiner Herkunft nach Abbadi war, dieser Hadsch Baha? Paßte er nicht auch dazu, mit seiner Gier, zuallererst nach materiellem Gewinn, und dann nach moralischem Ansehen bei seinen Verwandten? Sein Großvater hatte sie verraten, als er in die Zivilisation emigrierte und mit seiner Beduinenehre auch die Zugehörigkeit zu Ursprung und Wurzeln aufgab. Wie sollte sein Enkel jetzt nicht danach trachten, als Eroberer zu seinem früheren Stamm zurückzukehren?

Wer von denen würde schließlich hierbleiben?
Anton Bey würde wieder nach Kairo, der berühmten Hauptstadt, abreisen. Er hatte dir ja schon versprochen, daß er dich bei der ersten Sendung Talk, die das Bergwerk verließe, dorthin einladen wollte.
Hadsch Baha würde sich wieder zu seinem Handel und Feldbau nach Edfu und Kom Ombo aufmachen.
Und sogar Scheich Ali würde von neuem in den Bergen der Wüste umherziehen.
Du allein würdest hier bei den Männern bleiben, denen es letztlich auferlegt war, den Talk in den Grotten zu fördern.
Es waren eben jene Männer, deren leuchtend rotes Blut der verstorbene Isa bei Sonnenuntergang über die Berghänge hatte fließen sehen.

7. Kapitel

Scheich Ali war ein Mann von großer Weisheit, die er auch auf den Boden der Wüste anzuwenden wußte. Jedesmal, wenn er an einem Mann mit bloßem Hinterteil vorüberkam, der sich krümmte und drückte, um seine Exkremente loszuwerden, ermahnte er ihn: „Reiß dich zusammen, Mann, reiß dich zusammen. Erstmal streich den Boden glatt und mach dir ein Loch. Dann ziel genau, nimm dich zusammen!"
Dieser Alte, dürr wie ein vertrockneter hoher Wüstenbaum, verstand es, Spaß und Ernst miteinander zu mischen und sich dabei seinen eigenen Pfad zu bahnen, der deutlich von anderen Wegen abwich.
Dieser Scheich Ali würde dein Heiligenbild werden, Nicola. Mit seinem einzigen Auge konnte er die Geheimnisse der Wüste in tausenderlei Dingen und Beziehungen entdecken, die deinen beiden Augen verborgen blieben. Während der langen Zeit, die er gelebt hatte, seit er als Kind bei den Hirten im Schatten der Berge den kleinen Lämmern hinter den Zelten nachgekrochen war, seit er als junger Mann mit den Kamelkarawanen herumgezogen war, wenn sie zum Verkauf auf den Markt nach Kordofan geschickt wurden, während dieser ganzen Zeit nahm er sich zusammen, auch jetzt noch. War seine Trauer nicht sogar berechtigter als deine? Isa war schließlich der Sohn seines Bruders und der Ehemann seiner Tochter, und die Waise Abschar war sein Enkel.
Mit der Weisheit des Alters und einem scharfen, erfahrenen Verstand konnte dieser Alte Brücke und Paßweg zwischen der seßhaften Bevölkerung und den Beduinen sein.
War er nicht der größte unter den Wegführern, der mit der reichsten Erfahrung? Er hatte die Leinwandzelte verlassen, um an den Pforten und Eingängen zur Wüste diese europäischen Abenteurer und ihre finanzkräftigen ägyptischen Partner zu übernehmen. Er führte sie durch die Berge, er legte ihre roten Finger auf die Rohstoffe,

einen nach dem andern, und drückte sein einziges Auge zu vor der zitternden Gier im Blick dieser Ausländer. Tat er das nun aus Naivität, oder war er vielleicht weiser als alle anderen?
Der alte Mann hatte begriffen, daß die Berge von altersher unverändert geblieben waren, und daß auch seine Verwandten unverändert waren von alters her. Ihren Händen würden sich die Schätze niemals öffnen. Da mußte schon jemand mit einem Amulett kommen, einer, der die Symbole des Talismans löste und die Siegel aufbräche, der das Untier tötete und die Türen zum Schatz für alle öffnete. Dem stünde natürlich der Löwenanteil zu, als erstem immerhin, das schon. Aber dann würde der Überfluß doch Allgemeingut werden.
Diese Ausländer verfügten über Wissen und Erfahrung. Sie besaßen solche Macht, daß sie der Zivilisation nur einen kleinen Wink mit dem Finger zu geben brauchten, und schon kamen die Schiffe und die Lastkraftwagen und waren mit Dingen beladen, die in der Wüste kein Auge je erblickt, von denen kein Ohr je gehört hatte ... Geräte, Maschinen, Getränke, Speisen, Kleidung. Eine reiche Flut, die sich über die Wüste ergoß und in den Bergen versickerte, genau dort, wo sich diese Ausländer aufhielten. Sie floß aber auch über die Randgebiete hin, wo die Beduinen lebten. Sie lernten von dieser Flut, oder erfuhren doch wenigstens etwas über sie.
Die Bischarin lehnten die Fremden auf eine ignorante Weise ab, dem Verhalten des Vogels Strauß nicht unähnlich. Wenn ein Bischari so einen Fremden bemerkte, drehte er den Kopf irgendwohin, nur um ihn nicht ansehen zu müssen. Deshalb waren die Fremden genötigt, sich Arbeiter aus dem südlichen Unterägypten zu beschaffen.
Isa allerdings war ein zorniger Rebell gewesen. Seine stolze Seele hatte sich vom ersten Augenblick an gegen die Fremden aufgelehnt. Aber das war auch wieder ein Fehler gewesen. Wenn die Fremden tatsächlich aus den Bergen abziehen müßten, weil die Beduinen sich ihnen widersetzten und ihre Pläne bekämpften, dann würde der Berg bleiben, wie er war. Die Beduinen würden blei-

ben, wie sie immer gewesen waren, und das noch einmal für Hunderte von Jahren. Bei einer Reise von Wadi Gemal zum Markt von Kordofan könnten sie nichts Erwähnenswertes dazulernen.
Scheich Ali beschloß, einen schon ausgebildeten Setzling des Fortschritts auf die Felsen des Darhib zu pflanzen. Er hatte bereits versucht, einige Samenkörner in die Bergwerke von an-Nukheira, al-Fawakhir und Hamata zu stecken. In jede Mine hatte er einen Bischari oder Abbadi bei den Fremden eingeschleust. Er bekam sie mal mit List, ein andermal mit Versprechungen oder Drohungen herum, bis er sie aus den Banden von Brauch und Gewohnheit gelöst hatte und in jene Blechbaracken werfen konnte, die Isa den Schlaf geraubt und seine Visionen entfacht hatten. Sie sollten etwas von der Kunst des Bergbaus lernen.
Ohne diese Kunst mußten die Berge wertlos bleiben.
Da züchtete dieser listige Alte also die sprießenden grünen Keimlinge zuerst in anderen Minen, um davon einen einzigen Setzling zur Anpflanzung auf dem Darhib zu gewinnen, einen, der zum Baum heranwachsen sollte.
Träumte er davon, mit Hilfe dieser Saat, die er Korn um Korn in die Bergwerke streute, vielleicht einmal die Kenntnisse dieser Ausländer zu erwerben? Solange das auch immer dauern mochte?
In seinem Kummer starrte Nicola hinüber zum Eßplatz der Arbeiter, der ziemlich weit von ihrer eigenen Tafel entfernt lag. Die sieben Männer da drüben waren ganz anders als die Leute aus Unterägypten, die Khalil Pascha zur Arbeit auf den Sukari gebracht hatte. Sie sahen eher wie die aus, denen er gewöhnlich auf seinen kurzen Reisen rings um den Dschebel Sukari begegnet war, oder wie die stolzen, über ihre Lumpen und unterernährten Leiber erhabenen Männer, die ein Gefühl unermeßlichen Reichtums erfüllte, weil sie mit der Natur eins waren. Sie glichen ungezähmten alten Gottheiten, schienen ungefüg und unwissend. Aber es ging göttliche Größe von ihnen aus. Der Scheich hatte sich zu ihnen gesetzt und gab ihnen beim Essen nebenher seine Anordnun-

gen und Ratschläge. Onkel Oschik, der schon ein bißchen alt war, sollte unten, wo der Weg zum Vorplatz anfing, eine Bude aus Blech und Holz aufstellen und zur Aufsicht dort bleiben. Er würde der Wächter sein. Abdrabbo Krischab sollte nur beim Verladen und Wiegen eingesetzt werden. Seine Hauptbeschäftigung wäre die Versorgung der Bergleute mit Fisch. Dreimal wöchentlich müßte er nachts, wenn alles noch schlief, mit Speer und Netz vom Bergwerk aufbrechen und sich ein Kamel nehmen. Das würde ihn in zwei, drei Stunden an den berühmten Golf von Banas bringen, so wäre er schon vor dem Morgengrauen am Ufer. Den Speer im Anschlag, würde er mit bloßen Füßen geräuschlos ins Wasser gleiten und den großen Fischen auflauern, die, von der Helligkeit angelockt, zu den seichten, sandigen Rändern geschwommen kämen, um unter den mittleren und kleinen Fischen Beute zu machen.

Nimm nur mal diesen Abdrabbo, Nicola. Tief in ihm ruhte schon die Saat der Tragödie. Er war ein Sproß aus dem alten Stamm der Krischab, die den Fischfang noch in pharaonischer Tradition mit Stock und Kurzspeer betrieben. Sie lebten an den Meeresufern in der Wüste und ernährten sich von den Gaben des Meeres. Sie zerteilten die Fische, dörrten sie in Sonne und Wind und zogen damit zu den Berghütten hinauf, um sie gegen Gerste einzutauschen. Sogar ihre Kamele hatten sich im Laufe der Zeit daran gewöhnt, kleine Trockenfische zu kauen und als Futter anzunehmen.

Ja, Nicola, sieh dir diesen Abdrabbo Krischab an. Er blickte zu dir herüber, als hätte er gerade dich unter allen anderen auserkoren, dir seine Gefühle und seine Tragödie zu offenbaren. Versprach er dir nicht gleich an diesem ersten Tag, daß er dir einen ganzen Haufen Langusten bringen würde, von denen du in der Wüste zwar viel gehört, die du aber noch nie gekostet hattest?

Die übrigen fünf würden mit dir in den Tunneln arbeiten. Da, Scheich Ali verwies sie eben an dich. Er bereitete sie schon darauf vor, daß sie einmal die legitimen Erben dieser Berge und ihrer Schätze sein würden,

wenn die Fremden ihren Anteil bekommen hätten und gegangen wären.
Die zähe Fähigkeit dieses alten Mannes zur Geduld, sein fester Glaube, daß die Zeit auf seiner Seite war, faszinierten dich damals, Nicola.
Vielleicht hast du in jenem Moment, dort an der Tafel mit den beiden gegrillten Lämmern, den Entschluß gefaßt, dich auf seine Seite zu stellen? Was war denn dieser Khawaga Anton Bey auch anderes als ein Fremder, der schließlich nur vorbeiging. Er gehörte zu seiner kleinen Fabrik in der Stadt, zu seinen Besitzungen, seinen Beziehungen. Und Hadsch Baha, war er seinem Vermögen in Edfu und Kom Ombo etwa weniger treu ergeben? Nur du warst an gar nichts gebunden.
Es würde dir auch nichts nützen, irgendwo dazwischen zu stehen. Also reiß dich zusammen, wie Scheich Ali immer sagt. Streich den Boden glatt und mach dir ein Loch, in das du zielen kannst. Nimm dich zusammen. Dein Ziel soll fortan die Grotte dieses Berges sein.
Und wenn du dich zusammenreißt, so deshalb, um diesen legitimen Erben zur Seite zu stehen.
Fang an zu träumen. Alle großen Taten in der Menschheitsgeschichte haben als Träume begonnen.
Möge dein Traum der gewaltigen Kraft angemessen sein, die in deinem Herzen, im Herzen des Berges, in den Armen und Herzen dieser Beduinen aufgespeichert ist: Scheich Alis Männer und dann deine Leute, wenn alle anderen abgezogen wären.
Du würdest ihr Maestro sein, würdest ihr Zusammenspiel in dieser wilden Gegend, zwischen diesen Felsen, zu dirigieren haben. Ein Lied würdet ihr singen, das mit seinem Echo in der jungfräulichen Leere wider und wider hallte, bis es sie in eine moderne, technisierte Stadt voller Leben und Treiben verwandelt hätte.
Ja, Hymnen einer Stadt.
Wie würdig bist du doch dieses Traums gewesen, Nicola! Wie sehr waren diese dunkelbraunen Männer seiner würdig!
Nicola war der Meinung, daß sie sich mit einem bißchen Herumscharren in den Felsen auf einen allzu kleinen

Wirkungskreis beschränken würden, der nicht über das hinausginge, was man von den Minen in an-Nukheira, al-Fawakhir, Nakrat und anderen Bergwerken in der Wüste hörte.
Ihre Vorgänger, erklärte Nicola, wären in zwei Ebenen auf eine Tiefe von ungefähr dreihundert Metern in den Berg eingedrungen. Bestimmt hätten sie dazu viele, viele Jahre gebraucht. In den Stollen und Gängen hätten sie alles abgebaut, was die Felsen an Rohstoff hergaben.
Er habe aber eine blendend weiße Talkader gesehen, die mit ihren Spitzen genau im Zentrum des Berges, am Ende der zweiten Ebene, aus dem Stollen trete. Sicherlich hätten die Vorfahren hier aufgegeben und sich gescheut, weiter vorzudringen, denn das hätte bedeutet, daß sie eine dritte Ebene in den Berg hätten treiben und von da aus dem Rohstoff folgen müssen. Eine dritte Ebene erfordere aber unbedingt auch einen Lüftungsschacht, ein senkrechtes Loch, das aus dieser Tiefe hinaufgebohrt werden und oben auf dem Gipfel ins Freie führen müßte, damit die Arbeiter unten im Stollen Frischluft bekämen. Die Öffnung, die ihre Vorgänger angelegt hatten, würde jedenfalls nicht ausreichen, um drei Ebenen mit Lebensatem zu versorgen.
„Wenn wir es richtig machen wollen, muß gesprengt werden“, sagte Nicola. „Verwenden wir doch Schießpulver, und holen wir uns dafür einen Ausbilder. Der könnte den Arbeitern beibringen, wie sie die Löcher in den Fels bohren und mit Sprengladungen füllen müssen. Beschaffen wir uns einen Sprengmeister! Das wird uns zwar etwas kosten, das schon. Aber es spart uns viel Zeit. Wir müssen uns diesem Berg mit all unserem Mut, mit all unserer Kraft stellen, wenn wir ihn besiegen wollen. Wenn wir hierbleiben wollen. Da und dort noch liegenden Rohstoff könnten die sieben Arbeiter in zwei Monaten abbauen. Zwei weitere Monate dürften genügen, kleinere Restbestände in den Stollen und Tunneln zu gewinnen. Aber dann machen wir uns an die weißen Talkadern, die mit ihren Schneespitzen aus dem hintersten Stollen herausschauen. Ihre dicken, ergiebigen Wurzeln sind tief in die Felsen geschlagen, direkt in das

Herz des Berges hinein. Da müßten wir schon bald kapitulieren und den Rückzug antreten wie unsere Vorgänger, oder wir würden gar nicht solange leben, bis wir uns nur mit Axt und Meißel in diese Tiefe vorgearbeitet hätten."

Hadsch Baha war geneigt, das Abenteuer zu wagen, während Khawaga Anton noch zögerte und die Sache unter verschiedensten Gesichtspunkten erwog. „Es muß gesprengt werden", versicherte ihm Nicola enthusiastisch. Er holte Papier und machte sich daran, für Khawaga Anton die Gänge und Korridore des Berges aufzuzeichnen, wobei er ihm den Verlauf der Rohstoffadern erläuterte. Er betonte, daß sie unbedingt ein Verfahren brauchten, mit dem sie schnell in die Felsen eindringen und neue Gänge und Korridore aufschließen könnten. Er machte ihm einen Kostenvoranschlag über die Ausgaben für Schießpulver, Zündschnüre und Ausbildungskosten. Als er merkte, daß Khawaga Anton immer noch zögerte, forderte er ihn auf, ihn in die Grotte zu begleiten. Er wolle ihm die Spitzen der Adern zeigen, wie sie aus der Wand im letzten Stollen hervorlugten. Da kam Khawaga Anton endlich zur Einsicht und ließ sich überzeugen. Es war klar, daß er zu allem bereit war, bis auf eines, nämlich mit seiner eleganten schlanken Erscheinung zwischen diese Felsen hinunterzuklettern.

Khawaga Anton reiste nach Kairo ab. In der Tasche trug er eine neue Aufstellung über Maschinen und Werkzeuge, die für diese unerwartete Erweiterung erforderlich waren und die er dort einkaufen und verladen würde.

Hadsch Baha fuhr nach Edfu. Er hatte eine Liste der Lebensmittel bei sich, mit denen das Bergwerk jede Woche versorgt werden mußte.

Und Scheich Ali zog in die Wüste, um wieder einige junge Ababde für die Arbeit auf dem Darhib zusammenzubekommen.

Der Sommer hatte begonnen, Nicola, als die große Ilia, in ihrer Begleitung Klein-Ilia, auf der Suche nach dir anreiste.

Er beugte sich gerade über die Tonne. Abschar goß ihm Wasser in die hohlen Hände, damit er sich den Tages-

staub von Gesicht und Armen spülen konnte. Da kam der Jeep, voll beladen mit Verpflegung für die ganze Woche, aus Edfu zurück. Der Chauffeur trat zu Nicola und legte ihm die Versorgungsliste vor. Außerdem übergab er ihm ein Telegramm, das Khawaga Anton an Hadsch Baha adressiert hatte. Darin ließ er Nicola mitteilen, daß seine Frau und seine Tochter in Kairo angelangt seien, und daß er kommen müsse, um sich mit ihnen zu treffen. Es sei doch nicht möglich, die beiden zu ihm in die Wüste zu schicken.
In der Nacht konnte Nicola nicht reisen. Er steckte das Telegramm in die Tasche und ging auf dem Vorplatz mit sich allein zu Rate, nachdem er die Lebensmittel und das Wasser verteilt hatte. Er sah zwar mechanisch zu, wie die Arbeiter die Behälter mit den Nahrungsmitteln seitlich im Vorhof auf den Felssimsen abstellten, war aber im Innern ganz ausgefüllt von diesem unerwarteten Gefühl, das ihn plötzlich überfiel und zu überwältigen drohte. Die große Ilia war doch wirklich mit einer Beharrlichkeit hinter ihm her, die ihrem ererbten Starrsinn und ihrem rechthaberischen Charakter entspringen mußte, überlegte er. Was konnte er denn anderes für sie sein als das gesellschaftliche Zubehör, das ihre erfolgreichen Projekte vollkommen machen sollte? Mit solchen Gedanken fuhr er im Morgengrauen mit dem Jeep nach Edfu, von Edfu aus nahm er den Zug.
Kaum hatte er jedoch seine beiden Freundinnen-Frauen, Gattin und Tochter, in Kairo erblickt, da lösten sich seine Vorbehalte augenblicklich in einem Strudel zärtlicher Gatten- und Vatergefühle auf.
Die große Ilia war mit all ihrem hinreißenden Charme bewaffnet, mit dem sie den Männern an Italiens Küsten gewöhnlich die Köpfe verdreht hatte, bevor Nicola sie kennengelernt und geheiratet hatte. Sie war darauf eingerichtet, eine Weile bei ihm zu bleiben, denn sie wollte ihn zur Vernunft bringen und an ihre Großtaten als Gattin erinnern, die er anscheinend vergessen hatte. Sie hatte alle Vorbereitungen getroffen, ihn zu verführen und wieder nach Italien mitzunehmen. Im besten Hotel am Platze hatte sie einen ganzen Flügel gemietet, wo sie

ihn liebevoll willkommen hieß, geradeso wie es einem vermißten Gatten zustand, wenn er zu seiner sehnsüchtig wartenden Ehefrau zurückkehrte. Sie verbrachten zwei Wochen zusammen, und Nicola genoß sie ganz unbekümmert und aufrichtig als ein glücklicher, ausgeglichener Mann, der mit Frau und Tochter einen angenehmen Touristenurlaub in Ägyptens Hauptstadt verlebte.

Unter den innigen Umarmungen, den flüsternden und stummen Küssen bat Nicola Ilia, doch bei ihm zu bleiben. Sie würde die Königin seiner Stadt werden, die er in der Wüste gründen wolle. Und der Wüste habe er sich nun einmal mit Leib und Seele verschrieben.

Ilia aber verlangte, daß er mit ihr zurückfahren und König über all ihre erfolgreichen Projekte werden sollte. Er begriff, daß sie wie zwei entgegengesetzte Pole waren, die nie zusammenkommen konnten.

Jedoch ein Konflikt paßte nicht zu den Gefühlen, die sie beide nach dieser langen Trennung füreinander hegten.

Noch hatte sie nicht alle Waffen eingesetzt, immerhin hatte sie für diese Reise eine große Geldsumme eingeplant. Nach ihrer Kalkulation konnten ihre Bemühungen eigentlich nicht fehlschlagen. Die vergangenen Jahre sollten doch genügen, die Leere, die Nicola in sich gefühlt und die ihn zum Auswandern gedrängt hatte, endlich auszufüllen! Er müßte doch zur Ruhe gekommen sein und nun zu ihr zurückfinden.

Nicola erzählte ihr von seinen kühnen Träumen mit dem mächtigen Darhib, von der Wüste, den Bergen, den Beduinen und von den Bäumen, die mit alten Geldstükken geschmückt wurden. Er erzählte von den Grabungen und den Sprengungen und den tiefen, tiefen Stollen, aus denen der Rohstoff zur Herstellung des Puders für die Damen gewonnen wurde. Er sagte, daß er genau das täte, was richtige Männer tun müßten, sagte, daß er in dieser Wüste eine Stadt gründen wolle, die eines wahren Königs würdig sei!

Aber seine Träume waren nicht ihre Träume. Deshalb kamen sie überein, daß erst einmal alles so provisorisch, wie es jetzt war, bleiben sollte, noch ein Jahr oder zwei. Vielleicht würde einer von ihnen seinen Standpunkt ändern.

Die kleine Ilia hing an ihrem Vater und wollte bei ihm bleiben. Als die große Ilia versuchte, sich dagegenzustellen, erlebte Nicola zu seiner Überraschung, daß Ilia wirklich verdoppelt war. Der Starrsinn der Tochter war nicht weniger stark und ausgeprägt als der ihrer Mutter.

So mußte die große Ilia allein nach Italien zurückkehren.

Nicola aber fuhr mit der kleinen Ilia zum Darhib.

Dorthin, wo seine erhoffte und ersehnte Stadt liegen sollte, die er im Traum schon vor sich liegen sah: eines Königs würdig.

8. Kapitel

Ilia war, was er leidenschaftlich begehrte, aber nie bezwingen würde, auch der Berg war es, die Wüste um ihn her mit ihrer mystischen Stille war es noch mehr, war noch schwerer zu bezwingen. War es da seltsam, daß in seinem Leib jenes rauschhafte Zittern auflebte, das den Menschen erschüttert, ihm den Atem nimmt, wenn befruchtender Lebenssaft von einem Körper in den anderen dringt?

War es seltsam, daß ihn dieses Zittern wieder erfüllte, wenn er im Herzen des mächtigen Darhib stand, in den heißen Stollen oder den kalten, wenn er die jungfräulichen Wände betastete, um zu prüfen, wie frisch sie waren, um weiße Kreidezeichen für die Arbeiter anzubringen, damit sie wüßten, wo sie mit ihren Maschinen bohren und die Sprengladungen anbringen sollten. Das war wie ein Liebesakt, der Leben schaffen würde.

Hast du diesen Berg nicht tatsächlich befruchtet, Nicola?

Warum sonst drangst du so beharrlich in die Tiefen seines Leibes ein, wenn nicht in der Absicht, Samen zu legen und Kinder zu zeugen?

Die große Ilia gebar dir Klein-Ilia nach ihrem Willen. Jetzt aber würdest du nach deinem Willen, in freier Entscheidung, den Berg gebären lassen.

Als die unterirdischen Explosionen die jungfräulichen Felsen schändeten und Nicola mit Staub überschütteten, da begriff er, daß der Darhib an Ilias Stelle, an die Stelle seiner Frau, getreten war.

Anfangs war es Mario gewesen, der ihm Ilia ersetzt hatte. Dann kam Isa und ersetzte ihm Mario und gleichzeitig auch Ilia. Nicola lebte jahrelang in der Wüste, ohne daß sein Körper von sexuellen Begierden heimgesucht worden wäre. Wie vernünftig von ihm, daß er das Leben der Einsiedler gewählt hatte, denen die Wüstenberge als Minarette bei ihrer Anbetung dienten. Wie von selbst half ihm ihre mystische Stille, spannungsgeladen und berauschend wie sie war, die Anfechtungen des Leibes leichter zu ertragen. Er spürte kein Verlangen nach einer Frau. Diese Natur, die ihn umgab, war ein viel mächtigeres Weib, das ihn umarmte und seine Unbändigkeit und Lebenskraft ganz und gar für sich in Anspruch nahm.

Selbst das eine Mal, als sich sein Männerkörper mit dem Leib einer Frau verband, selbst dieses einzige Mal war ihm noch abgetrotzt worden. Das war, als Ikbal Hanum, die Gattin des ägyptischen Paschas Khalil, wie gewöhnlich die Goldmine auf dem Sukari besuchte. Zur Mittagsstunde, als die Arbeiter das Bergwerk für eine Pause verlassen hatten, bestand sie darauf, mit Nicola hinunterzusteigen und die Grotte zu besichtigen. Nicola bekam damals nicht mit, daß sie mit Mario Schluß machen wollte.

Nicht einmal als er vor ihr auf der Leiter in den Schacht stieg, als er sich umwandte und die Karbonlampe hob, um die Stelle zu beleuchten, auf die sie die Füße setzen sollte, als sein neugieriger Blick ihren biegsamen Körper umfing, der sich ihm offen darbot, nicht einmal da erinnerte sich Nicola, nicht einmal da fiel ihm das Bild dieses Körpers wieder ein, wie er nackt hingestreckt im goldenen Sand von Marsa Alam lag, während Marios begehrliche Hände ihn mit kleinen Kriechtieren in Perlmuttgehäusen schmückten.

Auch als er seinen Arm unter den ihren schob und sie in der Finsternis durch die Stollen und Gänge führte, spürte er nichts von jenem erwartungsvollen Zittern, wie es mit leidenschaftlichem Verlangen einherzugehen pflegt.

Für Ikbal Hanum war es ganz selbstverständlich und folgerichtig, daß sie ihn an ihre stolze Brust drückte, daß sie sich nach hinten neigte und mit ihm zusammen auf die Felssteine fallen ließ. Er war ihr zu Willen, als wäre es seine Pflicht.

Danach brachte er seine Kleider in Ordnung und hob die Karbonlampe, um ihr zu leuchten, damit auch sie sich herrichten konnte. Auf dem Rückweg ging er voran.

Dieses flüchtige sexuelle Erlebnis lag noch drei, vielleicht auch vier Tage wie ein Schatten auf ihm. Dann fand er wieder zu seinem neuen Wesen zurück, das er an diesem Ort gewonnen hatte, und vergaß alles, was damit zusammenhing. Kein rauschhaftes Zittern befiel ihn mehr, bis zu dem Tag, da er Isa verlor.

In jener ersten Nacht trat er mit gesenktem Kopf vor den Darhib hin, als wäre etwas in ihm zerbrochen. Das Bankett der Schlangen rings um das Loch, in dem Isa und seine Gefährten lagen, war das einzige Bild, das seine Gedanken erfüllte, sobald sich der Eingang seines Zeltes hinter ihm geschlossen hatte. Die ganze Zeit, bevor ihm die Augen zufielen, teilte er seine schmale Bettstatt mit Isa. Er stellte sich vor, wie Isa den Säbel hob, während er vor der Höhle niederkniete, in der sein Vorfahr der Felsen war. Er stellte sich vor, wie Isa pfeilschnell mit seinem Kamel über die Berge dahinflog und den Unglücklichen Trost, den Armen Gerechtigkeit verhieß, wie er seine Botschaft in leidenschaftlichem Idealismus laut in den Wadis verkündete. Er stellte sich ihn vor, wie er auf die Sterne zeigte und ihn in den Zeiten ihres Aufgangs und Untergangs unterrichtete. Und dann, wie er die geäderten dunkelbraunen Beine freimachte und mit bloßen Füßen dreimal über den Scheiterhaufen ging, wie er die Füße allen entgegenstreckte, als wollte er sie zu Zeugen seiner Unschuld machen.

Als er aber die Augen schloß und einschlief, verschwand Isa, und die große Ilia, seine Frau, erschien vor ihm. Sie war nackt so wie sie früher in ihren Liebesnächten immer an sein Bett hinten im Abstellraum des väterlichen Strandrestaurants getreten war. Mit all ihren verführerischen Reizen, die er so oft erprobt und erfahren hatte, schlüpfte sie nun hier im Zelt unter seine grobe Decke. In dieser Nacht bekam er nicht genug von ihr und sie nicht von ihm, bis die Morgendämmerung aus den hintersten Wadis aufstieg, mit ihrem Licht die Felsen des Darhib heraufkroch und in sein Zelt fiel. Er erwachte, noch wie berauscht, und sah, daß auch Ilia verschwunden war.

Wieder kam ihm zu Bewußtsein, daß Isa wirklich tot war.

Da spürte Nicola, daß er Ilia brauchte.
Er fühlte sich einsam. Er hoffte nur, daß er stark genug wäre, die Einsamkeit zu ertragen und diese Schwäche, die ihn zur Begehrlichkeit verleitete, zu überwinden. Er wünschte, er könnte alle Kraft zusammennehmen, um seinen Traum zu vollenden und auf diesem Berg eine blühende Stadt voller Leben zu gründen.
Dann kam Ilia.
War es denn möglich, Nicola, daß du dich mit einem Traum zufriedengeben würdest, wo doch Ilia mit ihren Zauberreizen, die schon den Männern an Italiens Küsten die Köpfe verdreht hatten, leibhaftig an deiner Seite lag?
Würde dein Körper, der hier erfahren hatte, was Durst ist, es ertragen können, auf die herrlichen Quellen zu verzichten, die Ilia sprudeln ließ?
Konnte es möglich sein, Nicola, daß all die brennenden Wünsche, die in deinem Blut erwacht waren, sich nun, da Ilia fort war, einfach legen und wieder einschlafen würden?
War es da wirklich so seltsam, daß jenes rauschhafte Zittern, das den Menschen erschüttert und ihm den Atem nimmt, als ob befruchtender Lebenssaft von einem Körper in den anderen dringt, immer dann in deinem Leib auflebte, wenn du zu deinen Arbeitern hinunterstiegst, um sie durch die Kanäle des Darhib zu führen und seine verborgenen Schätze zu erkunden?
Nein, es war ganz natürlich, daß der Darhib an Ilias Stelle trat, daß du von solchem Verlangen erfüllt warst, als du in sein Innerstes eindrangst wie in eine Frau, mit der man sich vereinigen muß, um sie zu besitzen.
Diese wilden Felsen, die sich dir von Zeit zu Zeit entgegenstellten, als wollten sie dich reizen und herausfordern, daß du mit ihnen ringst und sie bezwingst, waren sie denn etwas anderes als natürliche Scheu, natürliches Widerstreben, die den zauberhaften Reiz und die Verführungskraft einer Frau erst vollkommen machen?
Als der Winter seine ersten Vorboten über den Herbsthimmel sandte, bemühte sich Seine Exzellenz Anton Bey bei einflußreichen Bekannten darum, daß die kleine

Ilia in die italienische Internatsschule in Kairo aufgenommen wurde. An den schulfreien Wochenenden kam sie mit ihren Büchern und Kleidern nach Garden-City in Khawaga Antons Haus, wo sie ihre Sachen überall herumwarf, als wäre es ihr Zuhause.

Eine kleine Elfe war sie, noch keine zehn Jahre alt, und das in einem Haus, dem Elfen immer versagt geblieben waren. Anton Beys Gattin litt an einer Krankheit, wegen der sie nicht schwanger werden und Kinder zur Welt bringen konnte. In den letzten Jahren konnte sie nicht einmal mehr die Seitenflügel ihres Hauses aufsuchen.

Das Haus verfügte über eine ziemlich große Dienerschaft, die die christliche Familie aus Oberägypten, wo sich ihre Ländereien und Besitzungen befanden, nach Kairo mitgebracht hatte. Diese Hausangestellten widmeten sich nun ganz der einsamen kleinen Elfe, über deren Anwesenheit ihr Herr, Anton Bey, dem solche Elfen ja sonst verwehrt waren, anscheinend sehr glücklich war.

Er ging auf die Fünfundvierzig zu und hatte keine Kinder. Da er sich nicht einfach über Sitte, Gewohnheit und traditionelle Grundsätze hinwegzusetzen vermochte, um seinem öden, bedrückenden Leben damit eine Wende zu geben, flüchtete er sich in die Arbeit. Im Laboratorium seiner Fabrik für Kosmetikartikel vertiefte er sich in komplizierte chemische Verbindungen, gewann auf einer öffentlichen Industriemesse gar einen Preis für ein von ihm entwickeltes Parfüm.

Auf Schleichwegen, angefangen bei Festen für die gehobenen Kreise, allmählich dann über Meetings, lärmende Spenden- und Gute-Werke-Aktionen von Wohltätigkeitsvereinen höher und höher steigend, gelang es Khawaga Anton, sich bis zum königlichen Palast vorzuarbeiten und schließlich mit Mitteln, die zu jener Zeit durchaus üblich waren, den Rang eines Beys zu erlangen. Die goldverzierte, mit einer Goldkrone geschmückte Urkunde hängte er in einem schweren vergoldeten Rahmen im vorderen Salon auf, damit jeder, der das Haus betrat, sei es in Geschäften oder als Gast, ihren Glanz bemerken mußte. Dabei hatte sie ihn nichts

weiter gekostet als ein paar Präsente im Wert von höchstens zwei oder drei Feddan Land.
Aber nun eröffnete ihm Nicola, dieser heimatlose Fremdling, ganz neue Möglichkeiten der Expansion. Nicola riß die Barrieren seiner eingefleischten Vorsicht nieder und investierte für ihn einen Teil seines Vermögens in diesen Berg in der Wüste. Dazu nahm er ihm auch noch alle Mühe, beschwerliches Reisen und Kopfzerbrechen ab. Nicola stand dort auf diesen Felsen und vertrat ihn und seinen anderen Geschäftspartner, Hadsch Baha. Für sie schüttelte er den Berg und ließ seine Früchte auf Edfu und Kairo niederprasseln.
Was hätte ihn also daran hindern sollen, sich an der kleinen Ilia, die Gast in seinem Hause war, recht zu erfreuen? Im Sommer bekäme sie Schulferien und würde in unbeschwerter, kindlicher Freude zu ihrem Vater auf den Berg fahren. In der Wüste würde man sich nicht weiter über ihre Anwesenheit wundern. Sie wäre da wie eine wilde kleine Blume, einzigartig unter den seltenen Blüten, die, eigentlich ohne Boden, zwischen den Felsritzen wuchsen. Mit ihrer Schönheit würde sie die Härte des Berges mildern und ihm etwas von ihrer Anmut und ihrem Liebreiz schenken.
Zur Morgendämmerung stieg die Frühschicht in die Grotte hinab, um an den Stellen, die Nicola mit Kreide bezeichnet hatte, die Bohrungen vorzunehmen und die Löcher mit Sprengladungen zu füllen. Kurz vor Mittag sollte die Sprengung beginnen. Die Arbeiter sammelten das Werkzeug in den Stollen auf und zogen sich aus der Mine zurück. Nicola zählte sie beim Herauskommen sorgfältig, einen nach dem anderen, um sicherzugehen, daß auch wirklich alle das Bergwerk verlassen hatten. Dann steckte er die Zündschnur an und brachte sich selber in Sicherheit. Der Berg vibrierte, die Erschütterung war kaum zu sehen. Draußen vernahm man eine gedämpfte Explosion, darauf folgte eine ganze Kette dumpfer Detonationen. Nicola hörte genau hin und zählte mit, während er sein bescheidenes Mahl aus Tharid mit Fleisch zu sich nahm. So konnte er gut verfolgen,

wie die Sprengungen den Zugang zur dritten Ebene mit den neuen Stollen freilegten.
Nach zwei Stunden brach die Serie unterirdischer Explosionen ab. Der aufgewirbelte Staub der Einbrüche senkte sich auf die Felshaufen nieder, die von den Pulverladungen aus den Wänden gerissen und in Stollen und Gänge geschleudert worden waren. Jetzt stieg die zweite Schicht in die Mine hinunter, um den Schutt herauszuschaffen.
Wie Ameisen krabbelten die Männer die Grotte herauf und hinunter. Auf Schultern und Rücken schleppten sie das Gestein und Geröll heraus, das nach der Sprengung in den Stollen herumlag. In dichter Reihe liefen sie oben mit ihrer Last über die schräge Kiesebene abwärts bis zum Hof, in seinem hinteren Teil schütteten sie alles auf Haufen. Die Männer aus der ersten Schicht hatten inzwischen Mittagessen und Pause beendet und gingen daran, die Haufen durchzusehen und zu ordnen. Sie klaubten den Rohstoff, den blendend weißen, wächsernen Talk, heraus und sortierten ihn nach verschiedenen Reinheitsgraden zu glattgestrichenen Hügeln, damit er vor dem Abtransport noch zur Waage gebracht werden konnte.
Dieser mächtige Berg, nun schenkte er ihnen seine Leibesfrüchte, wie es ihnen zustand und angemessen war! Nicola saß mitten auf dem Vorplatz. Er war stolz darauf, daß gerade er auf den Einfall gekommen war, eine dritte Ebene im Zentrum des Berges zu erschließen und von hier aus den Talkadern, die mit ihren Spitzen zu ihnen herausschauten, weiter zu folgen. Jetzt war sie da, diese dritte Ebene. Von ihrer viereckigen Halle zweigten die Stollen ab, zahlreiche Gänge liefen hindurch. Von der Decke stieg ein Schacht auf, der dem Herzen und den Arterien des Berges Frischluft von draußen zuführte.
Entspannt beobachtete Nicola die Schlange der Arbeiter, die mit gebeugten Rücken unter der Last des wächsernen Talks schwankten, und er war stolz auf seinen Erfolg. Wieviel Tonnen mögen das gewesen sein, Nicola, die die Männer im Laufe der Jahre aus der Grotte in den hinteren Teil des Hofs geschleppt haben, damit der Roh-

stoff auf Kamele geladen und durch die Wüste zum Hafen des Darhib gebracht werden konnte!
Ja, es war dir auch gelungen, am Meer einen Hafen zu bauen. Hier konnten die Schiffe, die diesen verlorenen Berg mit dem unbekannten Namen in der endlos weiten Wüste aufsuchten und wieder verließen, vor Anker gehen.
Nicola ließ seine Blicke umherwandern. Der Hof war jetzt aufgeräumt, geebnet und befestigt. An drei Seiten standen Holzhäuser, es gab ein Depot für Vorräte und Verpflegung, Aborte aus Holz, eine Reparaturwerkstatt für Maschinen und Werkzeug, neuerdings sogar einen Generator und einen großen Wassertank.
Was hättest du dir mehr erträumen können, Nicola?
Du hast den Darhib zu deiner Frau gemacht, zu deinen Kindern, deinem Zuhause und hast dir ein neues Familienleben nach Männerart eingerichtet. Es war eine große Familie, wenn auch nur aus Männern, und es war ein neues, rauhes Leben, grob und hart. Aber du hast dich Monat für Monat besser daran gewöhnt, bis es ganz dein Leben wurde. Vorher ist es für dich ohnehin nur so etwas wie eine unklare Illusion und Vision gewesen.
Die große Ilia war das, was du leidenschaftlich begehrtest.
Jetzt ist es der Darhib.
Diese Leidenschaft ließ dich nicht mehr zur Ruhe kommen. Schlaflos brachtest du die Nächte bei Petroleumlicht am Reißbrett in deinem Zelt zu, um immer wieder durchzugehen, was an Grabungen bereits erfolgt war, und wie es mit den Grabungen weitergehen sollte. Zwei Stunden vor Tag nicktest du kurz ein, stiegst aber noch vor den Arbeitern wieder in die Grotte hinab, um die Felsen zu prüfen.
Ganz allein gingst du da hinein, Nicola, klopftest mit der Eisenstange die Stollenwände ab, um ihre Festigkeit zu testen, krochst mit dem Rollmaß die Gänge entlang. Dabei lauschtest du auf jedes leise Vibrieren ihres Atems, horchtest ihr Herz ab, um noch rechtzeitig verhindern zu können, daß sie etwa am Morgen mit einem nicht absehbaren, heimtückischen Einsturz über dich

herfielen und einen oder zwei Arbeiter aus deiner Belegschaft rissen.
Wenn du dich aber umwandtest, um beruhigt wieder zurückzukehren, mußtest du zu deiner Überraschung feststellen, daß du gar nicht allein warst.
Wie hattest du auch Abschar vergessen können?
Abschar, den Ebenholzknaben mit den faszinierenden Augen. Isas Sohn.
Er war dein treuer Gefährte, dein Vertrauter in Stunden der Entspannung und Ruhe, die du am Westrand des Berges zu verbringen pflegtest. Von hier aus konnte man der Sonne zusehen, wenn sie in ihrem blutroten Licht, mit mattem Gelb gemischt, vom unendlichen Himmel in die Wadis sank und deinen Berg übergoß, als wäre auf der ganzen Welt nicht seinesgleichen!
Er folgte dir wie dein Schatten, auch bei der Arbeit, als hättest du noch zwei kleine, geschickte Hände zusätzlich bekommen.
Er überbrachte den Arbeitern in den dunklen Gängen deinen Willen und Befehl, kochte dir dein Essen, chauffierte dein Auto.
Du brauchtest nur die Augen aufzuschlagen, da erwachte auch er auf seinem Lager am Boden, rieb sich die Augen und setzte sich auf, um dir alles herbeizuholen, was nicht greifbar in deiner Nähe lag.
Was Wunder, daß du ihn hinter dir im Stollen entdecktest, wenn du nach der Kontrolle der Felsen beruhigt umkehren wolltest?
Dann war die kleine Ilia gekommen, sie wurde die dritte im Bunde. Sie blieb den ganzen Sommer bei dir, war wie ein Teil von dir selbst und doch auch wieder ganz anders als du. Sie überwältigte dich, verblüffte dich. Stunden brachtest du damit zu, sie zu betrachten, als wolltest du eins der Welträtsel lösen.
In der Zeit, als sie hier war, dachtest du dir die Holzhäuser aus und begannst mit ihrem Bau.
Und der große Tank, der die Bewohner dieser Hütten, genau wie in der Stadt, über Rohrleitungen mit Wasser versorgte! Gab es ihn nicht auch nur Ilias wegen? Die leichtsinnige kleine Nymphe schreckte ja nicht davor zu-

rück, nackend zum Wasserfaß zu laufen und hineinzuspringen, wenn ihr nach Baden zumute war, oder Abschar aufzufordern, ihr den kleinen Körper in seiner zarten Weiblichkeit abzuspülen.
Ilia war also gekommen, und sie verlieh deinem harten Leben etwas von ihrer Anmut und ihrem Liebreiz. Sie wurde deine kleine Hausfrau, die Blume in deiner neuen hölzernen Stadt, dein Küchenvorstand. Mit ihrer Fröhlichkeit und Ausgelassenheit steckte sie jeden an. Kaum fiel ihr etwas ein, so beeilte sich alles, ihre Wünsche in die Tat umzusetzen.
So war der Vorplatz geebnet und befestigt worden, und an einer Seite waren Sträucher gepflanzt worden.
Die Arbeit ging gut voran, und die kleine Stadt auf dem Berg entwickelte sich. Auch die kleine Ilia wuchs, Abschar wuchs, und du, Nicola, machtest ebenfalls Fortschritte.
In riesigen Mengen schleppten die Arbeiter den Rohstoff auf ihren Rücken heraus. Die Kamele transportierten ihn durch die Wüste nach Edfu am Nil. Auf Schiffen gelangte er dann nach Kairo, in Khawaga Antons Fabrik, die ihrerseits wuchs und gedieh. Schon überlegtest du, Nicola, wie man den Transportweg eventuell abkürzen könnte.
Die Holzstadt auf dem Berg hatte sich ihre eigenen Regeln und Traditionen geschaffen. Einmal im Monat nahmst du deine Männerfamilie zusammen, die jeden Sommer noch von deiner Tochter Ilia verschönt wurde, und ihr seid in den Wadis rings um den Darhib auf Gazellenjagd gegangen. Oder ihr besuchtet das bescheidene Grab asch-Schadhilis in Ain Aidhab auf den Anhöhen von Mekka. Zwischen beiden lag das große Rote Meer, da habt ihr für die Armen Opfertiere geschlachtet. Ihr selbst nahmt euer Mahl oben auf dem Berg in Gesellschaft der braungefiederten, gelbschnäbligen Falken ein.
Manchmal seid ihr auch an den Strand von Berenika gezogen. Eine Wegstunde entfernt begann rechter Hand der berühmte Golf von Ras Banas. Weithin erstreckte er sich mit seinem goldenen Sand und dem tiefblauen Was-

ser, in dem die Korallenbänke und ihre mannigfaltigen, bunten Fische mit bloßem Auge zu erkennen waren. Hinter euch schlummerten die Trümmer der antiken Stadt, die Kaiser Ptolemäus für seine Tochter negroider Abstammung, Prinzessin Berenika, einst erbaut hatte. Vor euch zeichneten sich in weiter Ferne mitten im Meer die Umrisse der Insel Zabardschad ab.
Diese Küste bezauberte dich, Nicola, sie hielt dein ganzes Herz gefangen. Während du nackt ein Jod- und Sonnenbad im feinen Sand nahmst und Ilia in dem tiefblauen Wasser am Ufer hin und her schwamm und wie ein Fischlein umhertollte, oder eben wie eine Nymphe, da kam dir die Idee, wie der Transportweg abzukürzen wäre.
Warum sollten die Kamele mit dem Talk vom Darhib aus nicht hierher ziehen, warum nicht Dampfschiffe statt Seglern über das Rote Meer herüberkommen und den Rohstoff von hier aus nach Suez transportieren! Die halbe Zeit würdest du einsparen, und die Menge des Transportguts könnte sich dadurch verdoppeln.
Du überlegtest, wie die Küste zum Hafen auszubauen wäre. Gleich sahst du einen breiten, stabilen Landesteg vor dir, der vom Sand über das Wasser hinausführte, damit die Schiffe anlegen könnten. Am Ufer würden hölzerne Strandhütten als Aufenthalts- und Übernachtungsmöglichkeit stehen. Gäste träfen ein, um dir zuzuschauen, wie du an diesem alten, unbekannten Strand einen halbwegs zivilisierten Hafen für deine Holzstadt einrichten würdest.
Du hast eine verlassene, vergessene Mine in der Wüste neu erschlossen, hast am Bergwerk eine Wohnstadt errichtet und ihr eine Ordnung gegeben, die eine geregelte, ertragreiche Arbeit garantierte. Jetzt würdest du zu dieser Stadt auch noch einen Hafen am Meer gründen! Er würde den Schatten der Isolation und Abgeschiedenheit endlich von ihr nehmen und sie mit einer Großstadt verbinden.
Was du da in der Wüste vorhattest, Nicola, das würde ein Beispiel für die Besitzer anderer Bergwerke abgeben. Die Erzähler würden die Kunde davon verbreiten. Ein-

flußreiche Leute, Notable aus der Hauptstadt, hätten den Wunsch, dich zu besuchen. Dann kämen die Gäste.

Sahst du es denn nicht, ahntest du nicht wenigstens, daß du dabei warst, eine Tragödie mit Folgen für alle heraufzubeschwören, sobald nur erst einmal Gäste hier eintreffen würden?

9. Kapitel

Der gute alte Onkel Oschik kam zur Strandhütte, in der Nicola sich aufzuhalten pflegte, wenn er am Hafen war. Zaghaft schob er sich herein, zuerst erschien sein gemaserter Bart, der dichte, strubbelige Schnauzer, der weiße herabhängende Turban. „Freu dich, mein Junge“, brummelte er Nicola leise zu, „es kommt was Gutes!“
Gewöhnlich kauerte er stumm im Ufersand, ausdauernd und geduldig, und beobachtete den Horizont, bis er in weiter Ferne über dem schimmernden Wasser einen kleinen weißen Punkt auftauchen sah. Meistens handelte es sich um eins von den Skajen, ziemlich große Kutter mit Motorantrieb. Sie trafen pünktlich zum festgelegten Termin ein und brachten ihnen Verpflegung und Trinkwasser mit. Kaum hatte Oschik sie erspäht, rannte er auf seinen alten dürren Beinen zu Nicola in die Kabine, um ihm zu verkünden:
„Gute Nachricht, so Allah will, mein Sohn. Der Schoner läuft ein.“
„Wo ist er denn, Oschik?“
Oschik zeigte mit dem Finger auf das weite Meer hinaus.
„Du kannst ihn schon sehen, mein Sohn. Ganz nahe ist er!“
Nicola starrte hinaus, um festzustellen, ob der weiße Punkt tatsächlich ihr Schiff wäre, oder ob nicht eins von den Fischerbooten, das sie Ktera nannten, Oschik etwa getäuscht hätte. Er überzeugte sich, daß der alte Mann recht hatte, neckte ihn aber:
„Das ist doch eine Ktera, Oschik!“
Oschik richtete sich auf.
„Gott weiß, mein Junge ...“, sagte er im Weggehen. „Aber das ist keine Ktera.“
Als die Arbeit im Bergwerk immer mehr wurde und die Holzstadt auf dem Darhib fertig dastand, konnte man Oschik nicht länger als Wächter und Pförtner gebrauchen. Nicola versetzte ihn in den Hafen. Hier bewachte er die Hütten, wenn die Leute in der Mine waren, und

beaufsichtigte die Arbeiter, die den Rohstoff auf dem freien Platz neben dem Bootssteg aufhäuften, damit er rasch auf den Schoner geladen werden konnte, sobald er eingetroffen war.
Vor dem Schoner kam aber zuerst einmal Nicola, um ihn hier zu erwarten. Oschik strahlte vor lauter Freude übers ganze müde Gesicht und begrüßte ihn überschwenglich: „Willkommen, willkommen, was gibt's Neues?"
Sie hatten ihre festen Rituale bei der Begrüßung. Wenn einer tagelang allein dagesessen hatte, oder wenn er nach Wasser und Neuigkeiten unterwegs war, bis er dann auf jemanden traf, von dem er etwas über den Regen oder seine Leute erfahren konnte, dann schrie jeder dem andern freudig zu: „Willkommen! Gibt's was Neues?"
Danach hockten sie sich auf die Erde.
„Wie geht's?"
„Es geht."
„Hoffentlich keine Schwierigkeiten?"
„Keine Schwierigkeiten. Und ihr?"
„Es geht."
„Keine Schwierigkeiten?"
„Keine."
Der alte Oschik war richtig froh und glücklich, wenn Nicola ihn in seiner Sprache anredete: „Na, wie steht's denn mit der Verpflegung?"
Oschik klagte, daß keine Lebensmittel mehr vorhanden seien: „Also, meine Vorräte sind futsch."
Nicola lächelte und versprach, daß er sofort Verpflegung verteilen werde, wenn der Schoner ankäme.
Der alte Mann rieb sich die dürren Hände. Dann ging er an die Zubereitung des Kaffees nach Gabanaart. Eine Tasse nach der anderen bot er Nicola an. Vor der vierten konnte der unmöglich ablehnen.
„Wie findest du die Gabana heute?" erkundigte sich Oschik.
„Gestreckt, Oschik!"
„Wieso denn gestreckt, Bruder?" Der alte Mann tat, als wäre er entrüstet.
„Ist der Schoner schon da, Oschik?"

„Allah wird's richten, Bruder."
Damit ging er, um das Schiff am Horizont weiter zu beobachten.
Dieses Mal wußte Nicola genau, daß der Schoner kommen und eine Fuhre Gäste mitbringen würde.
Du bist es ja selber gewesen, Nicola. Du hast die Welt da draußen angelockt, daß sie zu dir, in dieses abgelegene Fleckchen Erde käme. In ihrem Muhammad-Ali-Klub, oder war es im Automobilverein oder Jagdklub, hatten sie beim Whisky gesessen. Zur Gesellschaft gehörten ein ehemaliger Minister, ein, zwei Paschas, drei oder vier perlenbehängte Damen der Oberschicht in ausländischen Parfümwolken, dazu noch ein paar Beys.
Die Rede war auf die Wüste gekommen. Seine Exzellenz Khawaga Anton Bey hatte sich in das Gespräch eingemischt und von seinem Bergwerk auf dem Darhib und dem bezaubernden Strand von Berenika geschwärmt. Alle waren hellauf begeistert gewesen und wollten das sehen. Auch Khawaga Anton war Feuer und Flamme. Er lud sie ein und begann seine Vorbereitungen zu treffen.
Er stimmte einen Termin mit den Fahrzeiten des Schoners ab, der jeweils mit Verpflegung oder mit Rohstoff zwischen Berenika und Suez hin und her fuhr. Er verschiffte die Reiseutensilien und erlesene Speisen und Getränke für die Gäste. Dann brausten sie alle mit ihren Autos nach al-Ghurdaka und von dort mit Motorbooten nach Berenika ab. Lärmend fielen sie über den zauberhaften abgeschiedenen Strand her und zerrissen die Schleier seiner Einsamkeit. Sie stopften die plumpen Hütten am Hafen mit ihren teuren Kleidern, feinen Accessoires und Parfümen voll, schwärmten halbnackt und barfüßig über den Sand um den Ankerplatz aus und überließen sich der unberührten Natur.
Wie viele hochgestellte Persönlichkeiten hast du bei diesen Ausflügen so gesehen, Nicola, wie sie in Wirklichkeit waren!
Es war, als ließen sie ihre Masken fallen, die sie dort trugen, wo eigentlich ihr Platz war, auf dem Gipfel, den Höhen der ägyptischen Gesellschaft. Sobald ihre Füße den Sand deines Ufers berührten, legten sie ihre zweifel-

hafte Würde und Blasiertheit ab. An diesem jungfräulichen Strand wurden sie wieder zu Kindern. In der Unbeschwertheit, mit der sie im Wasser herumtobten, lag fast so etwas wie Unschuld. Sie schwammen, spielten Karten, küßten einander, schliefen miteinander. Sie zwängten sich in eine Ktera, die Abdrabbo Krischab auf das Meer hinaussteuerte, und fingen Fische.
Ach ja, Abdrabbo Krischab, der jetzt irgendwo in den Wüstenbergen umherirrt ... Über einer von ihren verrückten Launen hat er den Verstand verloren.
Anton hatte ihm einen Brief geschickt. Diesmal seien die Gäste noch bedeutender als sonst, hieß es darin, und eine sehr hohe Persönlichkeit werde sich mit seiner Privatjacht anschließen.
Eine sehr hohe Persönlichkeit, Nicola.
Konnte es in Ägypten eine sehr hohe Persönlichkeit außer dem König geben?
Ilia kam mit dem Jeep, den der junge Abschar chauffierte, vom Bergwerk herübergefahren, um beim Ausschmücken und Aufräumen am Hafen mitzuhelfen. Sie befahl den Männern, Sand herbeizuschaffen, ihn rings um die Hütten auszustreuen, auch die Öllachen damit abzudecken. Sie schaute gerade nach, ob die Tanks voll Wasser wären, da tauchte bereits der Schoner, der die Ausrüstung der Gäste beförderte, am Horizont bei Berenika auf. Sie selber saßen unterdessen noch beim Frühstück in al-Ghurdaka.
Wie glücklich war die liebe Ilia, daß Gäste eintreffen würden! So konnte sie doch vor den Damen der Oberschicht, die von den Höhen der ägyptischen Gesellschaft herabsteigen würden, mit ihrer ungezähmten, in Wüstensonne und Wind gereiften Schönheit glänzen! Sie freute sich auch auf die Gelegenheit, die Aufmerksamkeit verschiedener Herren von Rang und Einfluß auf sich zu ziehen und ihre Liebenswürdigkeiten und Komplimente entgegenzunehmen.
Noch keine sechzehn Jahre alt, war sie fast schon eine richtige Frau. Nicola betrachtete sie voller Stolz, fühlte aber, daß sein Stolz zugleich von Schmerz getrübt war.

Er rief Abdrabbo Krischab und trug ihm auf, noch einen zweiten Mann in die Ktera zu nehmen und aufs Meer hinauszufahren. Sie sollten jede Menge Langusten herbeischaffen, damit man für die Gäste gerüstet sei.
Abdrabbo war von mittelgroßer, knochiger Statur und ein wenig einfältig. Er kam aus irgendeinem Bauch der Krischab gekrochen, die wiederum von den Wüstenababde abstammten. Vor Zeiten waren sie an den Küstensaum dieses merkwürdigen Roten Meeres herabgestiegen, und es hatte sie mit seinen seltsamen, wunderbaren Geschöpfen überwältigt. Sie blieben an seinem sandigen Ufer, das sich von Ägypten bis Sudan erstreckte, fischten mit langen Speeren und stauten das spärliche Süßwasser an den Wadimündungen, die ins Meer führten. Hier sammelten sie das Wasser und bewahrten es sorglich zum Trinken und Kochen auf.
Schon als Zehnjähriger war Abdrabbo mit den Männern in Booten, die sie aus ausgehöhlten Doumpalmen bauten, auf das Meer hinausgefahren.
Während er heranwuchs, sich zum Jüngling entwickelte, dann ein Mann wurde, wiederholte sich in seiner Familie immer wieder ein Verhängnis, an das sich die Krischab gewöhnt hatten: Einer zieht mit den Männern hinaus aufs Meer. Sie kehren zurück, er nicht. Oder er kehrt zurück, und die anderen nicht. Eine Meeresnixe, halb Weib, halb Fisch, hatte sie zu sich genommen. Die unersättliche Zauberdämonin hat sie verführt oder einfach gepackt und hinuntergezogen in ihre Wunderwelt unter Wasser, die kein Mensch betreten und wieder verlassen konnte.
Davongekommene berichteten, wie es zugegangen war, und Abdrabbo spitzte die Ohren, sein Blick hing gebannt am Mund des Erzählers: Das Meer ist glatt wie ein fester Spiegel. Unendlich ruhig liegt es in dem tiefen Schweigen, das von den Sternen beleuchtet wird. Die Männer stehen im schwankenden Boot auf dem stillen Wasser und halten es mit ihren starken Beinen im Gleichgewicht. In den Händen den Speer, richten sie die kühnen, scharfen Augen auf die glatte Fläche, um auch die kleinste unregelmäßige Bewegung wahrzunehmen,

die die Reinheit des Wassers trübt. Wie ein Blitz stößt der Speer zu, wo es sich bewegt hat. Der Mann holt seinen Speer am Strick wieder ein, zieht ihn mit dem zappelnden Fang heraus, der noch zu entkommen sucht, während das Boot weiter dahingleitet. Die Männer sind völlig von Jagdfieber gepackt. Da werden ihre Augen plötzlich von einem starken, hellen Licht auf der Wasseroberfläche geblendet. Wenn die Nixe nämlich etwas Schwimmendes bemerkt, beginnt sie zu leuchten, wogt und braust sie auf wie eine wunderbare urtümliche Melodie.

Nicht immer geschieht das. Aber von Zeit zu Zeit geschieht es doch, vor allem wenn der Mond sein Licht wie geschmolzenes Silber über das dunkle Wasser gießt, daß es hell wird.

Unter den fließenden Strahlen kann die Zauberdämonin ihr Spielchen treiben. Wohin die Männer in ihren Booten auch auszuweichen suchen, sie ist stets vor ihnen. Sie wissen, was sie will, und jeder von ihnen zittert im Inneren vor dem, was er weiß. Er starrt auf den wogenden Lichtfleck im Wasser, vor dem es kein Entrinnen gibt, der ihn an seinen Blicken zu sich hinabzieht. Er wehrt sich, reißt alle Kraft zusammen, stemmt sich mit platten Füßen gegen die Bootsfläche. Aber all das nützt ihm nichts, wenn die Nixe sich erst einmal gezeigt hat, holt sie sich ihren Tribut.

Vielleicht ist es diese aus Erfahrung gewonnene Gewißheit, daß manch einer der Männer kampflos aufgibt und sich freiwillig in das lockende Licht wirft. Dann windet sich das goldene Nixenhaar um seinen Menschenleib und hüllt ihn ein. Das Wasser schäumt und braust, wenn sie sich wendet, um mit ihm zusammen in ihre Welt hinunterzutauchen. Die anderen Männer kehren heim, er aber wird nie wieder zurückkommen. Selbst wenn alle fest bleiben, wenn keiner aufgibt und sich der Nixe sehnsüchtig in die Arme wirft, dann genügt ein einziger Schlag ihres kräftigen Schwanzes, um das Unterste des Bootes zuoberst zu kehren. Und sie alle stürzen in ihre verschlingenden Arme.

Abdrabbo hatte auf diese Weise drei Familienangehö-

rige verloren, zwei Söhne von Onkeln väterlicherseits und mütterlicherseits und einen Bruder. Als kleines Kind hörte er ihre Geschichte bei den Zusammenkünften der Frauen und als Halbwüchsiger bei denen der Männer. Er begriff, daß er mit der Nixe eine Rechnung zu begleichen hatte. Das letztemal, als es seinen Bruder traf, schwor er vor den Männern, Rache zu nehmen. Er drohte dieser Zauberdämonin, sie selber eines Tages zu verführen und in seine irdische Welt heraufzuziehen!
Doch die Dämonin zeigte sich Abdrabbo nie.
Er wurde groß und entwickelte sich, wurde ein Mann unter Männern. Er durchfischte das Meer von Ost nach West, allein in seinem Boot oder mit anderen zusammen, ohne daß die Nixe jemals vor ihm erschienen wäre. Wie es hieß, liebte sie die schönen Männer, und die beiden Vettern und sein Bruder hatten auch wirklich gut ausgesehen. Abdrabbos Züge dagegen wirkten grob, nicht gerade häßlich, doch genausowenig schön. Was hätte also die Nixe veranlassen können, sich ihm zu zeigen?
Aber Abdrabbo Krischab verlor die Hoffnung nicht, ihr eines Tages doch noch zu begegnen, irgendwann, wenn er mit dem Boot über das flüssige Silber auf dem Wasser dahinglitt. Dann würde er sich allerdings wahnsinnig anstrengen müssen, um sie mit seinem Gesicht zwischen hübsch und häßlich zu verführen. An ihren goldenen Haaren, mit denen sie die Männer umgarnte, wollte er sie schon herausziehen und als Gefangene in seine Welt bringen!
Die Krischab hänselten Abdrabbo und machten sich lustig über seinen Schwur und seine Drohung. Wenn er aufs Meer hinausfuhr, irrten seine Augen umher, als wären sie nur dazu da, nach Nixenhaar Ausschau zu halten. Gewöhnliches Fischzeug übersahen sie glatt. Doch jedesmal kehrte er enttäuscht oder halb verzweifelt vom Fischen heim.
Das ging solange mit ihm, bis Scheich Ali die Hand nach ihm ausstreckte. Er las ihn in jener fernen Bucht auf und setzte ihn am Darhib wieder ab. Die Hälfte seiner Zeit sollte er für die Arbeiter Fische fangen und während der

übrigen ein neues Handwerk lernen. So veränderte sich Abdrabbos Leben.

Jetzt trank er Süßwasser, soviel er wollte und hatte Umgang mit den verschiedensten Leuten. Speisen gelangten in seinen Magen, von denen er nie zuvor gehört hatte. Er bekam Geld in die Hände und konnte heiraten. Er brachte seine Frau mit und baute ihr in einiger Entfernung vom Hafen eine Hütte am Ufer. Auch am Darhib belächelte man ihn und amüsierte sich über seinen Schwur und seine Drohung. Er jedoch hatte den Schwur so gut wie vergessen. Seine heiße, wütende Trauer um die beiden Vettern und den Bruder hatte sich gelegt und ruhte im untersten Seelenfach des Gedächtnisses. Seine Augen suchten nicht länger an der Wasseroberfläche nach dem Haar der Zauberdämonin. Abdrabbo hatte vollauf damit zu tun, das Bergwerk mit Fisch zu versorgen. In der restlichen Zeit lernte er den Talk zu verlesen und zu sortieren. Seine liebste Beschäftigung aber war es, sich die Ktera vom Hafen zu nehmen und hinauszufahren, wenn Gäste kamen. Er erreichte die Insel Zabardschad in zwei Stunden, und sobald sich die Flut zurückgezogen hatte, fing er in den Pflanzenhöhlungen am Inselsaum Langusten und brachte sie als Delikatesse für das Picknick in der Wüste mit. Später begleitete er die Gäste zu ihren abendlichen Vergnügungen auf dem Meer. Er zeigte ihnen, wie man Bajad, Koscher, Barakuda und wilde Korallenfische fing und fuhr sie dann wieder zum Hafen zurück. Sie quollen über vor Seligkeit, und seine Taschen quollen über von ihrem Geld. Er fand auch gar nichts mehr dabei, wenn sie ihn belustigt und neckend nach der Nixe fragten, der er doch angedroht hatte, sie in seine Erdenwelt heraufzuholen.

Einmal hatte seine Frau ihm im Sand zwei Brotfladen für das Abendessen gebacken. Er nahm sie, und zusammen mit seinen Gerätschaften brachte er sie an den Hafen, wo er das Boot zum Auslaufen fertigmachte. Er bat Abschar, mit ihm hinauszufahren. Am frühen Nachmittag zog Abdrabbo das Ankerseil hoch, und Abschar warf den Motor an. Das Boot stieß vom Ufer ab und nahm, ei-

nen länglichen Strudel weißer Gischt hinter sich zurücklassend, Kurs auf die Insel Zabardschad.
Abdrabbo richtete die schwere Angel her. Als Köder brachte er einen mittleren Fisch an und warf ihn hinter dem Boot aus, das weiter vorwärtsraste. Der Fisch, ziemlich groß war er, hing mit dem Maul am Haken. Ab und zu halb untertauchend, hüpfte und sprang er hinter dem Boot her, als ob er ihm folgte und es gleich einholen würde. Das täuschte die Riesenfische und lockte sie, die angebundene Beute zu verfolgen. Von hinten stürzte sich einer auf den Köder, und sein großes weites Maul schloß sich darüber. Aber der Angelhaken, der darin verborgen war, bohrte sich nun in seinen eigenen Rachen.
Noch bevor sie mit ihrem Boot bei der Insel Zabardschad anlangten, hatte Abdrabbo auf diese Weise zwei schöne Stück Thunfisch gefangen, jeder fünfzig Ratl schwer. Bestimmt würde Nicola stolz sein, dachte er bei sich, wenn er diese beiden Fische auf Spieße aufziehen und für seine Gäste nach Hammelart grillen konnte.
Allmählich kam die Insel näher und näher. In der untergehenden Sonne färbte sich die Wasseroberfläche blutrot, und vor ihnen tauchte der mit Muscheln und Algen bedeckte Kalkhügel auf. In der Inselmitte stieg der Zabardschadberg empor, seine tiefblauen Felsen leuchteten und strahlten in einem Violett, das wie mit Sonnenblut getränkt aussah. Abschar ließ das Boot langsam ausgleiten, bis es mit dem Bug in den Ufersand stieß und festsaß. Abdrabbo sprang mit dem Ankerseil in der Hand hinaus und steckte es im Sand fest. Abschar bückte sich, zündete die Bootslaterne an und hängte sie auf. Sie sollte das Zeichen für sie sein, wie weit sie sich auch immer auf ihrer Langustensuche vom Ufer entfernen mochten. Abdrabbo langte mit seinem starken Arm in das Boot und hob die Säcke und die Karbonlampen heraus. Er schaute sich prüfend in der Gegend um, bis sich auch Abschar aus dem Boot geschwungen hatte und neben ihm stand.
Wie stets um diese Stunde nach Sonnenuntergang begann die Flut vom Inselufer zurückzuweichen. Das Wasser reichte einem Mann nun nicht einmal bis zum Knie.

Bei diesem niedrigen Stand traten die äußersten Spitzen des Korallenriffs hervor, Zeit für die Langusten, ihr Futter vom Riff abzuschlecken.
Sie waren den Krebsen ähnlich, allerdings von beeindruckender Größe und mit wuchtigen Köpfen. Ihr Fleisch bildete sich aus den phosphorhaltigen Pflanzen, die sie aufleckten. Es saß in ihrem Schwanz, und dort saß auch ihre Kraft, der Schwanz war ihre Verteidigungswaffe. Sie waren berühmte Tiere, und Abdrabbo wußte bestens über sie Bescheid. Ihre Berühmtheit hing mit eben diesem Schwanz zusammen, er entstand aus Phosphorextrakt, und Phosphor stärkt die Potenz. Wenn Abdrabbo hörte, wie die Gäste ihre Witze darüber rissen, was die Langusten an ihrer Manneskraft bewirkt hätten, dann erhitzte das seine Leidenschaft, diese Tiere zu fangen und den Gästen damit zu Gefallen zu sein.
Er watete durch das flache Wasser, Abschar folgte ihm. Jeder hielt seine Karbonlampe vor sich, um das Wasser abzuleuchten, und das Riff mit all seinen Lebewesen wurde sichtbar. Das Licht war aber auch ihre Jagdwaffe. Langusten sind wendig und stark, doch das Licht verwirrt sie und legt ihre Bewegungen lahm. Kaum fällt es auf ihren Phosphorleib, tun die Strahlen ihre Wirkung und bringen die Zellreaktionen völlig durcheinander. Mit ihren zahlreichen Extremitäten um den Schwanz klammert sich die Languste am sandigen Grund fest. Wie Speere stellt sie ihre Stacheln auf, um den hilflosen Leib vor gefräßigen Tieren zu schützen. In diesem Zustand ist sie blind, das Licht blockiert ihre Sehöffnungen. Abdrabbo griff mit seiner schwieligen Hand nach einer Languste, packte sie zwischen den Extremitäten und zog sie aus dem Wasser, immer auf der Hut vor dem kräftigen Schwanz, mit dem sie um sich schlug und freizukommen suchte. Die Languste wurde erst ruhig, als Abdrabbo sie in den dunklen Sack auf seinem Rücken gesteckt hatte. Wieder richtete er die Lampe auf das Wasser und lief weiter, auf der Suche nach der nächsten Languste.
Unterdessen war der Mond über dem Meer aufgegangen. Mit seinem Platinschimmer hüllte er das nackte Ge-

stein der Zabardschadinsel ein. Die hohen Felsen standen im Schatten wie alte Götter, die auf einem Eiland voller Schätze vergessen worden sind. Abschar watete vorsichtig am Ufer entlang und verfolgte die Langusten in den kleinen Buchten. Er verlor jedes Zeitgefühl, während er seinen Sack mit dem Phosphorgetier füllte, bis nichs mehr hineinging. Da kehrte er um. Er leuchtete mit der Karbonlampe alles ringsum ab, aber von Abdrabbo keine Spur, auch nicht von der Bootslaterne. Er schob die Last auf seinem Rücken zurecht und machte sich auf den Rückweg. Wie er so am Wasser entlangging, dachte er über diese wunderbare große weite Welt nach, die kein Ende zu haben schien. Unzählige Arten von Geschöpfen gab es, die er noch nicht kannte. Er war stolz auf seinen Langustenfang, wie er auch stolz darauf war zu wissen, wie ein Motor angeworfen und ein Boot gesteuert wurde. Überhaupt erfüllte es ihn mit Genugtuung, daß er jede neue Sache auf dieser Welt, die ihn interessierte, auch erlernen könnte. Abends, wenn alles im Lager am Darhib ruhte und schlief, saß er wie ein Verliebter vor dem Jeep, ganz hingerissen von den Vorzügen und Formen seiner Angebeteten. Oft schlich er heimlich zu ihr hin, betrachtete sie Stück für Stück und entdeckte sie für sich, indem er den Film seines Gedächtnisses mit den Bildern von Meister Ali ablaufen ließ. Mit Zauberhand konnte Meister Ali diese Einzelteile erwecken und in Bewegung versetzen, so daß Leben in das Automobil kam. In seinem unruhigen, zerrissenen Schlaf träumte Abschar, wie seine Finger dieselben Kräfte besäßen. Er gab sich aber nicht mit bloßem Beobachten und Träumereien zufrieden, sondern fing an, ihm beharrlich zu folgen, sich wie eine Klette an ihn zu hängen, bis er ihn schließlich anlernte.

Abschar wußte genau, daß diese verrückte Sucht nach Wissen, die er in sich trug, zugleich die Quelle seines Selbstbewußtseins und Stolzes war. Er wollte sich seines Vaters Isa würdig erweisen, von dem ihm Nicola viel erzählte. Isa hatte doch ein Recht auf einen Sohn, der sich von den anderen abhob!

Die kühle Strömung, die sich in das laue Wasser um

seine Füße und Beine mischte, belebte ihn und gab ihm frische Kraft gegen die Müdigkeit. Da hörte er seinen Namen, der über der Stille des Meeres um die Insel herumirrte und von den Felsklippen zurückgeworfen wurde. Er begriff sofort, daß es Abdrabbo war, der nach ihm rief.
Einer hatte dem anderen den Rücken zugekehrt, als sie in entgegengesetzter Richtung, das Boot zwischen sich lassend, den Langusten nachgegangen waren. Es war ausgemacht, daß derjenige, der zuerst zum Boot zurückkehren würde, seinen Gefährten rufen sollte. Demnach mußte Abdrabbo jetzt dort sein.
Abschar hob die Karbonlampe und versuchte, in weiterer Entfernung etwas zu erkennen. Doch er sah weder Abdrabbo noch die Bootslaterne, sie mußten sich sehr weit voneinander entfernt haben. Er stapfte schneller durchs Wasser und rief immer wieder Abdrabbos Namen.
Auch Abdrabbo Krischab hatte seinen Sack mit Langusten gefüllt und war in Richtung Boot zurückgewatet. Dort angekommen, warf er den Sack hinein. Er ging daran, seinen überreichen Fang auf dem Boden des Bootes zu ordnen und Platz für Abschars Beute zu schaffen. Schließlich ließ er sich auf dem Bug nieder, hockte sich auf beide Knie und wartete, daß Abschar käme. Er zog die Tabakdose aus der Tasche seines Gilbab und drehte sich eine Zigarette. Wie er nun über das glänzende Meer hinsah, stockte mit einemmal sein Blick und verhielt an einem heller leuchtenden Fleck gerade vor ihm. Sein Herz erbebte. Unter dem welligen Licht schimmerte das Goldhaar der Nixe! Es tauchte auf und verschwand wieder. Er sprang hoch, Grauen erfaßte ihn. All die alten Geschichten von den Überfällen der Zauberdämonin schossen ihm durch den Kopf. Seine Angst legte sich erst, als er sich bewußt machte, daß er sich ja im Boot befand und daß dieses fest am Ufer vertäut war. Hier wäre er sicher vor der Nixe, vor ihrer List und Tücke. Wieder starrte er auf den glänzenden Fleck und beobachtete ihn von seiner sicheren Position aus. Überrascht stellte er fest, daß er sich genau auf ihn zu bewegte.

Sein schlichter Verstand begann mit ungewohnter Schnelligkeit zu arbeiten. Beklommen erinnerte er sich seiner alten Schwüre und Drohungen. Im selben Augenblick fragte er sich, ob jetzt geschehen würde, was er seit langem erwartet hatte, und ob er mit seinem Gesicht zwischen hübsch und häßlich die Dämonin wirklich verführen und zu sich herausziehen könnte.
Der glänzende Fleck kam schräg über das Meer auf ihn zu. Er konnte ihre braune Haut erkennen, als sie näherkam, und er merkte, daß er zitterte. Er bückte sich, packte zögernd seinen Speer und zielte auf den leuchtenden, beweglichen Fleck. Mit klopfendem Herzen stand er still, die breiten Füße gegen den hölzernen Bootsgrund gestemmt. Die Flut begann zurückzuströmen und deckte wieder zu, was die Ebbe bei Sonnenuntergang entblößt hatte. Das Korallenriff rings um den Kahn versank, während das Boot, das im Ufersand festgemacht war, zu steigen und zu trudeln anfing. Je stärker die Flut wurde, um so mehr war von der braunen Haut der Nixe zu sehen. Sie rückte gegen den Strand vor, ein Bündel glänzenden Goldhaars schwamm ihr voraus. Abdrabbos Angst wuchs, sein Herz flatterte. Laut rief er nach Abschar.
War jetzt die Reihe an dir, Abdrabbo? Würden die goldenen Haare nun auch dich umschlingen und zur Hochzeit mit der unersättlichen Braut hinunterziehen? Würdest du dich zu deinen beiden Vettern und deinem Bruder gesellen? Würdest auch du in jene Meerestiefen hinabsinken und niemals zurückkehren?
Hatte dein letztes Stündlein geschlagen, Abdrabbo? Oder würdest du standhalten und dich als Mann erweisen, der wahrmachte, was er geschworen und angedroht hatte! Immerhin befandest du dich jetzt außerhalb des Wassers und damit einigermaßen in Sicherheit vor dem Zauber und den Verlockungen dieser Dämonin.
Die Flut versetzte dem Nixenleib einen so kräftigen Stoß, daß er emporgeschleudert wurde. Die Nixe zeigte sich Abdrabbo in der ganzen Rundung und Frische ihres mächtigen braunen Leibes. Nur noch zehn Meter, vielleicht etwas mehr, lagen zwischen ihm und ihr. Es beun-

ruhigte ihn, daß ihr Körper sich nicht zu bewegen schien, obwohl sie weiter zu ihm hinschwamm. Er hob den Arm mit dem Speer, zögerte aber dann einen Moment. Vielleicht befürchtete er, daß es für sie ein Leichtes wäre, ihn an der Speerleine vom Kahn zu ziehen. Also sprang er hinunter in den Sand und suchte Dekkung neben einem Felsen. Wieder legte er den Speer an. Aber die Nixe schien ziellos umherzutreiben, als ob sie sich widerstandslos der Führung durch die Flut überlassen hätte. Von schnellen Schüben der Flut wurde ihr Leib gegen das Ufer gedrängt, bis die Entfernung zwischen ihr und dem Boot überwunden war. Sie stieß gegen die Bootswand, zog vorbei, wurde dann von einer Flutwelle umgedreht und halb auf den Strand geworfen.

Erschrocken über ihren gewaltigen Umfang, wich Abdrabbo zurück. Er richtete den Speer auf sie, wagte aber nicht, ihn zu schleudern. Nach einer Weile streckte er ihn weit nach vorn und tippte sanft und überaus vorsichtig auf ihren Nacken. Doch sie rührte und regte sich nicht.

Da wußte Abdrabbo, daß ihm der Inbegriff seiner Wünsche ganz von allein vor die Füße gekrochen war. Aber sie war tot.

Gestern hatte er den ganzen Tag das Dröhnen der Detonationen gehört, die tief unten im Meer gezündet wurden. Eine riesige Fontäne war an der betreffenden Stelle aus dem Wasser aufgestiegen und gleich darauf in sich zusammengefallen. Stille herrschte über dem Meer, bis eine neue Explosion krachte. Die Unterwassersprengungen wurden von Leuten vorgenommen, die hier, in den Regionen des Wunderbaren, nach Erdöl suchten. Dabei mußten sie die Nixe getroffen haben. Erstickt war sie nach oben getrieben und zu ihm hingeschwemmt worden.

Abdrabbo probierte einmal und noch einmal, ob sich das Untier, das vor ihm im Sand lag, nicht doch rühren wollte. Aber er entdeckte keinerlei Lebenszeichen an ihm. Schließlich ging er hin und betrachtete es ohne Furcht.

Ihr goldenes Haar war ziemlich kurz und grob. Es mußte das Wasser gewesen sein, das es wachsen und wallen ließ, das Licht, das ihm Glanz verliehen hatte. Die Ärmchen waren sehr kurz geraten, mager die Brust, die Warzen standen allerdings vor. Ihr fleischiger Bauch wölbte sich in reinem Weiß. Sie lag mit dem Gesicht im Sand. An ihrem Hinterteil konnte er den Fischschwanz erkennen, der vom Wasser bedeckt war.
Wie kommt es nur, daß die Nixe in ihrer Niederlage hier auf dem Sand so häßlich ist, dachte er. Ob sie ihre Macht und ihren Zauber vielleicht nur vom Wasser und vom Mond gewonnen hat?
Er dankte seinem Schicksal, daß sie ihm nicht lebendig begegnet war. Plötzlich kam ihm eine teuflische Idee, und er ging unverzüglich daran, sie auszuführen. Er holte Stricke aus dem Boot und wand sie der Nixe um Nacken, Schultern und Bauch, wobei er laut nach Abschar rief. Jedesmal, wenn Abschar diese Rufe vernahm, rannte er schneller durch das Wasser in Richtung Boot. Als er dort ankam, graute es ihm vor dem mächtigen Leib, der da neben dem Kahn im Sand hingestreckt lag und von Abdrabbo gerade mit Seilen festgebunden wurde.
Abschar freute sich, daß Abdrabbo endlich seine Schuld vor aller Welt einlösen konnte, daß er für die Söhne seiner Onkel väterlicherseits und mütterlicherseits und für seinen Bruder Rache nehmen würde. Es freute ihn, daß die Spötteleien und Hänseleien der Leute nun aufhören würden. Abdrabbo berichtete ihm, er habe die Nixe bei Eintritt der Flut bemerkt, als er noch hinter den Langusten her gewesen sei. Er habe das Seil um sie geworfen und ihr mit dem Lanzenschaft eins hinters Ohr gegeben. Davon sei sie bewußtlos geworden, und er habe sie ans Ufer zerren können. Abschar befürchtete, daß der Schlag kräftiger gewesen sein könnte als von Abdrabbo beabsichtigt, und daß er die Nixe vielleicht gar erschlagen habe. Doch Abdrabbo beteuerte ihm, sie sei nur ohnmächtig. „Jetzt probier doch mal, sie ins Wasser zu schieben“, sagte er. „Da wirst du was erleben. Die spuckt und sprudelt wie ein Vulkan, wenn er ausbricht! Abtau-

chen würde sie und mit ihrem schrecklichen Schwanz gegen die Felsen schlagen. Nein, es bleibt uns nichts anderes übrig, als sie vom Wasser fernzuhalten. Los, hieven wir sie ins Heck und binden sie da fest!"
In gemeinsamer Anstrengung zogen sie das Boot am Heck zurück, nachdem Abschar eine mittelgroße Vertiefung darunter ausgehoben hatte. Dann begannen sie, die Nixe vorwärts zu schieben, und stemmten sie auf das Heck. Mit Seilen zurrten sie sie ringsherum am Boot fest, von oben und von unten, von vorn und von hinten, bis ihr langer, mächtiger Leib glatt ausgestreckt festsaß. Anschließend stießen sie das Boot ins Wasser. Aber das Heck hatte durch das gewaltige Gewicht der Nixe Tiefgang. Abschar äußerte Bedenken wegen dieses tiefliegenden Hecks. Er schaffte die beiden Thunfische und die Säcke mit den Langusten nach vorn und band alles im Bug fest. Das Heck erhob sich beruhigend deutlich über die Wasseroberfläche. Zudem versicherte ihm Abdrabbo, daß eine tiefere Bordkante diesem Boot mit seiner hohen Geschwindigkeit bei der Wasserverdrängung sogar zugute käme. Also warf Abschar den Motor an.
Bald nachdem das Boot ins Meer ausgelaufen war und die Insel Zabardschad hinter ihnen lag, hockte sich Abdrabbo am Heck neben seiner Gefangenen nieder. Er griff nach dem Speer und packte ihn fester in Erwartung der gefräßigen Haifische, die unausweichlich vom Geruch der Nixe angelockt werden mußten. Sie würden dem Boot folgen und eine Gelegenheit abpassen, um ihren mächtigen Schwanz, der jedesmal im Wasser verschwand, wenn sich das vorwärts preschende Boot schräg legte, zu fassen zu bekommen.
Endlich tauchte vor ihnen in der Ferne das Ufer von Berenika auf. Zu ihrer Überraschung war der Strand von Licht überflutet, von außergewöhnlich viel Licht, wie es Abdrabbo nie zuvor am Hafen gesehen hatte.

10. Kapitel

Weshalb hältst du dich mit diesen lächerlichen Details auf, Nicola, das hat keinen Sinn. Du wolltest dich doch an das Samenkorn der ganzen bitteren Geschichte erinnern, das du einst in deiner Sorglosigkeit auf den sandigen Boden deiner Stadt geworfen hast. Es ist aufgegangen und zu einem ausladenden, mächtigen Baum herangewachsen, der die ganze Stadt mit Ödnis und Trauer überschattet hat.

Warum beginnst du nicht gleich mit dem eigentlichen Anfang der Tragödie! Seitdem sind viele Jahre vergangen, Tag um Tag werden es mehr. Du aber bist erlöst von der Marter des Wartens und Fürchtens, die Katastrophe ist tatsächlich eingetreten, es war einmal.

Beschlich dich nicht schon in dem Moment ein Gefühl drohender Gefahr, als plötzlich grelles Scheinwerferlicht von den sechs Jeeps, die Seine Majestät eskortierten, den Hafenplatz überflutete? Das Licht riß deine Gäste aus dem Dunkel, Männer und Frauen, die nackt oder halbnackt im lauen Uferwasser an deinem Hafen badeten, wo das Meer die Wärme der untergegangenen Sonne noch speicherte. Es enthüllte ihre nach Beduinenart gerichtete Tafel, die sich über den ganzen Platz vor den Strandhütten hinzog, reich gedeckt mit Speisen, die die Gäste eigens aus Kairo mitgebracht hatten. Daneben brutzelten knusprige Hammel. Scheich Alis Söhne drehten sie über dem Feuer, damit sie heiß blieben, bis die Gäste mit ihrem seltsamen abendlichen Bad fertig wären.

Dieses Gefühl einer drohenden Gefahr nahm zu, pochte eindringlich weiter in dir, als du die schemenhaften Gestalten der königlichen Garde mit ihren im Licht glänzenden Kupferabzeichen und Waffen erblicktest, als du zusahst, wie sie mit ihren schweren Stiefeln über den Sand im Hof stampften, wie sie im Korridor der Scheinwerfer Spalier bildeten und die Säbel zu einem Bogengang erhoben, in dessen Schirm und Schutz Seine Majestät hindurchschreiten konnte.

Etwas später verlorst du das bohrende Gefühl der Gefahr allerdings. Überwältigt von dem prächtigen, erhabenen Schauspiel, das Militär und Licht urplötzlich an diesem Ort inszeniert hatten, erhobst du dich, als jener feiste Mann von königlichen Gnaden seinem Auto entstieg, um deine Stadt zu besuchen. Unter dem hellen Säbelbogen blieb er stehen und beobachtete, vom Schatten seiner Garde gegen das Scheinwerferlicht abgeschirmt, diese kleine Herde seiner Untertanen, die eben aus dem Meer kam. Das Wasser tropfte ihnen von den glänzenden Leibern, mit den Händen suchten sie ihre Augen gegen das Licht zu schützen, das voll auf sie gerichtet war. Ikbal Hanum trat vor. Sie gab sich gar keine Mühe, irgend etwas zu erkennen. Ihre einzige Sorge war es, daß sie vorteilhaft dastand und ihre Brust so recht zur Geltung kam. Sie war überzeugt, daß Seine Majestät gerade sie in dem Licht bemerken würde. Nur richtig präsentieren mußte sie sich.
Wie glücklich fügte es sich, daß sie fast nichts anhatte, als ihr Seine Majestät mit der fetten Hand die Finger drückte, die sie ihm zur Begrüßung hingestreckt hatte!
Sie entschuldigte die Damen. Nur für ein paar Minütchen. Daß sie sich herrichten könnten. Unterdessen sprang Khawaga Anton Bey im Lichtkegel vor dem Trüppchen hin und her und brachte seine große Freude über diese hohe Ehre zum Ausdruck, mit der Seine Majestät geruht habe, sie zu überschütten.
Eigentlich hatten sie erst morgen mit ihm gerechnet. Sie hatten angenommen, daß er in der Frühe von seinem Lager, das ihm die Garde im Sand bei Ras Banas aufgeschlagen hatte, aufbrechen würde, um seine Reise zu den Wadis am Dschebel Ulba fortzusetzen. Dort wollte er auf Gazellenjagd gehen.
In diesem Augenblick voller Überraschung, Freude und Verwirrung war ein jeder nur darauf aus, irgend etwas zu finden, das die Aufmerksamkeit Seiner Majestät auf sich zu lenken vermochte. Genau in diesem Moment landete Abdrabbo Krischab mit seinem Boot am Strand. Geblendet stand er im Lichtkegel, schaute Abschar an,

und Abschar schaute ihn an. Unendlich reine Einfalt lag auf ihren Beduinengesichtern. Hinter ihnen sank der schwere Kahn in den Ufersand. Auf dem Heck schaukelte die Zauberdämonin in Fischgestalt mit den Flutwellen auf und nieder.
Vielleicht ist es diese Menschenmasse gewesen, die sich plötzlich am Strand zusammenballte und das Licht auf sich zog, vielleicht war sie das erste Samenkorn des Verhängnisses, das im Leib des Ortes zu keimen begann?
An der Tafel verbreitete sich die Nachricht, Abdrabbo Krischab habe seine Rache wahr gemacht und die Nixe verführt. Er habe sie schon aus dem Meer geholt und an Land gebracht. Einer nutzte die Gelegenheit, Seine Majestät mit der Geschichte zu unterhalten. Er fing an, von Abdrabbo Krischab und seiner Rache zu erzählen, von seinem Schwur und seiner Drohung. Als man merkte, daß der König Interesse zeigte, fragte einer hinterhältig, ob denn der Krischab seinen Schwur immer noch ernst meine. Also, ihnen wäre es eine Freude, heute nacht seiner Hochzeit mit der Nixe beizuwohnen. Die sensationelle, groteske Idee schlug wie ein Blitz an der beduinischen Tafel ein. Ein Mann, der einen Fisch beschläft, das wäre doch ein Ereignis, wie es Seine Majestät sicher noch nie erlebt hatte! Alle waren begeistert, sprangen voll grausamer Freude auf und strömten jubelnd ans Ufer, wie zum Empfang eines Helden. Mit ihren sensationslüsternen, funkelnden Augen starrten sie Abdrabbo an, als wollten sie ihn samt seinen Lumpen mit Blicken durchbohren, um das dahinter liegende weite Meer und die Bestie zu sehen. Wahrhaftig, eine legendäre Szenerie für die bevorstehende Hochzeit! Sie drängten sich um das Boot, begutachteten die verwunschene Braut und ergingen sich wortreich über ihre Vorzüge. Man drückte Abdrabbo Krischab die Hand, klopfte ihm auf die Schulter. Überschwenglich priesen sie seine Heldentat, als beneideten sie ihn darum.
Zuerst stand Abdrabbo Krischab verschreckt wie ein Berghase da, der sich in den Schlingen verfangen hat. Doch bald nahm sein schlichtes Gemüt ihre Glückwünsche voller Stolz entgegen. Freudig erzählte er, wie

er die Nixe entdeckt hätte, wie er ihren Verführungskünsten und Verlockungen ausgewichen sei, bis sie näher an das Ufer herangekommen wäre. Aber da habe er zugeschlagen, daß sie das Bewußtsein verlor! Mit Abschars tatkräftiger Hilfe habe er sie jetzt hierher gebracht.
Im Laufe der Unterhaltung erwähnte man beiläufig seinen alten Schwur und seine Drohung. Abdrabbo bemerkte die Falle nicht, in die sie ihn lockten. In seiner natürlichen Reinheit erwiderte er ihre Begeisterung sogar. Und schließlich hielt er seine Chance für gekommen, sich nun endgültig von diesem alten Schwur zu befreien, den die Zeit ohnehin ausgelöscht hatte. Nur tief im Innern verspürte er Gewissensbisse, dieses kleinen Schwindels wegen, denn es war ja gelogen, daß die Nixe lebte. Sie war tot. Im Bewußtsein dieser Schuld siegte seine Rechtschaffenheit, und er fühlte sich beschämt von solch einem Empfang, spürte er doch, daß er ihn gar nicht verdient hatte. Als er schließlich gewahr wurde, daß sie tatsächlich schon dabei waren, die Hochzeitsfeier auszurichten, stand er machtlos da. Es gab für ihn keine Möglichkeit mehr, sich jetzt noch zurückzuziehen oder zur Wehr zu setzen.
Man stellte die Stühle auf. Seine Majestät nahm den Ehrenplatz in der Runde ein. Die Scheinwerfer eines Autos wurden auf den Sand gerichtet, wo die Männer das Lager für die Braut glattgestrichen hatten. Eben traf sie ein, die Hafenarbeiter zogen sie an Land, mitten ins helle Licht. Die Männer schöpften eimerweise Wasser aus dem Meer und schütteten es über ihren roten, sandigen Körper, die Güsse spülten den Sand ab. Die magere Brust trat hervor, der breite fleischige Bauch mit dem Spalt am unteren Ende kam zum Vorschein. Anfeuernde Rufe des Beifalls und der Ermutigung wurden laut. Abdrabbo fühlte sich wie ein Gefangener des Lichts, das ihn den Blicken des Königs und seines Gefolges gnadenlos preisgab. Sie hatten ihn mit ihrer Begeisterung umzingelt, als wäre er ihr Held. Keinen Moment lang schienen sie im Zweifel zu sein, daß er sie nicht im Stich lassen würde, daß er nicht ihr Mann wäre. Wie sollte er

sie da enttäuschen? Wie könnte er nicht ihr Favorit sein!
Immer wieder ließ er seine zögernden, unsicheren Blicke zwischen dem Fisch, der rücklings im Sand lag, und den Leuten, die ihn umringten, hin und her wandern. Das Ganze kam ihm unentrinnbar wie das Schicksal vor. Das war eben so ein Moment, wo man als Kerl durchmußte. Hinterher wäre man unter Männern für seine Wahrhaftigkeit und Anständigkeit und sonstige Tugenden hoch angesehen. Andernfalls bliebe man mittendrin stecken und wäre ein Versager. Aber dann wäre man für sie auch so gut wie erledigt. Niemand würde einem noch ein Glas in seiner Ratssitzung anbieten.
Die eingetretene Stille, das Schweigen in der Runde brachte ihn in Verlegenheit. Sie schienen ihm mitteilen zu wollen, daß ihre Geduld nun zu Ende wäre. Seine Augen begegneten einem königlichen Blick aus den Augen Seiner Majestät, denen er bis jetzt aus Ehrfurcht und Angst ausgewichen war. Seine Beklemmung wuchs, der Schweiß brach ihm aus und strömte über seinen Körper, der unter den Lumpen zitterte. Seine Exzellenz Khawaga Anton Bey trat zu ihm und reichte ihm ein volles Glas Whisky. Er forderte ihn auf, es gleich hinterzukippen, und so nahm er zwei Schluck. Wie Feuer brannten sie in seinen Eingeweiden. Das Blut schoß ihm in den Kopf, für kurze Zeit war sein Verstand wie benebelt. Er griff nach dem Hosenband und zog es auf. Als er mit seinen muskulösen Beinen herausstieg, bot sich allen der flüchtige Anblick seiner geballten Männlichkeit. Mit gesenktem Kopf beugte er sich vor und warf sich dann mit einemmal flach auf die fleischige Masse der ruhig daliegenden Nixe.
Ein Schauder überlief ihn, als sein nackter Körper auf ihr rauhes, glitschiges Fleisch traf. Er vergrub das Gesicht an ihrer mageren Brust und begann zu schluchzen, ohne daß jemand ihn hörte.
Nicola saß schweigend an der langgestreckten Tafel, der Dame Ikbal Hanum gegenüber. Einen Steinwurf von ihnen entfernt enthüllte gezieltes Autolicht den Männerring, zu dem ein König, ein Pascha, drei Beys von zwei-

felhafter Herkunft und ein echter Khawaga gehörten, außerdem eine nicht unbeträchtliche Anzahl Herren mit Ländereien und Kapital, die etwa ein Viertel der ägyptischen Wirtschaft ihr eigen nannten. Der Mund wurde ihnen immer wässriger, je mehr Whisky sie tranken. Sie behielten die Gläser die ganze Zeit in der Hand, während sie mit tierischer Gier auf den nackten schwarzen Körper dieses namenlosen Beduinen hinabstarrten, der ihnen an diesem Ort in die Fallen ihrer leichtsinnigen Vergnügungssucht geraten war. Mit reinem Sinn hatte er eingewilligt, seinen Menschenkörper mit dieser schrecklich großen weiblichen Masse in intimster Umarmung zu vereinen, ein Geschöpf aus einer anderen Welt zu beschlafen, das, schlaff und schmierig wie es war, Abscheu und Ekel erregen mußte.
Ikbal Hanum zog ihr Fernglas hervor, das alle Dinge heranholte und vergrößerte. Sie trug es als elegante und präzise technische Rarität stets in ihrer Handtasche. Die Linsenschärfe regulierend, richtete sie es genau auf die Szene, bis sie sogar den Schweiß aus den Poren des nackten, schwarzen Beduinenkörpers hervorquellen sah. Ja, sie konnte erkennen, wie das Beduinenherz in seiner Brust schlug und Blut in die anschwellenden Muskeln pumpte. Es fehlte nicht viel, und sie hätte, selbst auf diese Entfernung, seine keuchenden Atemzüge hören können. Sie ließ den Blick über die faszinierten Gesichter der Männer gleiten. Im ersten Moment empfand sie Widerwillen und wunderte sich, daß diese abscheuliche und abnorme Vereinigung ihre Begierde anstacheln konnte. Sie stellte das Glas scharf auf die Paarungsorgane der beiden Lebewesen ein, die sich da mitten im Licht vereinten, und registrierte nun zu ihrem Erstaunen, daß auch sie allmählich davon erregt wurde.
Von der Terrasse gegenüber der Tafel lugten die Frauen mit leichtfertiger Neugier herüber. Eine fragte Ikbal Hanum, was denn dort vor sich gehe. Die Dame Ikbal Hanum lachte auf und antwortete mit einer obszönen Bemerkung. Sie begann ihnen zu beschreiben, was da drüben ablief, auf Französisch, in höchst schamloser Manier, aufreizend, begehrlich, und in einer Art, als kom-

mentierte sie das Endspiel zwischen zwei Fußballmannschaften.
Nicola entdeckte Ilia, sie stand allein am Fenster. Zuerst erkannte er sie gar nicht. Sie trug ihr blondes Haar in Wellen um den Kopf gelegt, einzelne Locken fielen ihr seitlich ins Gesicht. So erschien sie älter, als sie war. Versunken schaute sie auf die Dame Ikbal Hanum und folgte atemlos ihrer Beschreibung. Sie starrte in das Licht, konnte allerdings kaum deutlich erkennen, was dahinter geschah. Nicola wußte aber sehr wohl, daß Ikbal Hanums Worte ihr schon helfen würden, es sich vorzustellen. Es ärgerte ihn, daß sie den Details so hingebungsvoll lauschte. Er sah auf die Uhr, kehrte dann den Hütten den Rücken und schlenderte hinüber zur Männerrunde um Abdrabbo Krischab. Beim Näherkommen bemerkte er am Ufer das Boot, das die wilde Braut aus dem Meer geholt und in ihren Hafen transportiert hatte. Die eine in den Sand eingedrückte Bootshälfte ragte fast in den Kreis des Lichtkegels hinein, der auf die zügellose, ordinäre Feier fiel. Die andere, auf dem Wasser schaukelnde Hälfte lag im Dunkel. Dort entdeckte er Abschar, der am Heck kauerte, die Arme um die Knie geschlungen, das Kinn darauf gestützt. Seine großen, scharfen Augen, Isas Augen, waren auf den Mittelpunkt des Kreises gerichtet, wo Abdrabbo Krischab auf dem Bauch des Untiers keuchend seine widerwärtige Pflicht vollendet hatte. Nicolas Herz krampfte sich zusammen. Er wandte sich ab, wurde nicht fertig mit diesem beunruhigenden Gefühl, das seit dem Moment, als er die Gäste erwartet hatte, in ihm aufgekommen und dann weiter gewachsen war, bis sie eintrafen.
Was jetzt in seinem Hafen geschah, spottete jeder Vorstellung und Vernunft. Obwohl er über die Anwesenheit des Landesherrn, der ihn mit diesem Besuch ehrte und auszeichnete, erfreut war, konnte er doch nicht verhindern, daß Sorge und Ärger die Oberhand über seine Gefühle gewannen. Diese Herren hatten seinen ureigensten Ort für ihr Vergnügen beschlagnahmt.
Abdrabbo Krischab keuchte noch immer. Er konnte nicht aufstehen. Während seines Tuns schien sein Be-

wußtsein getrübt gewesen zu sein. Jetzt, wo er damit fertig war, kam er wieder zu sich. Ihm wurde klar, wie entwürdigend und beschämend diese Tat war. Nicht einmal den Kopf vermochte er zu heben, um all die Leute ringsherum anzusehen. Träge überließ er sich der Schwere seines Körpers, der in gleichgültiger Erschlaffung einfach auf der Meeresbraut liegenbleiben wollte. Dieser Tierleib war trotz allem barmherziger als ihre Augen, die ihn anstarrten, als wollten sie ihn vor Neugier und Sensationslust verschlingen.

Anfangs hatte er geweint, und die Tränen machten ihn stark, als ob sie seine Seele von aller Schuld reinwaschen würden. Nachdem er aber fertig war, überkam ihn ein Gefühl der Leere und des Verlustes. Er war nicht imstande, nun den nächsten Schritt zu tun und sich zu erheben. Also blieb er, wo er war, nackt auf dem nackten Fischbauch, bis sich Seine Majestät allmählich wunderte und ein Zeichen gab, daß man nach ihm sehen solle. Khawaga Anton Bey eilte zur Mitte des Kreises, um die Sache aufzuklären. Er beugte sich über Abdrabbo Krischab und richtete sich verblüfft wieder auf. Er sei eingeschlafen, vermeldete er.

Der König erhob sich, und mit ihm alle anderen. Sogleich sprang auch der Motor des Autos an, das die Scheinwerfer auf den Mittelpunkt der Feier, auf Abdrabbo und die Braut, gerichtet hatte.

Das Licht schwenkte ab und ließ Abdrabbo mit seinem Fischweib ins Dunkel fallen. Es kroch weiter über den Sand hin und wies Seiner Majestät den Weg zur Tafel. Das Ereignis hatte allen richtig Appetit gemacht.

Die Frauen gesellten sich zu ihnen, und der Ort gewann wieder sein ursprüngliches Aussehen zurück. Die Herren boten den Damen Getränke an und überschütteten sie mit Liebenswürdigkeiten, um sie für ihr ungebührliches Fernbleiben zu entschädigen. Die Damen deuteten indes an, daß sie vollkommen über alle Einzelheiten der unnatürlichen Hochzeit Bescheid wüßten. Die Männer sollten sich nur nicht zuviel einbilden. Der Situationsbericht Ikbal Hanums über Details, die sie durch ihr Fernglas beobachtet hatte, machte die Runde. Der König lä-

chelte ihr ermutigend zu und forderte sie auf, doch näherzurücken. Damit war die Feier an eine Grenze gelangt, von der es kein Zurück mehr gab.
Vielleicht hatte ein Offizier der Eskorte den Befehl dazu gegeben, jedenfalls gingen die Scheinwerfer aus. Plötzlich lag Dunkelheit über dem Ort. Die geheimsten Wünsche unter ihren feinen, raffinierten Kleidern konnten endlich freikommen und ausbrechen. In der Finsternis, die nur noch von den weit entfernten Sternen erleuchtet wurde, war die Dame Ikbal Hanum deutlich zu hören. Von Zeit zu Zeit stöhnte sie laut auf, wenn sie zwischen Sträuben und Nachgeben von gewissen Handlungen Seiner Majestät, die nicht schwer zu erraten waren, zu Boden gedrückt wurde.
Eine Frau sprang von der Tafel auf. Unter aufreizendem Lachen schlüpfte sie ins Dunkel. Ihr Kavalier folgte ihr. Aus der Ferne hörte man noch ihre beiden Stimmen, während er hinter ihr her war, bis sie zusammen in den Sand stürzten. Jetzt vermischten und vereinten sich alle Laute wie zu einer gemeinsamen Melodie, die die ganze Gesellschaft in dieser Finsternis unter freiem Himmel angestimmt hatte.
Nicola stimmte nicht mit ein. Leise rief er nach Ilia. Für einen Moment hatte ihn die Situation gefangengenommen. Er hatte auf die einzelnen Stimmen in der Dunkelheit gelauscht und sich einen Spaß daraus gemacht, sie zu identifizieren. Aber mit einemmal fiel ihm Ilia ein. Er rief sie, flüsternd zunächst, um herauszufinden, wo sie in diesem Chaos steckte. Als er keine Antwort erhielt, wurden seine Rufe nach und nach lauter, bis er, plötzlich beunruhigt, aufstand und sich vorsichtig zwischen den Leibern vorwärtstastete, um nach ihr zu suchen. Er stolperte über zwei feuchte Schenkel, stieß mit dem Arm an eine nackte Brust. Kann sein, daß er irgendein männliches Glied zu fassen bekam. Er stammelte viele Entschuldigungen, aber keiner schien Wert darauf zu legen.
Besorgt kam er bei den Hütten an. Sie war nicht in ihrer Kabine. Er rannte von Raum zu Raum und suchte sie, stieg dann die Treppe hinunter, ganz sicher, daß sie sich von diesen verrückten Ausschweifungen zurückgezogen

habe. Wieder lief er an den Strand und rief nach ihr. In seiner Eile und Hast stolperte er über etwas Weiches und rollte in den Sand. Als er aufblickte, sah er neben sich die Nixe und Abdrabbo, der nach wie vor nackt auf ihr lag.
Vor ihm im Sand hockten Ilia und Abschar und schauten still in der stillen Dunkelheit auf ihren Freund den Krischab und seine Braut.
Wie zwei Engelskinder saßen sie, Schulter an Schulter gelehnt, im feuchten Sand und betrachteten die beiden Körper, nur wenige Schritte von ihnen entfernt, die so verschieden waren nach Größe und Art und so stumm wie der Tod. Ilia flüsterte Abschar ihre Befürchtung ins Ohr, daß die Nixe Abdrabbo Krischab die Kehle durchgebissen und ihn umgebracht hätte.
Abschar schüttelte den kleinen schwarzen Kopf. Seine großen Augen verengten sich, als er in Ilias weißes Gesicht blickte. Nein, der Fisch sei tot, murmelte er, und Abdrabbo Krischab habe das bestimmt gewußt.
Ilia staunte. Sie fand einfach abscheulich, was da geschehen war. Mit ihren neugierigen Fragen brachte sie Abschar so weit, daß er ihr anvertraute, was er sogar Abdrabbo Krischab selber verheimlicht hatte. Er habe nämlich von Anfang an gemerkt, daß die Nixe tot gewesen sei und habe es dem Krischab nur deshalb verschwiegen, damit er vor sich selbst und vor den anderen als Sieger dastehen könnte. Jetzt müßte der Krischab den Preis für seine Lüge zahlen.
Nicola war genau vor den beiden hingestürzt. Als sie ihn bemerkten, standen sie, eng aneinandergeschmiegt, auf. Er klopfte sich den feuchten Sand von der Hose ab und befahl Ilia, sofort zu Bett zu gehen. Sie starrte ihn an, als könne sie sich nicht genug über all das wundern, was passiert war. Ob ihr Vater denn auch wußte, was sie wußte – daß sich Abdrabbo Krischab mit einem toten Fisch vermählt hatte?
Nicola spürte, wie sie sich verhärtete. Lächelnd trat er zu ihr und tätschelte ihre zarte Wange. Sie sei doch wirklich noch zu klein, brummte er, um sich so etwas mit anzusehen. Ilia entzog sich Nicolas ausgestreckter

Hand. Sie reckte die Nase in die Höhe, genau wie es ihre Mutter, die große Ilia, immer machte, wenn sie ihre Unschuld betonen wollte. Dann drehte sie sich um und ging, ohne noch ein Wort zu sagen, einfach weg. Wie ihre Mutter, wenn sie sich bei einem Fehler ertappt fühlte und mit hocherhobenem Haupt zurückzog, um den mit der Bürde ihrer Schuld zurückzulassen, der sie entdeckt hatte.

Bewundernd schüttelte Nicola den Kopf. Einen Augenblick lang sah er ihr nach, dann zog er Abschar am Arm zu sich heran und beugte sich mit ihm über Abdrabbo. Er rüttelte ihn an den Schultern, drehte sein Gesicht nach oben, schrie ihm in die Ohren. Umsonst, Abdrabbo erwachte nicht aus seiner Ohnmacht.

Er atmete ruhig, als läge er in tiefem, gesundem Schlaf mit herrlichen Träumen. Seine Lippen umspielte ein seliges, unschuldiges Lächeln. Nicola wurde unruhig. Vielleicht ahnte er schon, daß dieses Spielchen den Mann um den Verstand gebracht hatte. Er schickte Abschar nach einem Eimer Meerwasser, benetzte Abdrabbos Gesicht und Hals und massierte ihm Schläfen und Stirn mit dem kalten Wasser.

Ilia hatte unterdessen die Schuhe ausgezogen und schlurfte mit ihren kleinen Füßen lässig durch den Sand. Mit gesenktem Kopf beobachtete sie, wie sich die Füße bewegten, und dachte über die Worte ihres Vaters nach. War sie wirklich noch so klein? Oder hielt er es für besser, daß sie klein bliebe, damit er sie nur für sich allein behalten könnte?

Hatte sie nicht schon in der Schule der Ausländerkolonie in Kairo von ihren größeren Mitschülerinnen allerhand darüber gehört, was in der Nacht von Sonnabend zu Sonntag in der Schulaula oder in den Gärten hinter den Häusern so geschehen konnte? Hatten sie nicht gemeinsam gewisse Bücher verschlungen, Fotos betrachtet und sich unanständige Geschichten und Witze erzählt? Wieso dachte dieser dumme Vater eigentlich, daß sie von seiner Feier hier noch etwas dazulernen könnte?

Weder die Liederlichkeit der Dame Ikbal Hanum und ihrer Gefährtinnen noch die Anzüglichkeiten und Toll-

heiten der Männer konnte sie verführerisch finden. Und schon gar nicht ihre Orgie in der Dunkelheit und ihre Brunstschreie.
Was sie von Anfang an faszinierend gefunden hatte, war, daß der König kommen sollte.
Einen König aus der Nähe sehen! Ihn betrachten dürfen! Aber auch diese Hoffnungen hatten sich in Nichts aufgelöst. Es gab überhaupt keinen Unterschied zwischen dem König und einem beliebigen Mann aus seinem Gefolge! Abgesehen vielleicht von diesem Nimbus der Ehrerbietung und Wertschätzung, mit dem sie ihn alle freiwillig umgaben. Weshalb, wußte sie nicht. Kann sein, aus Angst, daß er sonst befehlen könnte, ihnen die Köpfe abzuschlagen, wie sie einmal in einem Märchen über einen König gelesen hatte.
Ganz versunken in ihre Gedanken, spürte sie doch einen angenehmen Schauer ihren Körper überrieseln, wenn sich ihre Füße in den kühlen Sand drückten, hineintauchten, sich darin wärmten und dann wieder an die kalte Oberfläche heraufkamen, um sich von neuem einzudrücken. Bei alledem wurde Ilia vom Kammerherrn des Königs beobachtet.
Er stand im Dunkel, nur seine glimmende Zigarette in der langen, eleganten Spitze war zu erkennen. Hochmütig ließ er den Blick über die Tafel schweifen. Hier herrschte völliges Chaos: Die Stühle waren umgeworfen, die auf ihnen gesessen hatten, tobten und keuchten im Sand. Er hielt Ausschau nach seinem Herrn und sah die ehrfurchtgebietende Gestalt ermattet am Boden liegen. Ikbal Hanum schmiegte sich wie angeklebt an seine Seite.
Was auch immer hier geschah, nichts erstaunte ihn, nichts weckte seine Begierde. Es ließ ihn höchstens noch einmal die Zeit überschlagen, die sein Herr für seine jetzige Tätigkeit benötigen dürfte, damit er rechtzeitig mit der Vorbereitung für das nächste beginnen könnte. Bei Tagesanbruch sollte sich der Zug mit Seiner Majestät in Bewegung setzen, um durch Wüstenwadis und über wilde Gebirgsfelsen in die blühenden Täler am Ulba vorzudringen. Seine Majestät würde ein, zwei Ga-

zellen jagen, und die Karawane würde sie in stolzem Triumphzug mit zurückführen.
Da sah er Ilia vom Strand herüberkommen. Mit ihrem hellen Gesicht und den blonden Haaren schien sie das Dunkel um sich zu erhellen. Er stutzte, diese Wildblume kam aus der Finsternis des Ufers direkt auf ihn zu! Ein Duft ging von ihr aus, der appetitliche Reife verhieß. Seine abgestumpften Sinne reagierten. Ja sie bebten, wie das eben ist, wenn ein Mann von sinnlicher Begierde erregt wird. Allerdings erzitterte sein privates Herz sozusagen stellvertretend für einen anderen. Insgeheim gierte er zwar nach seinem Opfer, er stellte sich aber gleichzeitig schon vor, daß sie brav wie ein Opferlamm in den Armen seines Herrn und Wohltäters läge. Es war, als ergötzte er sich an fremder Lust.
Er sah sie herankommen – wie ein verlockender, duftender Baum, der noch keine Frucht getragen hatte, war sie! Sein geübter, gekaufter Verstand begann zu arbeiten, wie gewohnt und erwartet. Schon stellte er sie sich vor als ein süßes Dessert auf der Tafel Seiner Majestät im Jagdzelt von Wadi Ulba. Ansonsten wäre diese Tafel mit jeder Menge Gazellenfleisch, das man vor dem Grillen in Wein eingelegt hätte, reich gedeckt. Die Gazelle hätte der Herrscher gejagt, beziehungsweise sein Gefolge, das so tun würde, als wäre er es selber gewesen. Das Fell hinge man zum Zeichen der Verehrung und Selbstverleugnung in der Nähe der Tafel gleich neben dem König auf.
Prüfend ließ er den Blick über Ilia gleiten, die, in Gedanken versunken, näherkam. In seiner Phantasie sah er schon das schmale, elegante Bärtchen Seiner Majestät vor sich, sah, wie die Bartspitzen über seinem zufriedenen, begehrlichen Lächeln, mit dem er Ilia beschenken würde, zitterten und tänzelten.
Er trat zu ihr. „Bist du nicht Ilia?“ fragte er leise. „Ich habe gehört, daß sie dich so riefen. Ach, Nicolas Tochter! Wie hübsch du bist! Darf ich dir etwas zu trinken anbieten? Da kann ich dich auch besser anschauen.“
Er nahm sie bei der Hand, in der sie ihre Schuhe hielt, und führte sie mit feiner List und Tücke zur Tafel, nicht

weit von der Stelle, wo die aufreizende Orgie noch immer in vollem Gange war. Schmeichelnd zwinkerte er ihr zu. Sie schlug verschämt die Augen nieder, ihre Ohren aber konnte sie nicht verschließen. Zwischen den umgeworfenen Stühlen vernahm sie deutlich das laute Geflüster und die unterdrückten Aufschreie, die das Schweigen ringsum brachen.

Er reichte ihr ein Glas mit verdünntem Wein, und sie tranken auf Ilias Wohl. Dabei verwickelte er sie allmählich in ein Gespräch über ihre Schule in Kairo und die Sommerferien in der Wüste, über ihre Wünsche und Träume. In kindlicher Naivität und Offenheit, die fast etwas Stolzes und Hochmütiges hatten, schwatzte Ilia munter drauflos. Seine Menschenkenntnis würde sich wieder einmal bestätigen. Unter der täuschenden Maske unausgereifter kindlicher Schönheit, die diese kleine Ilia zur Schau trug, steckte eine schwer zu bezähmende Frau, die nur noch nicht entdeckt war. Er beschloß, sie bei ihrer Eitelkeit zu packen.

An vielen anderen Stränden hatte er seinem Herrn Hunderte Jungfrauen, überraschend oder erwartet, zum Geschenk gemacht, ob in al-Alamein, Ras al-Hikma, al-Muntazah oder sonstwo, sei es in den Wüstenhütten bei Heluan, al-Mukattam und Ismailija oder am Fuße der Pyramiden. Sie alle hatten schließlich nachgegeben. Doch es gab auch solche, die sich wehrten, was nach Auffassung seines Herrn den Appetit nur noch anregte. Mit dieser Ilia würde die Sache wohl etwas anders verlaufen, schätzte er. Er fing an, ihr von der Jagd zu erzählen, zu der sie morgen in aller Frühe aufbrechen wollten. Sie sei auch einmal mit ihrem Vater und Khawaga Anton Bey in den Ulbawadis zur Jagd gewesen, sagte Ilia. Die Männer hätten damals eine kleine Gazelle gefangen, die hätten sie nach ihr benannt und sie ihr geschenkt. Die Gazelle hätte immerzu gezittert und so ängstlich dreingeschaut, da habe sie ihr ein Gatter aus dünnen sandfarbenen Zweigen geflochten und es am Darhib, im Hof hinter den Hütten aufgestellt. Sie sei später aber doch gestorben. Er tröstete sie – sein Herr, Seine Majestät, werde ihr gewiß eine neue Gazelle schenken und sie sogar selber fangen, wenn sie nur mit ihm käme. In seinem ganzen Troß könne sein Herr nicht ihresgleichen finden, solch einer Gazelle würdig. Er versprach, sich dafür zu verwenden, daß sie im Gefolge des Königs mitreisen dürfte. Ilia zeigte keinerlei Interesse, ihr Vater würde wohl sowieso nicht zustimmen. Doch er versicherte ihr, ihr Vater Nicola besäße sicher genug Anstand und Klugheit, sich nicht gegen den Willen des Königs zu sperren.

Er riet ihr, nur gleich schlafen zu gehen, damit sie morgen früh frisch sei. Bei Tagesanbruch werde er sie wekken, sobald sich der Jagdzug fertigmache.

11. Kapitel

Im Morgengrauen klopfte Khawaga Anton Bey an die Tür von Nicolas Strandhütte und teilte ihm mit, Seine Majestät wünsche, daß Ilia ihn auf seinem Ausflug begleite. Nicola war fassungslos, er erbleichte. Aber Anton wies ihn sogleich darauf hin, daß es eine hohe Ehre und Auszeichnung sei, wenn Ilia Seine Majestät begleiten dürfe.

Nicola hatte nicht länger als eine Stunde geschlafen. Noch ganz benommen stand er in der Tür und sah sich plötzlich vor einer Situation, gegen die tausend Einwände gut waren. Denn obwohl diese Einladung an Ilia sich einen seriösen Anschein zu geben wußte, obwohl Khawaga Anton Bey voller Stolz und Begeisterung zu Ilia kam, um sie einzuladen und zur Eile zu mahnen, trotz der Arglosigkeit und Naivität, mit der Ilia zu dieser Herrgottsfrühe aus ihrer Kammer lugte, um die Einladung Seiner Majestät entgegenzunehmen, trotz alledem begann sich irgendwo in Nicola etwas zusammenzuziehen und zu verkrampfen, immer und immer wieder. Er versuchte jedoch, sich zu beherrschen, und zwang sich, die Lage zu nehmen, wie es sich für einen Mann gehörte, dem vom König Ehre zuteil wurde. Eine Ehre, von der man nicht glauben sollte, sie könnte von Mißtrauen und Argwohn getrübt werden.

Die Jeeps standen schon bereit, allen voran die Eskorte. Seine Majestät stieg in sein Automobil und hielt einen Platz für Ilia frei. Die trat jetzt heraus, blühend und strahlend, ein Kind noch, aber ein Kind, das bereits herangereift war. Sie trug ihr übliches Wüstengewand. Fröhlich sprang sie über die Treppe in den Sand und trippelte ohne Zögern oder Furcht zum Fahrzeug des Königs. Mit ihrer anmutigen schmalen Hand winkte sie dem Vater noch einmal zu, kein Gedanke kam ihr daran, was den anderen ringsum durch den Kopf gehen mußte.

Anton Bey ließ Nicola zurück, im Weggehen rieb er sich die Hände. Du hast doch wirklich Glück, Anton, dachte

er bei sich. Deine Mutter hat dich als Glückspilz geboren!
Der Kammerherr zwinkerte Anton mit beiden Augen zu, als er im Jeep dem Fahrzeug Seiner Majestät folgte, in dem auch Ilia saß. Ach, wie appetitlich bist du doch, Ilia! Der leicht anzüglichen Begrüßung durfte Anton entnehmen, daß sein Name in einer Liste enthalten war, die man dem König vorlegen würde, und daß nach seinem Namen der Titel eines Paschas vermerkt wäre. Hätte er es da nicht auf sich nehmen sollen, Nicola von der Harmlosigkeit der Sache zu überzeugen, damit er ihrer Reise zustimmte?
Dieses wäre also der erste Streich: Anton Pascha.
Eine richtige Exzellenz würdest du werden! Dieser Titel, den die Leute bisher nur als Schmeichelei gebraucht hatten, wäre nun dein gutes Recht!
Aber der zweite Streich, das würde Ilia selber sein!
Jetzt hast du sie, die appetitliche Ilia, hast sie als Frucht an deinem Baum hängen, brauchst sie nur noch zu pflükken. So sprach er zu sich, während er den hölzernen Block der Magazine und Werkstätten passierte und über den Sand dahinter aufwärtsstieg. Er wollte jetzt mit sich allein sein. Er durchquerte das dornige Pflanzengestrüpp auf diesem abgelegenen Hügel hinter dem Hafen, bis er an unberührtes Ufer kam. Vor lauter Lebenslust und Ausgelassenheit vollführte er ab und zu Luftsprünge, er mußte seinem Glück irgendwie Ausdruck geben. Später setzte er sich in den Sand, die dürren Knie an die Brust gezogen, um Atem zu schöpfen.
Du hast vielleicht ein Glück, Anton, Sohn der Malika! Die Mutter hat dich schon als Glückspilz geboren, und dann hat dir Gott diesen Nicola beschert, und mit Nicola schenkte er dir eine Mine und einen Hafen, und brachte dir dazu die Ilia. Und nun sieh mal an, Ilia würde dir mit einem einzigen Ausflug auch noch den Paschatitel verschaffen! Eine einzige Fahrt nur! Es würde keine zweite geben. Unser Herrscher ist schnell gelangweilt und einer Sache bald überdrüssig. Danach würde Ilia ganz allein dir zufallen. Ach, wie appetitlich du bist, Ilia!

Fünf Jahre waren es nun schon, daß Anton Ilia begehrte und auf sie wartete. Fünf Jahre, seit Ilia, damals noch eine Zauberelfe, nicht viel älter als zehn Jahre, in sein altmodisches Haus in Garden-City gekommen war, dem Feen immer versagt geblieben waren. Obwohl schon fünf Jahre vergangen waren, erfüllte der Duft ihres kleinen appetitlichen Körpers noch immer seine Sinne. Sie zehrten von der Erinnerung an jene Abende, als sie sich über ihn gebeugt hatte, um ihm einen kindlichen Gutenachtkuß zu geben. Alles vor den Augen und Ohren seiner Gattin, die seine Phantasien und Gedanken nicht einmal ahnen konnte!

Abend für Abend, Jahr um Jahr, in den Nächten des Winters und des Frühlings während der Schulzeit beobachtete Khawaga Anton mit kühnen und begehrlichen Blicken die Entwicklung seines kindlichen Gastes. Schritt für Schritt verfolgte er die Vervollkommnung ihres Körpers unter dem engelsgleichen Nachthemd.

An diesen Abenden, die er der ahnungslosen Gattin verheimlichte, begehrte Khawaga Anton die kleine Ilia, seinen Gast, die Tochter Nicolas – und wohl sein gutes Recht, das er einer siechen, bewegungsunfähigen Ehefrau unterschlug. An solchen Abenden ließ er seiner Phantasie freien Lauf, spielerisch berührte er Ilia und entdeckte ihren Körper. Oft genug ging dabei seine Phantasie mit ihm durch, dann liebkoste er sie wie eine Frau. Aber sobald es Tag wurde, war alles vorbei, da war sie wieder die Ilia, die er kannte, Nicolas Töchterchen, dessen Reinheit er niemals anzurühren wagen dürfte.

Mehr als einmal scheute seine Phantasie zurück, wenn er sich am hellichten Tage vorzustellen versuchte, daß er Ilia in einer Weise begehren könnte, die über diesen kindlichen Gutenachtkuß hinausging. Jedesmal war er außerstande, den Abgrund von Alter und Unschuld zu überwinden, der sie beide voneinander trennte.

Fünf Jahre lang rechnete er die Sache so durch: Wenn Ilia fünfzehn ist, dann hast du, mein Lieber, die Fünfzig erreicht. Was bleibt dir dann noch? Deine gelähmte Gattin hättest du zwanzig Jahre ertragen, ohne daß sie dir

Kinder schenkte. Vielleicht würdest du sterben, bevor Ilia fünfzehn Jahre alt wäre. Vielleicht bleibst du aber auch am Leben, also sei unbesorgt. Es ist genug, was deine Frau von dir bekommen hat. Was noch übrig ist, das gehört dir. Du wirst Ilia heiraten, Nicola ist doch dein Freund, dein Kompagnon und deine Stütze. Also bitte ihn inständig, daß er dir Ilia gibt, wenn sie einmal fünfzehn ist.

Fünf Jahre, Anton, vielleicht auch zehn, könntest du noch mit Ilia zusammenleben. Dann kämst du an die Sechzig heran, und sie wäre fünfundzwanzig. Sie stünde ganz am Anfang, wo du schon am Ende angelangt wärst. Aber egal, wären dir diese zehn Jahre nicht genug?

Wieder tanzte er vor Freude über den feuchten Sand. Er rutschte aus, ein Fuß schlitterte ins Wasser, und eine sanfte Welle schwappte über seinen Unterschenkel mitsamt Schuh, Hosenbein und Socke. Aber das konnte seine Freude nur noch steigern. Du hast eben Glück, Anton, bist als Glückspilz geboren. Gott gab dir Nicola, und Nicola gab dir Ilia.

Als Anton im Glück würdest du zwei Fliegen mit einer Klappe schlagen. Erst sorgst du dafür, daß Ilia mit Seiner Majestät reist, und schon erhältst du dafür den Paschatitel. Na, und gleichzeitig erweist dir Seine Majestät die Gefälligkeit und beseitigt dieses Hindernis von Alter und Unschuld, das dich immer von ihr getrennt hat.

Du wirst es gar nicht mehr nötig haben, deine Stütze und deinen Freund Nicola groß zu bitten. Vielleicht würde er, wenn es erst soweit wäre, dich ganz von selber darum ersuchen.

Seine Exzellenz kehrte über den Sand zurück. Unterwegs sammelte er feuchtglänzende Muscheltierchen, die bewegungslos verharrten, sobald er in ihre Nähe trat, und sich wieder fortbewegten, wenn er ruhig stehenblieb. Er vollführte wahre Freudensprünge am Strand, die bei seiner Magerkeit schlacksig und unbeholfen wirkten. Dabei gebärdete er sich, als wollte er alle Würde und Eleganz von sich schütteln. Atemlos hielt er inne und begann das Ganze von vorn. Erst als er gewahr wurde, daß die Arbeiter, angeführt von Meister Hifnawi,

aus den Werkstattblocks traten, um den restlichen Talk zum Ufer zu transportieren, nahm er sich zusammen und hüllte sich wieder in förmliche, kühle Zurückhaltung. Aufmunternd nickte er den Arbeitern zu, während er zur Treppe an der Strandhütte schlenderte, um sich auf sein Zimmer zu begeben.
Anton Bey schlief bis zum Mittag, erst ein Klopfen weckte ihn. Er raffte sich auf und erhob sich. Draußen stand Meister Hifnawi, der ihn bat, rasch mitzukommen. Er führte ihn zu Nicolas Zimmer. Als er die Tür aufstieß, sah er Nicolas Kopf über der Bettkante hängen. Der Schweiß lief in Strömen über seinen Nacken bis hinunter zu den Ohren und zum Kinn.
Nachdem Khawaga Anton ihn verlassen hatte, war Nicola allein auf der Treppe stehengeblieben. Der Mageninhalt kam ihm hoch, und seine Knie zitterten. Da war etwas in ihm, das ihn lockte, sich einfach fallen zu lassen, gleich jetzt, vor diesem aufsteigenden blutroten Morgen, der am Horizont direkt über dem Meeresspiegel und dem feuchten Sand hing. Der Sand trug noch immer die Abdrücke von Ilias kleinen Füßen, die zum Auto des Königs gelaufen und hineingehüpft waren.
Er beugte den Kopf über das Treppengeländer und übergab sich. Er spürte, wie es sich in seinem Kopf zu drehen begann, er mußte sich gegen die Wand lehnen und tastete sich daran hoch, um zu seinem Bett zu gelangen und sich daraufzuwerfen.
Vielleicht lag es nur am Wein, dem er die ganze Nacht zugesprochen hatte, daß er jetzt so benommen war. Wie kam es aber, daß es ihn dabei schüttelte wie einen Derwisch, wenn er in Ekstase verfiel?
In seinem Zimmer tappte Nicola weiter die Holzwände entlang, stieß gegen Regale und Stühle, bis er den Spind erreichte. Er nahm zwei Decken heraus, breitete sie zusätzlich über seine Schlafdecke und verlor endgültig sein klares Bewußtsein.
Er sah sich zusammen mit seinem Vater in einem türkischen Bad. Das große Becken, so etwas wie ein riesiges Silbergefäß, war mit heißem Wasser gefüllt, das über einem unsichtbaren Höllenfeuer zu kochen anfing. Immer

dichter stieg der Dampf heraus. Die Schwaden ballten sich zusammen und brachten seinen Vater nackt und bloß zur Welt, darauf ihn selbst, auch nackt. Dann gebaren sie all die Frauen, Männer und Kinder, die sich mit ihm in dem türkischen Bad aufhielten und nun ein eng verschlungenes Knäuel aus nackten Leibern bildeten. Brodelnder Dampf hüllte sie ein, bedeckte ihre Blöße und umgab sie mit ungewissem, geheimnisvollem Zauber. Er fühlte sich leicht wie eine Seifenblase, als ihn der dichte Dampf, nun in Wolken verwandelt, aufnahm und davontrug. Die reinen Marmorwände des Bades wichen auseinander, um die Wolken in einen unendlichen blauen Himmel aufsteigen zu lassen. Nicola merkte, wie er emporschwebte und in Dimensionen vorstieß, die das Bewußtsein niemals zu erfassen vermochte. Doch dann setzte ihn die Wolke, die ihn getragen hatte, auf einem Berg ab. Schweiß und Wasser vom türkischen Bad rannen noch von seinem geschwächten Körper herab.
Es war Frühling, der Berg erhob sich in voller Blüte über dem Meer. Zu seinen Füßen dehnte sich ein Wadi von unbeschreiblichen Ausmaßen. Geschorene Kamele, weiß wie Milch, gelb wie die Blüten der Koloquinten oder braun, mit einem Stich ins Rot, drängten sich hier zusammen. Er bewunderte ihre Farben auf dem reinen Goldsand. Aber besonders gefiel ihm, wie sie einander umfingen. Ihre langen Hälse streckten und wiegten sich. Sie liebkosten einander mit den Köpfen. Eins umschlang das andere, Hals schmiegte sich an Hals. Sie schoben sich hin und her, als streichelten sie sich, als wollten die kleinen Köpfe ihre Gefühle und Sehnsüchte offenbaren. Er sah Isa, der ihm von den Banagir und den Hagin und noch anderen ausgezeichneten Kamelrassen erzählte. Jedes Jahr im Frühling ließe man sie in diesem Wadi frei, sagte er. Sie blieben im Sand am Meer, schlossen hier Bekanntschaft, lockten sich an, umarmten und liebten sich. Jeder Hengst erreichte bei seiner Kamelin sein Ziel.
Da mochte es auch einmal vorkommen, daß eins die eigene Mutter erwischte oder daß eine Kamelin ihren leiblichen Bruder abbekam!

Nicola sah sich, wie er den Berg verließ, auf dem die Wolke ihn abgeworfen hatte. Er trug jetzt das Gewand eines Königs aus dem alten Assyrien und schritt in königlicher Pracht und Herrlichkeit an der Spitze einer Schar Notabler seines Reiches einher. Sie feierten den Beginn der Festlichkeiten für Sothis, die Göttin der Aussaat und Fruchtbarkeit.
Ein altes Weib fiel ihm auf, das sich durch die Feiernden zu ihm durchschlängelte. Sie berichtete ihm von einem Mädchen, so alt wie seine Tochter, und fing an, ihre Jugend und blendende Schönheit zu preisen. Sie wußte ihm die Sache schmackhaft zu machen, erwähnte nebenbei auch, daß seine königliche Gemahlin während der zehn Festtage ohnehin seinem Bett fernbleiben würde. Was sollte sie also daran hindern, die Kleine, die sich nun einmal leidenschaftlich in ihn verliebt habe, ja vor Liebe fast vergehe, diesem seinem Bett zuzuführen?
In seiner trancehaften Benommenheit beobachtete Nicola, wie der König sich begehrlich die Lippen leckte. War es denn möglich, daß sich ein junges Mädchen wie seine Tochter in ihn, der am Rande des Alters stand, verlieben konnte! Schon sah er sich zusammen mit einem Mädchen, schön wie eine Huri, in einem behaglich warmen Zelt aus rotem Seidenbrokat. Ihr Gesicht war hinter Damaszener Seidenschleiern verborgen. Mit zärtlichen, ungeduldigen Fingern nahm sie ihm das Gewand ab, und ihr Verlangen sprang auf ihn über. Verliebt und berauscht schloß er die Augen und gab sich ihr ganz hin, so wie sie sich ihm hingab, bis sie eins wurden und füreinander entbrannten, bis die Ekstase sie fortriß.
Hifnawi berichtete, sie hätten den Rohstoff bereits auf den Schoner gebracht, aber Nicola wäre nicht erschienen wie sonst, auch nicht, als das Schiff schon zur Abfahrt bereit stand. Deshalb sei er zu Nicola ins Zimmer gegangen und habe versucht, ihn wach zu bekommen. Er habe ihn mal hierhin, mal dahin gestoßen, doch Nicola sei liegengeblieben, ohne nur ein Lid zu rühren oder einen Laut von sich zu geben. Khawaga Anton horchte Nicola ab und bemerkte, daß er atmete. Da wurde er ruhiger, und auch Hifnawi beruhigte sich. Gemeinsam legten sie

Nicola auf dem Bett zurecht, dabei fiel ihnen auf, wie kalt er sich anfühlte, obwohl er schweißgebadet war.
Khawaga Anton spöttelte im stillen, daß er die Italiener eigentlich für leichtlebiger gehalten hätte. Nicola mußte eben doch ein Kaukasier sein. Bestimmt fand er jetzt keine Ruhe, weil seine Tochter mit dem König abgereist war. Während er Nicolas Decken in Ordnung brachte, sagte er zu Hifnawi, daß sich Nicola in den letzten beiden Tagen einfach zuviel zugemutet habe. Vergangene Nacht sei er auch wieder bis zum Morgengrauen wach geblieben. Er schlage vor, ihn erst einmal richtig ausschlafen zu lassen.
Leise zogen sie die Tür hinter sich zu, gerade in dem Moment, als Nicolas Tochter ihm mit ungeduldigen, zärtlichen Fingern das königliche Gewand abstreifte, um sich mit ihm zu vereinigen.

12. Kapitel

Ilia betrat die Welt der Tabus ohne besondere Erwartung oder Begeisterung. Ihre kindliche Seele hatte bisher keine Gelegenheit gehabt, diese Welt zu betrachten oder sich auf sie gefaßt zu machen. Nicht einmal für die Welt der Pubertät, die von ihren größeren Mitschülerinnen aufgebaut worden war, hatte sie besonderes Interesse gezeigt. Nichts konnte sie so begeistern wie das Ende des Schuljahres, dann durfte sie über die Schülerinnen, die Schule, das Haus von Onkel Anton in Garden-City, über all das zusammen und die ganze Hauptstadt dazu einfach hinwegspringen und in der Wüste, am Darhib, landen. Hier war ihr Vater Nicola, hier durften ihr kindlicher Körper und ihre klare Seele frei und ungebunden sein. Wie ein weibliches Pflänzchen von großer Reinheit und Zartheit konnte sie sich auf dem Sand, am durchsichtigen Wasser des Meeres, inmitten der hohen, rauhen Felsen frei entfalten.

Aber gerade über die Brücke zu alldem, was Ilia an diesem Wüstenmilieu schätzte und liebte, sollte sie Schritt für Schritt in die Welt der Tabus abstürzen. In ihrer Kindlichkeit hatte sie sich vor den Gästen noch gerühmt, wie gut sie sich hier auskenne. Dabei ahnte sie nicht einmal etwas von der Gefahr, als Seine Majestät die Hand ausstreckte, um ihr die Wange zu tätscheln und sich nach ihrem Namen und Alter zu erkundigen.

Ilia beachtete den Mann neben sich, diesen sogenannten König, gar nicht weiter. Ihre Aufmerksamkeit galt der Würde und Ehrerbietung, die das Auto umgaben, in dem sie an seiner Seite saß. Sie hatte das Gefühl, daß diese Würde und Ehrerbietung eigentlich ihr galten. Ein Rausch erfaßte sie, der doch einzig und allein ihrer Phantasie entsprang. Die freundliche Zuneigung und Fürsorge, die ihr der König während der ganzen Reise erwies, bestärkten sie in dieser Illusion, und sie gab sich ihr völlig hin. Sie spürte nichts von der anstrengenden Fahrt, merkte gar nicht, wie lange sie fuhren. In den Ulbawadis angekommen, klappte die Eskorte das Lederver-

deck hoch. Sie stand neben dem König, als er die Gazellen mit dem Auto jagte, und war erfüllt von jenem Gefühl, etwas ganz Besonderes zu sein, das noch stets ihre naive, kindliche Eitelkeit genährt hatte. Sie kam sich vor wie eine echte Königin, die sich zu ihrem Volk herabläßt. Genauso hatte sie es auf Fotos in den Illustrierten und in bunt bebilderten Büchern gesehen.
Sogar in jenem entscheidenden, gefährlichen Moment, als der König, Stunden nach der Jagd, ihre schlanke Taille mit seinem dicken Arm umschlang und sie zu einem separaten Zelt führte, um das ein Ring Wachen aufgestellt war, blieb sie noch in ihrem Wahn befangen. Mit einer Hoheit, die einer Königin angestanden hätte, überließ sie sich dem majestätischen Arm. Den Männern der Wache, die in einiger Entfernung kampierten und sich angelegentlich mit ihren Gläsern und Speisen beschäftigten, nickte sie huldvoll zu und trat hoch aufgerichtet in das Zelt.
Sie war wie verzaubert von dieser Ausfahrt. Die Elite der Palastgarde, die sie eskortierte, faszinierte sie genauso wie das fürsorgliche Interesse, das ihr der König angedeihen ließ, wie der viele Wein, den alle immer wieder auf ihr Wohl tranken.
Die Eskorte machte einen fürchterlichen Lärm mit ihren Waffen, als sie vor dem vorbeischreitenden König und auch vor ihr salutierte. Dann stellten sich die Männer in den weiß-blauen Uniformen mit den bunten Rangstreifen zu einer Absperrung zwischen Zelt und Gefolge auf. Aber erst als Seine Majestät sie auf den mächtigen Armen vom Eingang zur weichen Bettstatt, die mitten im Zelt aufgeschlagen war, hinübertrug, als seine Lippen über ihr heißes, vor Aufregung glühendes Gesicht hinglitten, erst da wurde sie gewahr, daß sie sich bereits auf verbotenem Gelände befand. Ihr Verstand wehrte sich gegen die aufkommende Angst und begann schnell zu arbeiten.
Man hatte sie von Anfang an mit einer Aura umhüllt, wie sie nur einer Königin zustand, und sie hatte es in aller Unschuld genossen. Nun mußte sie sich eingestehen, daß sie betrogen worden war. Das alles hatte nur bewir-

ken sollen, daß sie mit ihrem kleinen Körper etwas geschehen ließe, auf das er überhaupt nicht gefaßt war.
Ihr bliebe wohl nichts weiter übrig, als zu rufen und zu schreien, und sich nun tatsächlich wie ein kleines Kind aufzuführen. Allerdings, niemand da draußen vor dem Zelt würde auf ihr Schreien und Rufen reagieren. Also müßte sie selber einen Mut fassen, der eigentlich ihre Kräfte und Fähigkeiten überstieg. Sie müßte die eingebildete Rolle zu Ende spielen und jene bewußte Handlung über sich ergehen lassen, genauso wie jene Königin, die zu sein man ihr vorgegaukelt hatte, sie hinnehmen würde.
Die kleine Ilia richtete sich an ihrer Hartnäckigkeit auf, die sie von Nicola und auch von der großen Ilia geerbt hatte. Sie versuchte sich zu erinnern, zurückzudenken an die Welt der Pubertät, für die sie sich allerdings nie interessiert hatte, und dann an die Kommentare von Ikbal Hanum während der Hochzeit Abdrabbo Krischabs mit seinem Fischweib. Ja, sie rief sich das Bild jener seltsamen Vereinigung, die sie sich zusammen mit Abschar angesehen hatte, wieder ins Gedächtnis zurück, die Vereinigung zwischen dem Krischab und dem toten Fisch, von dem der Mann ganz genau gewußt hatte, daß er tot war. Sie verglich ihren kleinen, zarten Körper mit der massigen Figur Seiner Majestät, und als er die königliche Kleidung abgelegt hatte, verglich sie weiter zwischen seinem dicht behaarten Körper und dem glatten Fischleib.
Sie spielte ihre Rolle mit ungewöhnlicher Tapferkeit. Seine Majestät wußte es zu schätzen. Später würde er sie deswegen bei ähnlicher Gelegenheit vor seinen Vertrauten loben. Aber dann überfiel sie plötzlich dieser Schmerz. Die Bilder verwirrten sich in ihrem Kopf, und sie verbiß sich in einen Zipfel ihres Kleides. Doch der Schmerz dauerte an, wurde stärker und stärker, bis sie das Bewußtsein verlor.
Ilia wußte nicht, wie lange sie ohnmächtig gewesen war. Als sie wieder zu sich kam, lag sie unbedeckt, den Blikken des Königs preisgegeben, auf dem Bett mitten im Zelt. Er saß neben ihr und rauchte eine scheußlich stin-

kende Zigarette. Am Fußende stand der Kammerherr, in ein Gespräch mit seinem Herrn vertieft, der ihn hatte rufen lassen, als sie noch schlief. Sie schrak hoch, versuchte, ihre Beine zu bedecken. Da war wieder der Schmerz! Sie krümmte sich zusammen, die Tränen stiegen ihr brennend heiß in die Augen. Der Kammerherr zog eine Platinkette mit einem Karneol in der Mitte aus seiner Tasche. Sorgfältig, behutsam hängte er sie über seine Finger und ging damit auf Ilia zu. Als ihr aber sein unangenehmes Gesicht zu nahe kam, schoß sie mit einemmal wie eine Wildkatze auf ihn los und zerkratzte ihm mit den Fingernägeln die Haut, daß ihm das eiskalte Lächeln verging und blutrote Striche an seine Stelle traten. Erschrocken prallte er zurück, beide Hände vor das zerschundene Gesicht haltend, während Seine Majestät in schallendes Gelächter ausbrach.
Sie sprang hoch und zog entschlossen ihre Kleider an, wobei sie sich Mühe geben mußte, die Tränen zurückzuhalten. Kaum damit fertig, wandte sie sich mit haßerfüllten Augen an Seine Majestät und verlangte von ihm, er solle sofort Befehl geben, sie zu ihrem Vater zuückzubringen. Seine Majestät hörte auf zu lachen. Er tadelte den Kammerherrn, weil er Ilia mit seiner albernen Kette dermaßen verärgert habe, daß sie ihn schon verlassen wolle. Er befahl ihm, einen Offizier der Eskorte ein Auto bereitstellen und Ilia unverzüglich heimfahren zu lassen.
Ilia schaute aus dem Auto, als es in den Hafen einbog. Sie wünschte, alles möge menschenleer sein, damit sie sich unbemerkt in ihr Bett schleichen könnte. Aber ein Blick genügte, um ihre Hoffnung getäuscht zu sehen. In ihrer Müdigkeit und ihrem Kummer war sie gezwungen, vor aller Augen auszusteigen. Man hatte sie erwartet, starrte ihr in das blasse Gesicht, auf die zitternden Beine. Sie nahm nur einen unter ihnen wahr, Seine Exzellenz Khawaga Anton Bey, ihren Wintervater zur Schulzeit in der Hauptstadt, und sie schöpfte wieder ein wenig Zuversicht. Jetzt durften auch die Tränen kommen. Endlich strömten sie aus den heißen Augen.
Der Offizier war von ausgesuchter Höflichkeit und Dis-

kretion. Das Fräulein sei von einem plötzlichen Unwohlsein befallen worden, erklärte er, so habe sie die Reise abbrechen müssen. Anton Bey blinzelte ihm dankbar zu und nahm sich Ilias an. Er fragte sie nicht weiter aus, schien zu verstehen, was geschehen war und es zu entschuldigen. Auch das erleichterte sie.
Wirklich, ihre Beine waren ganz schwach. Sie stolperte nur noch vorwärts, das Gehen schien ihr Schmerzen zu bereiten. Anton Bey umfing sie fest mit seinen Armen und schleppte sie in Nicolas Zimmer, zu dem Bett, das neben dem des Vaters stand. Ihr eigenes Zimmer hatte Ilia den Gästen überlassen, solange sie sich hier aufhielten. Er hob sie ein wenig an, daß sie auf das Bett hinaufkam, und half ihr, sich auszustrecken, während ihm das Herz vor Aufregung und Begierde hüpfte. Er warf einen Blick auf Nicola, der im Nachbarbett noch immer wie bewußtlos lag. Einen Moment hielt er inne, um zu überlegen. Jetzt durfte er hoffen, daß seine Rechnung aufgehen würde. Wenn Nicola erwachte, würde er überrascht feststellen, was mit Ilia passiert war. Er wäre glatt überrumpelt, könnte aber in seiner ohnmächtigen Wut und Verzweiflung doch nicht bis zu Seiner Majestät und Macht vordringen und auf ihn losgehen. Diese Ohnmacht würde ihn mit einem Gefühl der Scham und Schande erfüllen. Da wäre es nun an dir, Anton, dich mit Geschick in diese Schande einzufädeln, um den Freund zu retten und Ilia für den Rest deines Lebens zu gewinnen!
Listig ließ er die Blicke zwischen den beiden Betten hin- und herwandern, hier die begehrte Tochter, da der befreundete Vater und Kompagnon. Nach ihrer schmerzlichen Reise gab sich Ilia der Ruhe der vertrauten Umgebung hin. Von Müdigkeit übermannt, schlief sie ein.
Als Nicola wieder zu sich kam, erblickte er Ilia, die auf dem Bett neben ihm lag.
Noch während er allmählich wach wurde, spürte er heftige Kopfschmerzen und fühlte sich am ganzen Körper wie zerschlagen. Und doch, es mischte sich da so etwas wie die angenehme Erschlaffung nach dem Beischlaf hinein. Er hob die Decken an, sie waren feucht von

Schweiß. Auch seine Kleider waren durchnäßt, der Geruch der Lust drang unter ihnen hervor und stieg ihm in die Nase. Sein Körper mußte ihn während der Ohnmacht abgesondert haben.
Mit einemmal blitzte in seinem Kopf überdeutlich das Bild auf, wie er die eigene Tochter beschlafen hatte, und er fing an zu zittern. Als sein Blick auf die vergewaltigte Ilia im Nebenbett fiel, überlief ihn ein Schauer von oben bis unten. Es gab kein Entrinnen – allzu deutlich lebte der Traum in seiner übervollen Erinnerung. Nach und nach fielen ihm mit nun hellwachem Geist auch die Einzelheiten ein: Warm und leidenschaftlich spürte er noch immer Ilias Finger, die ihn entkleidet und an ihm herumgetastet hatten. Er erschrak in tiefster Seele und begann erneut zu zittern. Was da geschehen sein mußte, erfüllte ihn mit blankem Entsetzen.
Er warf die Decken von sich, sprang aus dem Bett und beugte sich über Ilias Lager. Er starrte auf sie nieder und versuchte, Wahn von Wirklichkeit zu scheiden. Aber das Trugbild lebte stark und fest in ihm. Betrunken war er in das alles hineingeraten, niedergedrückt vom Gefühl seiner Ohnmacht gegenüber einem Wunsch seines Herrschers, dem er sich nicht zu widersetzen wagte. Um diese Ohnmacht zu besiegen, hatte er noch einmal jene alte Geschichte durchlebt, als er zusammen mit seinem Vater das türkische Bad aufgesucht hatte. In reiner Unschuld war er schließlich von einer dichten Dampfwolke in lautere, klare Gefilde, in die unendliche, weite Wüste davongetragen worden. Zeit und Raum hatten sich in seinem Kopf vermischt.
Ganz erfüllt war er von Ilia, dem ewigen Weib, das weder seine Mutter, noch seine Frau, noch seine Tochter war. Er versenkte sich mit Leidenschaft und Hingabe in diese Phantasmagorie, und sie wurde für ihn die Wahrheit. Die Realität war ihm während seiner Ohnmachtsanfälle einfach verloren gegangen … Fassungslos stand er am Bett seiner Tochter Ilia, starrte auf ihren hingestreckten, geschändeten Leib und wußte es ganz genau: Er hatte sie entehrt!
Er schlug die Hände vors Gesicht. Hilflos wandte er sich

ab, stürzte angstvoll um sich blickend aus dem Zimmer, stolperte rückwärts die Treppe hinunter, rappelte sich hoch, stand wieder auf, rannte zum Meer und warf sich ins Wasser.
Es war nichts Außergewöhnliches, daß Nicola sein Zimmer verließ und ans Meer lief, um zu baden. Aber diesmal hatte er Hemd und Hose anbehalten. Abschar konnte ihn von seinem Platz auf dem langen Bootssteg im Hafen sehen. Er hatte die Angelleinen ins Wasser gehängt und lauerte den mittelgroßen Bajadfischen auf, die um diese Stunde vor Sonnenuntergang im warmen Wasser nahe dem Ufer nach Kleinfisch jagten.
Er wunderte sich nun doch und ließ die Angeln hängen, um Nicola zu beobachten. Noch hielt er das Ganze für eine plötzliche Laune Nicolas nach seinem langen Schlaf, der immerhin den ganzen Tag gedauert hatte. Er sprang eben ins Meer und wusch den verschwitzten Körper und seine Kleider gleich zusammen. Aber dann begriff er, daß Nicola allen Ernstes losschwamm, mitten auf das Meer hinaus, und direkt auf jene gefährlichen und verbotenen Zonen zu, wo die Haifische sich vor ihren Behausungen in der Tiefe vergnügten. Abschar schrie, so laut er konnte, um ihn zu warnen. Auf sein Geschrei hin kam Onkel Oschik angelaufen, und die Männer verließen die Werkstatt. Khawaga Anton war gerade mit den Gästen beschäftigt, sie luden ihr Gepäck in die Motorboote, die von al-Ghurdaka herübergefahren waren, um sie wieder mit dorthin zurückzunehmen. Auch er wurde auf Abschars Rufen aufmerksam, lief eilig zum Landesteg und suchte die Stelle im Meer, auf die Abschar zeigte. Endlich entdeckte er Nicola, der entschlossen und hartnäckig gegen das Gewicht seiner vollgesogenen Kleidung anschwamm und sich rasch der gefährlichen, verbotenen Zone näherte. Tief unter Wasser gab es einen gewaltigen Berg, in seinen Höhlen vermehrten sich die wilden Haie, dort spielten sie. Für einen Moment war Khawaga Anton wie gelähmt, in seinem Kopf ging alles durcheinander. Es war eigentlich erstaunlich, daß Nicola Selbstmord begehen wollte, bloß weil der König seiner Tochter die Unschuld geraubt

hatte. Er kannte eine Menge Herren der besseren Gesellschaft, an deren Töchtern sich Seine Majestät auch ergötzt hatte. Sie hatten es mit Wohlgefallen und Beglükkung aufgenommen und es sich noch zur Ehre angerechnet.

Ihm kam der Gedanke, einfach dem Schicksal seinen Lauf und Nicola seinen Willen zu lassen. Ilia bliebe dann allein zurück, und er wäre ihr einziger Schutz. Abschars angsterfüllte Stimme brachte ihn wieder zu sich. Er war ans Ufer gesprungen und zu der Stelle gelaufen, wo das Boot Abdrabbo Krischabs zur einen Hälfte immer noch auf dem Wasser schaukelte. Er nahm die Fischspeere heraus und brachte sie schnell zu den beiden Booten hinüber, die von den Männern aus der Werkstatt eben angeworfen wurden. Die am Ufer Stehenden spornten sie zur Eile an, denn sie beobachteten, daß Nicola trotz ihrer Schreie und Rufe beharrlich und halsstarrig weiter auf die Gefahr zuschwamm.

An jenem Unglückstag holten die Boote Nicola schließlich doch ein und umstellten ihn, jedes von einer Seite. Die Männer streckten die Hände aus und versuchten, ihn herauszuziehen. Aber er widersetzte sich und wich ihnen jedesmal, wenn sie ihn greifen wollten, wieder aus. Seine Augen waren geschlossen, mit aller Kraft konzentrierte er sich nur auf seine Arme, peitschte das Wasser, schlug gegen die Hände der Männer. Eine Schicksalsmacht schien ihn auf das offene Meer zu treiben, als wollte er die Last der Sünde, die schwer auf seiner Seele lag, darin auflösen.

Ein länglicher, grüner Schatten erschien, er schlängelte sich unter Wasser näher. Schreiend warnten die Männer Nicola vor dem Hai und umzingelten ihn mit ihren Speeren, um die Bestie am Näherkommen zu hindern. Aber der Hai war frei, und er war gerissen. Er hatte sich ziemlich weit von den Höhlen entfernt, vielleicht um etwas Freßbares aufzuspüren oder nur so zu seinem Vergnügen. Plötzlich wurden seine Sinne durch die Schwingungen eines Körpers aufgestört, der gar nicht weit von ihm im Wasser schwamm. Er krümmte sich und stürzte sich im Jagdfieber auf Nicola, diese Beute war für ihn bestimmt. Die Speere, die seine dicke Schleimhaut verletzten, daß das Blut herausströmte, konnten ihn in seinem tierischen Trieb nicht aufhalten. Er nahm die Verwundung wie einen kleinen Kratzer hin und glitt davon, eine rote Blutspur hinter sich durch das Wasser ziehend. Dann wendete er und raste zurück, um Nicola von neuem anzugreifen, aber wieder hinderten ihn die Speere daran. Die blutigen Fäden im Wasser erregten den Appetit der anderen Haie. Sie setzten sich in Bewegung und jagten blindwütig ihrem verwundeten Kameraden nach. Die Männer in den Booten sahen die grünen und blauen Leiber aufblitzen, als sie sich im durchsichtigen Wasser näherschlängelten. Mit ihnen nahte auch das Ende Nicolas. Das wußten sie. Schnell griffen sie zu den Bootsleinen, warfen sie in abgestimmter Bewegung zwischen beiden Kähnen ins Wasser, zogen die Schlingen um Nicolas fortstrebenden, widerspenstigen Körper zusammen, bis sie ihn gefaßt und festgebunden hatten. Nun begannen sie die Leinen einzuholen und brachten Nicola dicht an das eine Boot heran. An Schultern und Armen zerrten sie ihn über den Rand. Abschar sah noch, wie der verwundete Hai in wilder Verzweiflung auf Nicolas Rücken losfuhr und die breiten bestialischen Kiefer hineinschlug. Abschar zielte genau und schleuderte den Speer in den Nacken des Untiers, wo er steckenblieb. Jetzt ließ der Hai von der Hose und dem blutigen Rücken ab und tauchte, tödlich getroffen, hinunter.

Die Männer erschraken, als sie sahen, wie tief die Wunde war. Die einzige Krankenstation im Distrikt befand sich in al-Ghurdaka. Sie vereinbarten, daß sich die Gäste mit der Abreise beeilen und Nicola mitnehmen sollten. Seine Exzellenz Anton Bey würde noch im Hafen bleiben, um die Arbeiten zu regeln, und ihnen dann folgen.

Der Vorfall erregte die Gemüter der Arbeiter und Ababde. Sie versammelten sich auf leeren Fässern und in den Werkstatthöfen, schwatzten und rätselten herum, was den starken, würdevollen Nicola, den sie alle kannten, wohl veranlaßt haben könnte, so leichtsinnig in die Haifischzone zu schwimmen. Er wußte doch ganz ge-

nau, wo sie lag. Am Ende kamen sie überein, daß ihm die Trauer allzu hart zugesetzt haben müsse. Sein geistiges Gleichgewicht sei gewiß durcheinandergeraten, weil ihm der König seine Tochter Ilia kaputt gemacht habe. Khawaga Anton beschimpfte sie und trieb ihre Versammlung auseinander. Wer nichts im Hafen zu schaffen habe, solle sich sofort zum Darhib aufmachen und in der Mine weiterarbeiten, befahl er.
Anschließend telefonierte er mit der Station für Meeresbiologie und richtete aus, Seine Majestät habe da ein seltenes weibliches Exemplar, eine Nixe, erlegt. Sie sollten doch kommen und es abholen. Ein speziell ausgerüstetes Boot lief bald darauf im Hafen ein. Die Männer stiegen aus und umringten den toten Fisch am Strand. Sie zogen ihn hierhin, zerrten ihn dahin, bis sie ihn ins Boot gestoßen hatten. Dann fuhren sie wieder ab. Khawaga Anton schaute ihnen nach und stellte sich vor, daß der Fisch einen Ehrenplatz im Naturkundemuseum bekommen würde. An seinem Schwanz würde man ein vergoldetes Schild anbringen, geziert mit dem Namen Seiner Majestät als demjenigen, der ihn erlegt hatte. Daneben wären Tierart und Datum des Fangs vermerkt.
Diesen kleinen zusätzlichen Dienst hatte Khawaga Anton unbedingt noch erledigen müssen. Seine Majestät würde auch das zu schätzen wissen.
Nun konnte er zu den Strandhütten zurückkehren und nach Ilia sehen.

13. Kapitel

Nicolas Wunde heilte allmählich, die Verbände konnten abgenommen werden, und er durfte aufstehen und vom Krankenhauszimmer auf die Terrasse hinaustreten, wo er den gelben Sand mit den bunten Holzhäuschen, dahinter die Strandhütten und Chalets, überblicken konnte. Hier saß er in einem Schaukelstuhl und starrte wortkarg und in sich verschlossen ins Leere. Seine Exzellenz Khawaga Anton Bey empfahl ihm Erholung. Er schlug vor zu verreisen, nach Kairo oder Alexandria. Vielleicht könnten sie auch alle zusammen mal nach Italien fahren? „Ja wirklich. Nach Italien, was meinst du, Nicola? Du und ich und Ilia und Ikbal Hanum. Falls sie mitkommen möchte. Los, fahren wir doch alle miteinander zwei Wochen nach Italien!"

Außerdem, dachte er bei sich, wäre das eine gute Gelegenheit, sich die Einwilligung der großen Ilia, Nicolas Ehefrau, zu verschaffen, von der er zwar viel gehört, die er aber noch nie gesehen hatte.

Nicola war für nichts zu begeistern, weder für Alexandria noch für Kairo oder Italien. Die Idee mit der Reise fand in ihm keinen Widerhall. Welchen Sinn hätte dieses Herumreisen denn auch, Nicola? Deine Probleme würdest du doch mitnehmen, wohin du auch immer gehen mochtest.

In sich gekehrt traf er wieder in der Wüste ein. Ikbal Hanum traute sich zu, ihn während der paar Tage, die sie noch auf dem Darhib bleiben würde, aus seiner Reserve zu locken. Aber ihr Selbstvertrauen sollte scheitern, genauso wie ihre Verführungskünste.

Ihr Anblick war schon seltsam an diesem Ort, als sie bei Sonnenuntergang zwischen den Holzhäusern rings um den Bergwerkshof heraustrat. Ihr tiefes Dekolleté präsentierte der braunen Wüstenwelt einen schwellenden, weißen Busen und Schultern wie aus Elfenbein. In ihrem Haar, Welle für Welle onduliert, steckten kleine, perlenbesetzte Kämmchen. Zwischen den schimmernden Zähnen klemmte das Ende einer langen, goldenen

Zigarettenspitze, während ihre bemalten Augen sehr von oben herab über alle Dinge hinwegsahen. Ja, ihr Anblick war ungewohnt und befremdlich für die Ababdebeduinen, die sich zu dieser Stunde den Talkstaub aus den zottigen Haaren und den bärtigen Gesichtern schüttelten. In Gruppen oder einzeln gingen sie daran, Feuer zwischen den Felssteinen anzuzünden, um sich ihren Klumpen Brotteig zu backen oder Grütze mit Hülsenfrüchten zu kochen.

Ikbal Hanum war von ihrem Schläfchen erwacht und nahm den Tee in ihrem Bett mit Blick auf die Sandwüste ein. Dabei hielt sie ein Nachmittagsschwätzchen mit Ilia. Erst tat sie so, als wollte sie ihr helfen, die Vorbereitung des Abendessens zu kontrollieren, schlüpfte aber dann hinaus, um Nicola zu suchen. Zärtlich und schmeichelnd machte sie sich an ihn heran.

Sie wußte ja nicht, daß ihr sinnliches Begehren Nicolas Gefühle aufwühlen würde, und daß er seine bedrükkende Schuld dadurch um so schwerer fühlen mußte.

Alle hatten geglaubt, nun sei er gerettet und zurückgekehrt, nun würde er die Wüste wieder mit Leben und Freude erfüllen, wie er das all die Jahre über getan hatte. Niemand merkte, daß der Nicola, den sie kannten, bereits tot war.

Der Nicola von früher war an dem Tag gestorben, als der Wein ihn über das Treppengeländer gezwungen hatte und er sich übergeben mußte. Er starb, als das Fieber ihn schüttelte, als er an einem Tag für zwei schlief. Alles in ihm war ausgelöscht, das Fest, die Gäste, der Jagdzug, der König, Anton Bey und was sonst noch schmerzlich war und Leiden schürte. In seinem Traum hatte er erlebt, welche Macht das Außergewöhnliche besaß, welche märchenhaften Wonnen es gewährte. Davor mußten sämtliche Tabus fallen, die die Menschen über geschichtliche Epochen hinweg auf dem Weg zu ihrer Menschwerdung aufgerichtet hatten. Der alte Nicola war in diesem Traum zerschmolzen. Er ging als neue Legierung daraus hervor, in der alles gespeichert blieb, was er im Traum erlebt und gesehen hatte.

Ilia war für ihn Sünde und Schuld geworden. Sie war

nicht mehr sein Paradies und Lohn, wie er immer zu ihr gesagt hatte.
Als er im Krankenhaus die Augen aufschlug und den Schmerz spürte, war sein Geist noch unfähig, zu arbeiten und sich zu erinnern. Er wachte nur auf, wenn der Arzt oder die Krankenschwester etwas im Zimmer zu tun hatten oder wenn ein paar Besucher kamen. Doch auch im Wachzustand blieb er abwesend. Er blickte die Leute um sich herum zwar an, und seine Augen waren offen, als erfaßten sie alles, was zu sehen war. Aber in Wahrheit sah er nur, was ihn im Geist erfüllte, außerhalb seines Selbst und seiner Gefühlswelt sah er nichts.
„Du überlebst es, Nicola“, versprach ihm der Arzt. „Du wirst von dieser Wunde genesen und leben. Aber sie wird dich impotent machen.“
Nicola störte das nicht. Er wunderte sich auch nicht darüber, nahm die Angelegenheit sogar mit einer Art Befriedigung auf. Vielleicht war da eine unsichtbare Nabelschnur, die ihn mit dem fernen Boden seiner streng religiösen Herkunft verband. Jedenfalls hielt er, was ihn getroffen hatte, für eine Strafe des Himmels.
So erschien ihm diese Strafe als etwas ganz Natürliches.
Hatte er die Norm verletzt und die eigene Tochter beschlafen, bitte, dann wurde ihm eben seine Manneskraft genommen!
Das alte Nubien war einst das Land der Kusch. Ihr Emir herrschte über die südöstliche Wüste von Ägypten bis in die Sudanländer südlich von al-Khartum. Als damals der Prophet Moses eine eherne Schlange über der Tür der Stiftshütte errichten wollte, ließ er einen Mann aus dem Lande Kusch zu sich kommen, daß er sie aus Bronze machte. Nun ist aber Bronze kein Erz, sondern eine Legierung, was beweist, daß die Bewohner von Kusch Erfahrung mit Erzen und ihren Verbindungen besaßen. Wieso kommst du jetzt daher, Nicola, und willst ihnen Bergbau beibringen?
Du bist einsam, völlig einsam. Deine Umgebung ist hart und fremd. Wie du fähig bist zum Besten vom Guten, so bist du auch fähig zum Schlimmsten vom Bösen. „Da

machte Gott der Herr Adam aus Erde vom Acker und blies ihm den Odem des Lebens in seine Nase. Und so ward der Mensch ein lebendiges Wesen. Und Gott der Herr pflanzte einen Garten in Eden gegen Osten ... und ließ aufwachsen aus der Erde allerlei Bäume, verlockend anzusehen und gut zu essen, und den Baum des Lebens mitten im Garten und den Baum der Erkenntnis des Guten und Bösen. Und es ging aus von Eden ein Strom, den Garten zu bewässern, und teilte sich von da in vier Hauptarme. Der erste heißt Pischon ... Der zweite Strom heißt Gihon, der fließt um das ganze Land Kusch ..." und so weiter. Das steht in der Schöpfungsgeschichte, Nicola. Du erinnerst dich.
Der Paradiesstrom um das Land Kusch floß von Osten nach Westen. Daran ist nichts Verwunderliches. Die Spuren seiner Flußläufe sind noch deutlich an den Felsen und in den Küstenwadis zu erkennen. Du hast sie doch alle in der Wüste gesehen, Nicola. Ja damals, in jenen weit entrückten Zeiten, konnte ein Mann durchaus seine Schwester oder Mutter heiraten. Millionenfach geschah das, ohne daß die heiligen Berge erzittert wären oder die Erde gebebt hätte. Aber seither sind Jahrtausende vergangen. Du hättest begreifen müssen, was moralisch und was unmoralisch ist. Immerhin beraubte sich jener junge König aus alter Zeit beider Augen, nachdem er seine Mutter geehelicht hatte.
Verboten sei dir von nun an die Frage nach Leben und Tod. Dein Grundgebot sei Arbeit. Sie sei unabdingbar. Darüber hinaus gibt es keine weiteren Fragen.
Er saß im Hof und sah den Arbeitern zu, wie sie den Mineneingang herauf- und hinunterstiegen und den Talk im hinteren Teil des Hofes lagerten. Vor sich hatte er ein Schachbrett mit Figuren in den alten Farben Schwarz und Rot stehen und versuchte sich abzulenken, indem er die Elefanten und Reiter auf den kleinen Feldern hierhin und dahin schob. Da kam Ikbal Hanum und schlich um ihn herum. Ab und zu beugte sie sich mit einer Tasse Tee oder Kaffee und ein wenig Bisquit neben ihm herab, um ihre Brüste seinen Blicken darzubieten und seine Begierde zu wecken, ohne dabei allzu auf-

dringlich zu erscheinen. Sie bemerkte nicht und hätte es sich auch gar nicht vorstellen können, daß dieser starke, vollkommene Körper, den sie schon erprobt und erfahren hatte, auf immer taub und fühllos war. Doch auch die Frage um Lust und Liebe war ihm verwehrt und verboten. Als einziges Gebot würde dir nur die Arbeit bleiben, Nicola. Das war die Antwort auf all die Gedanken, die dir in deinem erschöpften, konfusen Kopf herumschwirrten.

Höchste Zeit, unverzüglich mit der Bohrung im Berg zu beginnen, und zwar senkrecht von innen heraus bis zum Gipfel. Der alte Lüftungsschacht mußte erweitert und ausgebaut werden, damit die Mine mit mehr Frischluft versorgt würde. Dann könntet ihr die Tunnel und Gänge auf der dritten Ebene erweitern und vorantreiben, immer dem wächsernen Talk nach, der sich zunehmend reicher und konzentrierter zwischen den Felsen zeigen würde. Kaum wäre ein Riesenblock in den Gängen zu Boden gestürzt, beiseite geschoben und fortgeschafft worden, kaum hätte sich der Wachsstaub nach dem Abbruch in den Stollen gesetzt, da käme an der Bergwand schon wieder ein neuer gewaltiger Block zum Vorschein.

Nicola konnte sich über seinen Zeichnungen und Berechnungen völlig vergessen, bis er die endgültige Projektierung des Luftschachts auf dem Papier hatte. Dann ging er sofort daran, den Entwurf auf die Gebirgsfelsen zu übertragen.

An Ilia zeigten sich unterdessen verschiedene Symptome, die auf eine Schwangerschaft hindeuteten. Das verwirrte sie sehr.

Aber Nicola war ganz ausgefüllt von der Arbeit am Senkrechtschacht. Er überwachte die Ausführung seiner Projektierung, die vorsah, daß der Schacht gegen Sturzbäche und Regengüsse gesichert wäre und nichts als die reine Luft zur Außenöffnung oben auf dem Gipfel hereingelangte. Die Arbeit schien seine aufgewühlte Seele zu betäuben und ihre Qualen zu absorbieren. Er kam nicht aus dem Berg heraus, bevor es im Hof finster wurde und die Gesichter in tiefem Dunkel lagen. Vielleicht wollte sich Nicola auch in dieser Finsternis verbergen, damit die anderen nicht entdeckten, wie er sich mit seiner großen Sünde herumquälte. Daher fand Ilia keine Gelegenheit, an ihn heranzukommen und ihm ihre Sorgen zu beichten. Sie hatte niemanden als Anton Bey, der nach ihr schmachtete und ständig um sie herum war. Ihm vertraute sie ihren Zustand an. Doch zu ihrem Erstaunen bemerkte sie, daß er sich darüber freute! Er bagatellisierte alles und suchte ihr die Sache sogar schmackhaft zu machen.

Es war klar, daß der Samen, der an jenem Unglückstag im Zelt Seiner gierigen Majestät gelegt worden war, nun aufgehen und Folgen haben würde. Aber das wäre ja, als würde sich der traurige Vorfall in Fleisch und Knochen und kreisendem Blut verkörpern, um leibhaftig auf zwei Füßen umherzugehen und sie ständig an ihre Erniedrigung und Schmach zu erinnern!

Anton Bey wußte ganz sicher, daß dies seine große Chance war. Ein Kind würde geboren werden, das seinen Namen trug! Er konnte keine Kinder zeugen, die kluge Medizin und alle Medikamente hatten es nicht vermocht, seinen unnützen, fruchtlosen Baum fruchtbar zu machen. Was sollte er da lange über Schmach und Schande nachgrübeln. Seine Frau, die schöne Ilia, seine geliebte und begehrte Ilia, sie würde ihm ein Kind gebären! Wie oft hatte er sich das gewünscht, wie hatte er es herbeigesehnt! Und nun gar den leiblichen Sprößling eines Königs, der bestimmt mit königlichen Eigenschaften und Vorzügen ausgestattet war!

Er sah in alledem einen Anlaß, die Heirat zu beschleunigen und rasch zu vollziehen, damit die Niederkunft ungefähr zum normalen Termin erfolgen könnte.

Arme kleine Ilia!

Sie war alleingelassen in diesem Durcheinander von widersprüchlichen Interessen, verhängnisvollen Begierden und aufreibenden Ereignissen, die man nie vorhersehen konnte.

Vom geöffneten Fenster aus betrachtete sie die unendliche Sandwüste und dachte über die vielen Sorgen nach, die sich in ihrem kleinen Kopf eingenistet hatten. Dabei war sie noch nicht einmal sechzehn ... Wie fern war doch jetzt ihre Mutter, die große Ilia! Die betrieb dort in Italien dieses Vergnügungslokal mit den schattigen Kunstbäumen, oben auf den Felsen mit Blick auf das Meer.

Und wo war ihr Papa Nicola! Er versank einfach in Abwesenheit, wenn es ihm zu anstrengend wurde. Sogar zu Zeiten, wenn er wach war, starrte er seine Umgebung zerstreut, wie abwesend an, ohne jemanden zu erkennen. Keiner konnte ahnen, welcher Kampf in seinem Kopf tobte, der allmählich weiß wurde.

Was verbarg er nur Entsetzliches tief in seinem Innern, daß er in diesem Alter ganz plötzlich wie ein Greis aussah, weißhaarig wie ein Hundertjähriger?

Sie wußte, daß ihr Vater große Liebe für sie empfand. Das hatte sie genau gespürt und gemerkt. Stets hatte er gesagt, sie sei sein Paradies, sein Lohn und Preis, und sei das Beste, was ihre Mutter ihm geschenkt habe, die große Ilia, die er doch auch liebte, bis ihre Wege sich schieden und ihr Einvernehmen verlorenging, so daß sie sich trennten. Sie aber, die kleine Ilia, sagte er, sie sei ihm Entschädigung und Ausgleich für die verlorene Eintracht.

Sie hatte erfahren, wie sehr ihr Papa sie liebte und an ihr hing. Sie wußte aber auch, wie stolz er auf sie war. Ob ihm vielleicht die Sache mit dem König einen Schlag versetzt hatte? Hatte er deshalb seinen Weitblick und seine Überlegenheit verloren, wollte er sich deshalb ins Verderben stürzen? Während sie so ganz allein über ihre Einsamkeit nachgrübelte, fühlte sie sich in gewissem Grade schuldig, denn sie hatte ja, wie auch immer, die Leiden ihres Vaters verursacht. Und jetzt kam diese Schwangerschaft! Sie machte alles noch schlimmer.

Ikbal Hanum nahm Ilias Gedankenfaden auf und drehte ihre unsichtbaren Stricke daraus, um sie zu fesseln und in die Arme Khawaga Anton Beys zu treiben, der ihr verfallen war.

Zuerst redete sie ihr die Idee einer Heirat ein. Für Ilia war das ein Gedanke, auf den sie überhaupt nicht gekommen wäre. Sie fing an, Ilia zu überzeugen, daß eine

Ehe unbedingt notwendig sei. Das wäre doch die Lösung. Sie würde den Schleier des Stillschweigens und Vergessens über das Geschehene breiten und der Gesellschaft eine neue Fassade bieten. Die Leute würden sie nur danach beurteilen, und nicht mehr nach der alten Fassade. Die würden sie sich zwar eine Zeitlang betrachten, sie aber immer nur wieder als Opfer jenes Vorfalls sehen.

Nachdem Ikbal Hanum ihr das beigebracht hatte, begann sie von Anton zu sprechen.

Er würde Pascha werden, in einem Monat allerhöchstens ...

„Glaub mir, was ich sage, Ilia."

Und nicht bloß das. Nicola, ihr Papa, hätte für Anton große Reichtümer aus diesem Berg mitten in der Wüste geholt. Jetzt besäße er in Kairo und Umgebung schon zwei große Fabriken, abgesehen von dem, was ihm hier in der Wüste gehörte.

„Ein Drittel bekommt dein Vater, ein weiteres Drittel Hadsch Baha, und ein Drittel steht ihm zu. Wenn du ihn heiratest, sind dir zwei Drittel sicher, Ilia. Du bist noch jung, und du weißt nicht, welchen Wert das Geld hat. Aber da kannst du sicher sein, Geld vermag alles. Wenn du Kapital besitzt, dann besitzt du das ganze Leben. Sogar die Augen der Leute, die dich anglotzen. Selbst ihren Verstand und ihre Gedanken kannst du damit beeinflussen."

Anton Bey überhäufte Ilia in diesen Tagen mit Geschenken. Er mietete ein prächtiges Motorboot und ließ sie zu ihrem Vergnügen auf die Koralleninseln fahren und bunte Fische fangen. Von einem Bekannten in Kairo kaufte er eine dicke Sammlung Witze, die er ihr zum besten gab. Das machte ihr Freude und ließ sie ihre Traurigkeit etwas vergessen.

„Soll er doch älter sein als du", sagte Ikbal Hanum. „Bitteschön, soll er ein alter Mann sein und sogar wegsterben. Was interessiert dich das, du hast dein Leben in der Hand. Vor dir liegt noch eine lange, lange Zeit. Der ganze Reichtum wird am Ende dir zufallen. Dann kannst du völlig neu anfangen, wie es dir paßt. Du fängst eine

Liebschaft an, oder du heiratest noch einmal. Das steht dir alles frei. Verlaß dich auf meine Worte. Ich versichere dir, es gibt weit und breit niemanden, der besser geeignet wäre als er."

Arme kleine Ilia! Allein im Durcheinander der Begierden und Interessen. Zu jung für all das, was auf sie zukommen würde.

Wie hätte sie denn auch einen Entschluß fassen sollen, wo sie doch wußte, daß sie damit ihr Schicksal bestimmen würde. Ihr Vater hatte sie gelehrt, stark zu sein, entschlossen zu sein. Wo war er jetzt?

Sein größter Fehler sei sentimentale Schwäche und Zaudern, hatte er ihr einmal gestanden. Sie müsse ihn da ergänzen.

„Ich baue auf dich, Ilia", hatte er zu ihr gesagt. „Wenn ich schwach werde und meine Fehler mich drängen aufzugeben, dann sei du stark."

Aber nun erklärte ihr diese erfahrene Dame, daß Stärke von Reichtum käme. Ihr blieb nichts weiter übrig, als Ikbal Hanum mitzuteilen, daß sie einverstanden sei.

14. Kapitel

Khawaga Anton Bey kaufte zwei Koffer und packte sie mit Geschenken und Kleidern voll. Für die Minenarbeiter besorgte er Konserven und Getränke. In Suez verschiffte er alles auf dem Schoner, der nach Berenika auslief. Er selber nahm den Zug nach Edfu und quartierte sich bei Hadsch Baha ein. Während sie zu zweit beim Abendbrot saßen und niemand weiter im Raum war als ein paar Diener des Hadsch, die in einiger Entfernung standen und ihnen Salz, Wasser oder Obst und Kaffee reichten, beugte sich Khawaga Anton zum Hadsch hinüber und fragte ihn, ob er nicht hier in Oberägypten einen Scheich von Rang und Namen kenne. Den würde er gern mit ihm zusammen aufsuchen, denn er wolle seinen Namen Anton in Abdallah umwandeln. Flüsternd weihte er ihn in die Einzelheiten ein. Er habe nämlich vor, sich von seiner Frau zu trennen, sagte er. Sein Glaube verbiete aber die Scheidung. Also müsse er unbedingt zu einer anderen Religion konvertieren, einer, die die Scheidung gestatte und rechtlich anerkenne. Nur so könne er sich von seiner Frau freimachen und Ilia heiraten.

Hadsch Baha war hellauf begeistert von Khawaga Antons Wunsch, seiner Religion beizutreten. Dadurch entstünden doch geradezu verwandtschaftliche und freundschaftliche Bande zwischen ihnen, und die kämen wiederum ihrer Gesellschaft zugute und würden den Gewinn mehren.

Die Sache ließ ihm keine Ruhe. Nach dem Abendessen gingen sie gemeinsam aus dem Haus. Vor ihnen liefen die Diener mit Petroleumlampen und leuchteten ihnen auf ihrem Weg durch die engen, abgelegenen Straßen und Gassen von Edfu, wo der Scheich wohnte.

Der Scheich stand da und betete. Ein Räuchergefäß hinter ihm füllte das Zimmer, von dessen Wänden der Kalkverputz abgebröckelt war, mit stinkendem Qualm. Sein Diener wies sie an, sich ruhig zu verhalten und abzuwarten, bis der Scheich seine Andacht beendet habe. So warteten sie. Von überallher kamen Ratsuchende zum Scheich, ob ehrbare Leute oder Strolche. Sobald jemand vor den Scheich hintrat, nannte der ihm auch schon sein Anliegen, ohne daß der Frager irgendeine Andeutung gemacht hätte. Genauso teilte er ihm seine Antwort mit, bevor er ihn noch darum gebeten hatte. Er konnte Auskunft über einen Kranken wie über einen Dieb geben und sagen, wo sich ein jahrelang Vermißter aufhielt, den er selbst überhaupt nicht kannte.

Als der Scheich sein Gebet beendet hatte, blickte er Hadsch Baha vorwurfsvoll an. Mit der Angelegenheit, die sie hergeführt habe, seien sie bei ihm an der falschen Stelle. Da müßten sie nach ganz bestimmten Regeln und Verfahrensweisen vorgehen. Normalerweise wäre zuerst einmal ein Antrag zu stellen. Khawaga Anton solle sich damit an ein beliebiges Gericht wenden.

Hadsch Baha entschuldigte sich für die Störung und küßte dem Scheich die Hand. Der strich ihm über den Kopf. Khawaga Anton lächelte er aufmunternd zu.

Am nächsten Morgen machten sie sich auf zum Gericht. Anton reichte ein Gesuch ein, in dem er den Wunsch äußerte, aus seiner Religion auszutreten. Man teilte ihm mit, daß man sich zunächst mit dem Patriachatsamt in Verbindung setzen und dort nachfragen werde, bevor man eine Zustimmung erteilen könne. Das Patriarchat werde ihm sodann einen Geistlichen schicken, dieser Priester käme mit dem Auftrag, ihn umzustimmen. Wenn er dabei keinen Erfolg habe, werde er sie davon in Kenntnis setzen. Erst danach könnten sie seinen Antrag bewilligen.

Es wurde ein langwieriges, ziemlich verwickeltes Verfahren, Wochen und Monate gingen darüber hin. Hadsch Baha begleitete Khawaga Anton unverdrossen auf allen Wegen. Später kam der Priester und suchte Anton in Berenika auf. Für ihn war es eine angenehme Reise, die er da im Auftrag des Patriarchats unternahm, um diesen Abtrünnigen, der Religion und Glauben wechseln wollte, wieder umzustimmen. Natürlich war er sich darüber im klaren, daß weder Religion noch Glaube etwas mit der Sache zu tun hatten. Höchstwahrschein-

lich steckte wie gewöhnlich eine Frau dahinter, vielleicht auch Schmuggel, eine Erbschaft oder dergleichen. Er genoß den trockenen Wüstenwind, der seine weite schwarze Soutane aufblähte, wenn er über den reinen Strand hinwehte. So ähnlich mußten die Gestade des Paradieses aussehen, von denen er immer predigte. Ilia fand er sehr anziehend, und insgeheim beglückwünschte er den abtrünnigen Anton zu ihr. Er versuchte zwar ernsthaft mit Anton zu reden, war sich jedoch sicher, daß alle Worte und Argumente angesichts dieser Zauberfee, die von der Natur selbst hervorgebracht zu sein schien, in den Wind gesprochen waren. So reiste er wieder ab und reichte seinen Bericht an das Patriarchatsamt ein. Von dort wurde er an das Gericht weitergeleitet, und das Gericht schickte Anton Bey eine Vorladung. Bei der Bewilligung seines Antrages müsse er selbst anwesend sein. Später kam Hadsch Baha mit, um zu bezeugen, daß Anton die beiden Glaubensbekenntnisse gesprochen und damit seinen Beitritt zum Islam vollzogen habe. Er begleitete ihn dann auch auf dem Kamel zurück in die Wüste. Ihnen voraus ritten Leute vom Bergwerk und ein paar Beduinen, die Fahnen und Flaggen schwenkten, Tamburins schlugen und dazu sangen.
Nun wurden die Holzhütten an der schmutzigen Grotte geschmückt. Oben auf dem Berg steckten die Männer Fahnen und Lichter auf Holzmasten. Für die Armen und die Landstreicher rings um den Berg wurden Kälber geschlachtet. Junges Volk von den Bischarin traf mit seinen antiken Kreuzzüglersäbeln und Schilden ein und erfüllte den Platz mit Tanz und Gesang. Am Eingang zur Grotte aber standen Scheich Ali und Hadsch Baha und gaben Freudenschüsse ab, mit denen sie Glück und Segen wünschten.
In dieser einsamen Nacht achtete niemand auf die Raubvögel, die der Geruch von Geschlachtetem und von Abfällen verlockte, ihre weit entfernten Standorte auf den benachbarten Berggipfeln zu verlassen.
Zuerst kreisten sie hoch oben und warteten ab, daß die Menschen einmal nicht aufpaßten oder schläfrig würden, um dann plötzlich herabzustoßen. Wenn sie sich

wieder aufschwangen, schleppten sie in ihren Klauen die Schädel und Haxen der geschlachteten Tiere mit sich fort.

So heiratete Ilia den Mann namens Abdallah, besser gesagt Khawaga Abdallah, wie die Beduinen vom Berg ihn jetzt nannten, den Mann, der früher Anton geheißen hatte.

Nachdem sie das Gebirgsmädchen gewesen war, Zauberfee und wilde Naturblume des Berges, sollte sie nun seine Herrin und Königin werden.

Seine Majestät hatte ihr die Unschuld und ihre Kindheit genommen, dafür nahm sie nun die Haltung einer Königin an. Es war die folgerichtige Fortsetzung der königlichen Gefühle, die sie schon in ihrer Kindheit gespürt hatte, damals, als sie noch in hoheitsvoller, freier Nacktheit ein wunderschönes weibliches Pflänzchen zwischen den rauhen Felsblöcken gewesen war.

Ihr war es ein leichtes gewesen, Khawaga Abdallah um den Verstand zu bringen, so daß er sich wie ein Kind von ihr führen ließ.

Nicola blieb tagelang im Berg verschwunden, vollauf mit den Grabungen für den Lüftungsschacht beschäftigt. Also übernahm Ilia die Angelegenheiten außerhalb der Mine und wußte sie mit geschickter Hand zu führen, wie sie es sich von ihrem Vater abgeguckt hatte.

An den Abenden fand man sich zu Tisch ein, den Ilia in der Glasveranda mit Blick auf den Vorhof des Bergwerks gedeckt hatte. Nicola spülte sich Erdreste und Talkstaub ab und zog seine Nachtjacke an. Ihm war schon aufgefallen, daß sich Ilias Leib unnatürlich zu runden begann. Über Tage und Wochen hatte er sie beobachtet, bis er ganz sicher war: Ilia war schwanger! Er rechnete alles durch, die Tage und die Monate. Am Ende kam heraus, daß ihr Ehemann mit dieser Schwangerschaft nichts zu tun haben konnte.

Nicola verkroch sich in sein Zimmer, dieses Ergebnis traf ihn wie ein Schlag. So etwas hatte er überhaupt nicht in Betracht gezogen. Gut, er hatte eine Sünde begangen und sich der Strafe tapfer gestellt. Aber nie wäre ihm eingefallen, daß die Sünde nun auch noch einen Samen

haben könnte, der sich tief ins dunkle Fleisch senken und, mit Blut getränkt, zu einem lebenden Wesen heranwachsen könnte, das ihn für immer und ewig mit seinem Fluch verfolgen würde.
Er stieg nicht mehr in den Schacht hinunter, kam überhaupt nicht mehr aus seinem Zimmer heraus, in dem er sich förmlich versteckt hielt. Anton Pascha suchte ihn auf, Ilia suchte ihn auf, er empfing sie beide schweigend, stierte nur mit zitternden Lippen vor sich hin. Die Wände schienen zu vibrieren von seinem Geröchel, das hörte sich an, als wollte er etwas sagen, könne es aber nicht herausbringen.
Sie spürten, wie es ihn bedrückte, wenn seine Zurückgezogenheit gestört wurde. So kam bald niemand mehr zu ihm, bis auf Ilia. Morgens brachte sie ihm sein Frühstück, mittags kam sie mit dem Mittagessen und fand das Frühstück unberührt vor.
Schließlich beschloß sie, einen Arzt aus Kairo rufen zu lassen. Aber als der Arzt ihn untersuchen wollte, bekam Nicola einen Wutanfall und warf den Doktor aus dem Zimmer. Die Ababde, die den Talk draußen sortierten und zur Lagerung an der dazu vorgesehenen Hofseite aufhäuften, sahen zu, wie der Arzt, immerhin ein Gast, herausstürzte, die Treppe herunterstolperte und vor ihnen in den Sand fiel. Gleich danach kam aus Nicolas Zimmer die Instrumententasche geflogen, es folgten eine Blumenvase und Schuhe.
Ilia ging zu ihm hinein und umarmte ihn, voller Mitgefühl, um ihn zu beruhigen. Nicola schob sie von sich und rannte im Zimmer auf und ab, als triebe ihn ein unerträglicher Schmerz. Mit einemmal blieb er stehen, packte sie an den Handgelenken und stellte sie genau vor sich hin. Traurig sah er ihr in die Augen. Seine Stimme wurde sanfter, fast flehentlich, als er von ihr verlangte, sie möge sich doch das Kind wegmachen lassen. Ilia war überrascht und bestürzt. Sie erklärte ihm, ihr Mann wünsche aber, daß sie es behalte. Da schrie er los, beschimpfte und verfluchte seinen Kompagnon.
Etwa zwei Stunden vor der Morgendämmerung wurde Nicola von Stimmen geweckt, die die feuchte Wüsten-

nacht von fern herübertrug. Vielleicht hatte sie seine ruhelose, überreizte Seele schon lange vor seinen Ohren wahrgenommen, denn die schlief nie ein, kam nie zur Ruhe. Mit geschlossenen Augen lauschte er. Jetzt wurde es deutlicher, melodische, traurige Gesänge in langgezogenen Rhythmen. Er öffnete die Augen. Seine ganze Willenskraft zusammennehmend, begriff er, daß dies die ersten Abordnungen von Abu l-Hasan asch-Schadhilis Anhängerschaft waren, die auf ihrer alljährlichen Wallfahrt zu ihrem Meister in die Wüste kamen.
Angespannt wälzte er sich auf den Rücken. Die getragenen Melodien bewegten ihn, rührten ihn an, und es kam fast so etwas wie Seelenfrieden und Herzensruhe über ihn. Er streckte die Hand aus, machte Licht und sah auf die Uhr. Eilig stieg er in die Hosen, streifte das Hemd über und fuhr mit den Füßen in die Lederpantoffeln. Dann verließ er das Holzhaus und überquerte den Hof in Richtung Mineneingang. Die Mine ließ er seitlich liegen und kletterte nach oben. Die melodischen Gesänge klangen jetzt deutlicher und näher durch die Nacht.
Sie waren es, die Anhänger, Jünger und Getreuen des Abu l-Hasan, jedes Jahr um diese Zeit pilgerten sie auf ihrer kleinen Wallfahrt zu ihm. Von allen Ecken und Enden kamen sie herbeigezogen. Nicola wunderte sich, wie verschieden sie waren, unterschiedlich wie die Wege, die sie hierher genommen hatten. Es waren Arbeiter, Hirten, Beduinen, Dorfreiche, ja, sogar Efendis, Ärzte, Richter, Professoren und Minister. Sie kamen von überallher, wo es Muslime gab, um diesen Flecken in der östlichen Wüste aufzusuchen, dieses sogenannte Wadi Aidhab, das am Meer gegenüber Mekka lag, wo die Kaaba der Muslime steht. Hier umkreisten sie einen schlichten kleinen Bau im Kessel der Berge, die das Wadi einfaßten, und brachten der runden Mausoleumskuppel, auf der viele kleine Vögel nisteten, ihre Lieder und Gesänge dar. Wie seltsam muteten doch diese Nistlöcher an! Wo kamen in der Wüste nur solche Vögelchen her?
Ob das auch eins von den Wundern dieses Mannes Abu l-Hasan war? Vor seinem Tode hatte er mit einem Krug

Wasser aus dem bitteren Brunnen neben der Kuppel geschöpft. Darauf gebot er seinen Anhängern, das Wasser wieder in den Brunnen zurückzuschütten. Und siehe da, das Brunnenwasser wurde süß und schmackhaft!
Nicola kletterte, von seiner rastlosen Seele vorwärtsgetrieben, höher und höher die Felsen hinauf. Er kannte sich aus in den Felsspalten und Vorsprüngen und erklomm den Gipfel des mächtigen Darhib. Von der höchsten Spitze aus konnte er auf die andere Seite des Berges schauen, hinunter auf den gewundenen Weg, der von den Abhängen des Hafafitberges herüberführte. Von Pferden gezogene Wagen, Kamele, mit Mehl und Süßigkeiten beladen, und Opfertiere schoben sich über die spitzen, scharfen Felsen hinweg. Der Zug brachte aber auch die Sehnsüchte und die Begeisterung dieses Völkchens mit, sein erwartungsvolles Verlangen, einen Mann zu besuchen, der seit siebenhundert Jahren tot war!
Einsam stand Nicola auf dem Gipfel. Die feuchte Nacht umgab ihn mit Millionen heller Sterne, die sehr nahe und zugleich unendlich fern erschienen. Er dachte nach. Wie viele Männer hatten ihre Heimat verlassen und durchstreiften als Asketen das Land. Während ihres Umherziehens erlangten sie eine Reife, daß sie ihren Körper von der Last des Menschseins befreien, ihn vom Boden abheben und transparent machen konnten, bis sie schließlich zu Allah schwebten. Ihre Anhänger und Jünger glaubten jedenfalls fest daran, daß sie zu ihm gelangt seien.
Abu l-Hasan asch-Schadhili. Sein Name war mit schwachen arabischen Schriftzeichen in die Mauer seiner letzten Ruhestätte unter der schlichten kleinen Kuppel eingezeichnet, in der Hunderte Vogelnester versteckt waren. Und dabei gibt es in der Wüste doch eigentlich gar keine kleinen Vögel!
Er aber sprach: „Willst du dich selbst bezwingen und deine Seele dennoch an Begierden hängen, bis daß sie dich überwinden, fürwahr, so bist du töricht. Denn das Herz ist ein Baum, den das Wasser des Gehorsams tränkt. Sei nicht wie der Kranke, der sagt: Ich bin nicht kuriert, bis ich nicht Genesung finde. Ihm werde gesagt:

Du findest keine Genesung, bis du dich nicht kurierst mit Kampf. In ihm ist keine Süße, nichts als Gewalt ist in ihm. Also bezwinge dich selbst, dieses ist der größte Kampf."

Wie sollst du dich jetzt aber selbst bezwingen, Nicola, wenn es doch schon passiert ist, wenn die Samen aufgegangen sind und Schößlinge treiben? Ein Wesen aus Fleisch und Blut würde sich auf Erden wider dich erheben und gehen und laufen und schreien und rufen und deine Sünde und Missetat belegen.

„Ich habe dir einen Jungen geboren", hatte Ilia gesagt. „Hoffentlich wird er recht niedlich werden, daß du deine Freude an ihm hast und ein richtiger Großvater wirst."

Sie hatte ihr Kind geboren. Aber er weigerte sich, es anzusehen.

So ein Unglück, das du mir da anbringst, Ilia, dachte er bei sich, einen Jungen, der mich zum Großvater und gleichzeitig zum Vater macht!

Während Nicola so dastand, stellte er sich voller Sehnsucht und Verlangen vor, daß er sich vom Gipfel des Darhib hinabstürzen und auf irgendeinen dieser Wagen fallen würde, mit denen die Jünger und Anhänger Proviant und Geschenke für ihren sufischen Scheich tief in die Wüste transportierten. Sie sollten ihn dorthin mitnehmen. Im Morgengrauen würde auch er an den Wänden des Mausoleums Opfer darbringen. In den Kreisen des Dhikr, der rings um das Grab stattfände, wollte er taumelnd und außer sich in die Luft springen. Endlich dürfte sein Herz alle Sorgen abschütteln, seine Seele ihre Bürde von sich werfen. Leicht würde ihm werden. Er käme frei von Sünde und Verfehlung, frei von seinem Menschenleib ... Dabei wußte er nur zu gut, daß aller Dhikr der ganzen Welt, und wäre er auch noch so davon hingerissen, nicht seine schuldige Seele von ihrer Last erlösen konnte, wußte genau, daß ihm kein Opfer etwas nützen würde, daß sein Verbrechen mit Blut nicht abzuwaschen war.

Die Morgendämmerung war noch tief hinter dem Horizont verborgen, als Nicola einen Entschluß faßte. Und noch während er den Berg hinunterkletterte, hatte er sich so darin verbohrt, daß er nicht auf die scharfen Felskanten achtete, die ihm die Lederpantoffeln zerschnitten. Im Hof angelangt, begann er zu rennen, an seinem Holzhaus vorbei, zu dem des Ehepaars Anton und Ilia, seines Freundes und seiner Tochter. Leise ging er einmal herum und lauschte an den Wänden. Unter Ilias Fenster machte er Halt.

Er vergewisserte sich, daß alles ruhig war. Kein Laut, keine Bewegung war zu vernehmen. Er trat an das Nebenfenster und horchte angestrengt. Auch das Kind war still.

Während er zur Treppe ging und hinaufstieg, hielt er den keuchenden Atem an. Er zog die Lederpantoffeln aus, schlich sich durch das Zimmer der Eheleute zum angrenzenden Raum, wo das Kind lag. Er faßte nach dem Türgriff, fürchtete noch, die Tür könnte verschlossen sein, aber der Griff gab in seiner Hand nach. Sein Herz schlug schneller, sein Atem ging heftiger. Er glitt in das dunkle Zimmer, tastete sich vorwärts zum Bett des Kindes, streckte die Hände vor und hob es behutsam, daß es ja nicht erwachte, heraus. Dann schlich er wieder zurück, wie er gekommen war, und glitt vorsichtig die Treppe hinunter, bis er unter den bloßen Füßen Sand und Kieselsteine spürte. Er verließ den Hof, ging vorbei an den Depotplätzen, dorthin, wo der Berg zu Ende war, wo es hinausging in die offene Wüste. Je weiter er vorankam, desto schneller lief er, als befürchtete er, verfolgt zu werden.

Nicola trug die Frucht seines Verbrechens, dieses kleine, zarte Stück Fleisch voll pulsierenden Blutes, fort. Eilig lief er über die Kieselsteine des Vorhofs, deren rote Färbung im aufsteigenden fahlen Frühlicht schon verblaßte, und rannte weiter, bis er die lange geneigte Fläche hinter sich gelassen hatte. Er gelangte zur Karawanenstraße, die durch die Spur der Wagen und die Füße von Kamelen und Menschen entstanden war, als sie die Wüste durchquerten, um zum Darhib zu kommen oder daran vorbeizuziehen.

Die Straße war leer. Nicola wandte sich nach rechts,

nach links, schaute dann auf das Bündel, das er mit beiden Fäusten fest an seine Brust gedrückt hielt. Ihm gegenüber, auf der anderen Seite der Straße, ragte eine scharfkantige Felsspitze empor, ähnlich denen des Darhib, doch nur etwa halb so hoch. Wenn er sie überwunden hätte, würde er an das weite, endlose Sandmeer gelangen. In dieser grausamen Wildnis verendeten Tag für Tag Dutzende von Wölfen vor Hunger, nur damit sich wiederum Dutzende Hyänen, die noch nicht verhungert waren, von ihren Kadavern ernähren konnten.
Erregt überquerte Nicola die Straße. Vor der Bergspitze hielt er inne, um einen gangbaren Aufstieg über die Felsen zu erkunden. Mit der einen Hand preßte er das Bündel mit dem Säugling fester an die Brust, während er mit der anderen die Felsen erklomm. Er wußte nicht, wieviel Zeit er gebraucht hatte, bis er schließlich auf der felsigen Kuppe des kleinen Berges ankam. Es war eine ebene Fläche, wie eine Terrasse ging sie auf das stille Sandmeer hinaus. Sein Herz zog sich zusammen vor dieser öden, aschgrauen Stille. Durch das erhabene Schweigen drang das Geheul der Hyänen an sein Ohr. Er erbebte tiefinnerlich und schrak zusammen. Zugleich spürte er, wie seine Beine schmerzten und zitterten. Ein kühler Wind wehte hier oben. Er legte das Bündel auf einem Felsstein ab und setzte sich auf einen anderen nieder. Er betastete und massierte seine Beine, merkte aber bald, daß sie davon nur noch mehr weh taten. Die Felsen hatten ihm beim Klettern nicht allein die Kleider zerfetzt, sondern auch seine Beine und Füße blutig geschunden. Er lehnte sich mit dem Rücken an den Felsen und versuchte, zu Atem zu kommen. Dabei schaute er unverwandt hinüber, wo das Bündel lag, sein Sohn, sein Enkel, sein Verbrechen. Er fing an, sich zu wundern, daß das Kind überhaupt noch nicht geweint hatte. Schnell sprang er zu ihm hin. Mit fliegenden Händen und klopfendem Herzen löste er das Bündel und blickte nun zum ersten Mal der Frucht seiner Schuld ins Gesicht. Und er hörte nicht auf, sie anzusehen.
Die Augen waren geschlossen, das kleine Stück Leben war ganz ruhig. Er wunderte sich immer mehr. Sein Ge-

schrei war doch sonst immer durch die Wände von Ilias Holzhaus und seinem Haus gedrungen. Die Ohren hatte es ihm zerrissen, all die vergangenen Nächte hindurch, seitdem sie niedergekommen war. Ein dünnes, spitzes Säuglingsgeschrei, das sich quälend in seinen Verstand gebohrt hatte. Wieso war es jetzt auf einmal so still?
Er schüttelte das Bündel und war überrascht, daß die Augen geschlossen blieben, daß dieses Lebewesen sich gar nicht rühren wollte. Sein Strampeln hatte ihn doch verrückt gemacht, hatte seine Nerven und Gefühle noch strapaziert, als er mit ihm aus der Hütte über die Schräge am Bergwerk hinunter zur Straße geflohen war. Ob sein Griff um das Bündel bei der Flucht zu fest gewesen war? Hatte er dieses Leben getötet, es gemordet, während er die Felsen hinaufstieg und die Kuppe erklomm?
Nicola wich zurück. Mit starren Augen blickte er auf das offene Bündel drüben auf dem Felsen zurück. Die dünnen Ärmchen hingen herunter und berührten den kalten Stein, die schwachen Beine ragten nackt in die Höhe.
In seiner Einbildung vernahm er schon das anschwellende Geheul der Hyänen im stillen Sandmeer, sah schon, wie es zur Bestie wurde und über die Felsen herankroch, um dieses herrenlose Futter mit den Hauern beiseitezuschaffen.
In der Vorstellung sah er auch einen Raubfalken mit braunem Gefieder und gelbem Schnabel, der am Himmel seine weiten Kreise zog. Einmal, zweimal, dreimal. Und jedesmal wurden die Kreise enger, bis er herabstürzte, um die hingeworfene Beute als seinen rechtmäßigen Besitz in den Klauen fortzutragen, hoch hinauf in den Himmel. Als Nicolas Fürbitt- und Sühneopfer.
Wie gehetzt stürzte er zwischen den Felsen davon, die Kuppe hinunter, und verbarg sein Gesicht in den Handflächen.

15. Kapitel

Ilia erwachte zur gewohnten Zeit, wenn sie sonst ihr Kind versorgte, oder wenn es sie mit seinem Weinen weckte und nach Nahrung verlangte.
Sie vermißte das Weinen schon, als sie noch im Bett lag. Nichts war zu hören. Träge erhob sie sich und stand gähnend vom Bett auf. Dann ging sie daran, aus den vorzüglichen Dosen, die ihr die große Ilia, ihre Mutter, geschickt hatte, wie üblich die Säuglingsmilch für das Kind zuzubereiten. Während die Nahrung auf dem Feuer kochte, wusch sie sich das Gesicht und sah nach Anton, der im Bett neben dem ihren schnarchte. Ablehnend, angewidert verzog sie die Lippen. Mit noch ungeübter Sorgfalt füllte sie die fertige Milch in die Trinkflasche und ging damit in das Kinderzimmer. Als ihr Blick auf das Bettchen fiel, war sie zuerst nur überrascht, daß ihr Baby nicht darin lag. Für einen Moment war sie einfach verblüfft und begann sich hier und da in dem Raum umzusehen, als ob der Säugling seine Lage hätte verändern können. Sobald sie begriffen hatte, daß er verschwunden war, ließ sie alles, was sie in der Hand hielt, fallen, lief zum Bett ihres Gatten und rüttelte ihn wach. Erschrocken sprang er auf und trat an das leere Bett, um sich selber davon zu überzeugen. Auch er war überrascht, daß sein Königskind fort sein sollte. Eilig lief er zu Nicolas Hütte hinüber, das Bett war leer. Er drehte sich zu Ilia um, die ihm gefolgt war, und versicherte ihr, daß Nicola es gewesen sein mußte.
Die aufgehende Sonne hüllte die Berge in Goldlicht. Die Minenarbeiter erhoben sich gerade aus ihrem bleiernen Schlaf und machten Feuer, um sich schwarzen Tee und getrocknete Ackerbohnen zu kochen. Da sahen sie, wie Khawaga Abdallah hastig die Treppe heruntergesprungen und in seinem roten, mit glänzenden blauen und weißen Streifen abgesetzten Pyjama auf ihre Zelte zugelaufen kam. Sein verwirrtes Aussehen wunderte sie genauso wie dieses viel zu zeitige Aufstehen. Es mußte etwas Außergewöhnliches geschehen sein.

Er brach in ihr Frühstück ein, warf ihnen seine aufgeregten Befehle hin. Ein paar sollten Nicola in der Grotte suchen, die anderen sollten den Jeep fertig machen und herbringen.
Die in der Grotte und an den Hängen nahe dem Mineneingang gesucht hatten, kehrten zurück und meldeten, daß sie nichts gefunden hätten. Der Jeep traf ein. Anton sprang auf und ließ von den Ababde aufsitzen, soviel nur hineingingen. Er fuhr los, die abschüssige Schräge des Hofes am Bergwerk hinunter, Richtung Wüste, Nicola und seinem Königskind hinterher. Ilia blieb zurück. Sie betrachtete den Sonnenaufgang, der den Himmelssaum wie mit Goldstickereien verzierte, und suchte sich über ihre Gefühle klarzuwerden. Sie war beunruhigt. Aber ihre Unruhe war zugleich voll Ruhe, eine Art Resignation und Ergebenheit in etwas, das nun einmal geschehen war. Genauso hatte sie zuerst auch gefühlt, als sie dieses Kind, das ihr gewaltsam eingepflanzt worden war, nicht haben wollte.
Die Mutterschaft hatte ihr kindliches Empfinden nicht reifen lassen. Für sie war das Ganze nur ein entsetzlicher Schmerz gewesen, den sie aushalten mußte, während sie auf dem Rücken lag und der erfahrene italienische Arzt ihrer Mutter den glitschigen Fleischklumpen aus ihr herauszog.
Dieser Klumpen fesselte sie an eine Menge Pflichten. Er mußte gefüttert und saubergehalten werden. Schon bald empfand sie sogar Abneigung und Ärger, wenn Khawaga Abdallah aufwachte und sein Tagesprogramm als erstes mit der Kontrolle des Kindes begann und nachsah, ob sie es auch richtig versorgte.
Und dann dieser Khawaga Abdallah! Ihre Gefühle für ihn gingen nicht über Pflichtbewußtsein und Reue hinaus. In all diesen Nächten, in denen er sie mit seinem Geifer und seinem Schweiß naß gemacht hatte, spürte sie nur zu deutlich, daß sie auf einen gemeinen Trick hereingefallen war, den die Dame Ikbal Hanum angewandt hatte. Und sie selber mußte auch noch ihr Einverständnis und ihre Zustimmung zu dieser ungleichen Ehe geben!

Als er um die Mittagszeit zurückkam und ihr die zerrissenen, blutgetränkten Windeln unter die Augen hielt, schrie sie dennoch entsetzt auf und verbarg die Augen hinter den rosigen Handflächen. Sie war darauf gefaßt gewesen, daß das Kind verloren war, aber auf irgendeine schattenhafte Weise verloren. Ihre Phantasie hatte sich dazu kein konkretes Bild ausgemalt. Auf den Anblick von Blut war sie nicht vorbereitet gewesen, die rote Farbe versetzte ihr einen Schock. Erst jetzt erreichte das entsetzliche Geschehen ihre zarte Seele. Weinend brach sie auf ihrem Bett zusammen.
Er bereute, so unbesonnen gewesen zu sein und ihr die blutbefleckten Windeln vorgehalten zu haben. Aber er war wütend und verbittert, schließlich hatte er das Wichtigste, was er besaß, in einem einzigen Augenblick verloren, ohne es überhaupt verteidigen zu können.
Er war mit dem Auto voll Arbeiter und Ababde losgerast. Als sie vom schrägen Vorhof an die Karawanenstraße gelangt waren, stieg Kheirallah, der beste Fährtensucher unter den Ababde des Bergwerks, aus. Er schnüffelte an Staub und Kieselsteinen der Straße herum und besah sich alles aufs genaueste. Nach einer Weile winkte er ihnen zu, sie sollten ihm folgen. Er führte sie weiter, bis sie vor der Bergspitze anhalten mußten. Das Auto kam nicht weiter, sie sprangen ab. Wer dazu in der Lage war, folgte Kheirallah. Sie kletterten die Spitze hinauf, bis sie oben auf dem Gipfel die traurige Terrasse erreichten, auf der Nicola sein Blutopfer dargebracht hatte. Sie sahen die grausigen Reste verstreut auf den Felsen liegen, sahen die Tierspuren, die an den Rändern und vorn bei den Krallen wie mit Blut gestempelt waren. Dann entdeckten sie auch das zerrissene Bündel. Die weißen Windeln waren tiefrot gefärbt. Sie senkten die Köpfe, als sie die Fetzen einsammelten und zusammenrollten.
Einige begannen, von dieser günstigen Höhe aus in der weiten, leeren Wüste nach Nicola Ausschau zu halten. Andere schüttelten den Kopf. Sie zeigten auf das schreckliche, gefahrvolle Sandmeer und versicherten, daß Nicola jetzt dort wäre.

War er nicht schon einmal den Haifischen zwischen die Raffzähne geschwommen, um sich selber zu töten? Hatten sie ihn damals nicht gerettet? Was hätte ihn daran hindern können, es heute wieder zu versuchen?
Sie machten sich an den Abstieg. Das Bündel nahmen sie mit, um es Khawaga Abdallah zu übergeben, der im Jeep unten beim Felsen auf das Ergebnis ihrer Suche wartete. Dieses Ergebnis war allerdings ein harter Schlag für ihn, und er wünschte, daß Nicolas böse, teuflische Seele tatsächlich im Sandmeer ertrunken wäre.
Abschar hatte seine Zweifel, daß Nicola den Selbstmordversuch wiederholt haben könnte. Er überredete Kheirallah, noch zu bleiben, um die Spur genauer zu untersuchen und sicherzugehen. Zu zweit prüften sie die Ränder der Felsterrasse und sahen gründlich zwischen den Steinen nach. Es erschreckte sie, wie sich der widerwärtige Geruch der Bestien mit dem des Blutes vermischt hatte. Er erfüllte den ganzen Platz, drang bis in die Felsporen ein. Unmöglich, am Boden den Geruch Nicolas noch wahrzunehmen. Die Kieselsteine, ihre letzte Hoffnung, zeigten ihnen durch ihre bewegte oder unbewegte Lage Nicolas Schritte und Tritte an. Aber auch hier mußten sie feststellen, daß die Steinchen durcheinander lagen, und daß viele Tierspuren hierher führten. Ohne Zweifel hatte ein wilder, blutiger Kampf stattgefunden, der ihre ruhige Lage und Ordnung um- und umgeworfen hatte. Nicolas Schritte verschwanden, wohl für immer.
Aber Abschar gab die Hoffnung trotzdem nicht auf.
Immer wieder Abschar.
Damals, als sich Nicola ins Meer geworfen hatte und zu den tiefen Höhlen der Haie hinausgeschwommen war, da war es auch Abschar gewesen, der schrie. Er war es, der die Männer zusammenrief, daß sie ihn retteten.
Nun ging er zu Ilia. Sie könnten nur noch eins tun, erklärte er ihr, nämlich in den Brunnen rufen. Das sei ein altes Mittel, um das Schicksal eines Vermißten zu erfahren. Sie sollten jetzt einen alten Brunnen aufsuchen, Ilia müßte sich darüberbeugen und den Namen ihres Vaters hineinrufen. Käme das Echo ihrer Stimme zurück, so

wäre Nicola am Leben, er wäre noch da. Wenn aber der Brunnen schwiege, wenn er die Rufe schluckte und keine Antwort gäbe, dann wäre Nicola wirklich im trügerischen Sandmeer umgekommen.
Ilia blickte sehnsüchtig in Abschars schwarze Augen, als wollte sie in seinem Innern lesen, das so fest daran glaubte, daß Nicola noch lebte und immer leben würde.
Während sie ihn anblickte, dachte sie über Abschar den Beduinen nach, als ob sie ihn zum ersten Mal sähe. Dabei hatte sie doch schon immer seine Nähe, seine Wärme gefühlt, wenn sie bei ihm im Jeep saß, wenn er so dicht neben ihr war, daß sie hören konnte, wie sein Herz schlug.
Das war doch Abschar, der Gefährte ihrer Kindheit, ihr Kamerad bei Spiel und Zeitvertreib auf den Felsen und im Wüstensand, später dann ihr Freund in Ernst und Pflicht, als Nicola seine Stadt auf dem Berg zu bauen begann.
Sein Anblick war ihr doch vertraut und gewohnt, wie kam es, daß sie sich nun auf einmal mit ihren Blicken in sein Innerstes vortasten wollte, um es zu ergründen?
Es war aber so, daß die uralte Seele des romantischen Wüstenrebellen Isa aus diesen beiden Augen, die jetzt im Gesicht seines Sohnes standen, auf Ilia herabschaute, genauso wie sie zuvor ihren Vater angeblickt hatte.
Ilia forderte alle auf, in den Jeep zu steigen, damit sie einen Brunnen suchten. Abschar sprang auf und setzte sich neben sie ans Steuer. Die Augen konzentriert zusammengekniffen, lenkte er das Fahrzeug über den gewundenen Weg, die Karawanenstraßen hinauf und hinunter, und wich den spitzen Felssteinen und scharfen Kanten mit den Rädern aus. Er umfuhr den Darhib bergaufwärts, zur Westseite hin. In der Ferne tauchte jener einsame Unglücksbrunnen auf, von dem sie geglaubt hatten, daß er längst in Vergessenheit geraten sei, ebenso wie die Katastrophe, das Unheil, die Leichen der drei Männer, Isas und seiner Gefährten, die darin verschwunden waren, als sie ihn reinigen wollten, damals, in der Anfangszeit des Darhib.

Abschar hielt an, als der Jeep nicht mehr mit den Rädern zwischen den Felsen, die sich immer dichter zusammenschoben, durchkam. Die Männer stiegen aus und gingen hinter Isa bergan. Sie mußten an die Dutzenden Schlangen denken, die sich damals um den Brunnenrand geschlungen hatten, wie sie herauf und hinunter gekrochen waren, sich zischelnd ineinander geringelt und verdreht hatten. Jetzt war die Öffnung leer, keine Spur von Vipern. Von dem alten Blechstück, mit dem Scheich Ali das Brunnenloch über den verlorenen Leichnamen abgedeckt hatte, war noch ein Rest übriggeblieben. Das andere war zerfressen, war brüchig und verbogen. Abschar ging voran, die Männer hinter ihm setzten die Füße vorsichtig auf die Steinchen, als fürchteten sie, die Schlangen von damals könnten aus ihrer Erinnerung gekrochen kommen und ihnen zwischen die Füße geraten.
Mit seinen starken Armen zog Abschar das Stück Blech beiseite. Er drehte sich zu Ilia um und bat sie, näher zu kommen und ihren Ruf in den Brunnen hinabzusenden. Sie müsse hineinschreien und Nicola so rufen, wie sie ihn früher immer gerufen hätte. Ilia trat an den Brunnenrand und beugte sich weit vor, bis ihr Mund genau über der Öffnung war. Abschar hielt sie an der Taille fest, daß sie nicht abstürzte, und die anderen Männer hielten ihn. Sie waren bereit, es konnte losgehen. Abschar sagte zu ihr: „Ruf jetzt, Ilia. Ruf aus vollem Herzen und lege deine ganze Sehnsucht und Sorge um Nicola mit hinein. Los, ruf seinen Namen in den Brunnen!“ Ilia nahm alle Kraft zusammen. Sie stemmte sich mit den Füßen auf die Kieselsteine und wollte Nicolas Namen in die Öffnung rufen. Doch es kam kein Laut aus ihrem Mund. Abschar half ihr, sich wieder aufzurichten, damit sie Atem schöpfen konnte. Dann beugte sie sich erneut vor. Wieder umfaßte er ihre Taille, und die Männer hielten ihn fest. Und jetzt rief sie den Namen ihres Vaters, und der Name fiel hinunter in das Loch. Es dauerte nur einen kurzen Moment, bis die Stimme durch die Öffnung auf den Grund des Brunnens gesunken war, und doch hing ein ganzes Leben daran. Sie hielten den Atem an und warteten, ob die Stimme widerhallte und zu ihnen

zurückkäme, oder ob sie verstummte und erstarb. Aber kaum war der Ruf in die Öffnung gefallen, da ertönte von unten, aus dem tiefsten Grund, ein Echo. Schnell stieg es herauf und hallte wider und wider, als wären tausend Namen hinabgesandt worden. Alle wurden wie von einem Freudentaumel erfaßt. Ilia konnte nicht anders, noch einmal schrie sie den Namen hinunter, als wäre es Nicola selber, den sie rief. Und wieder antwortete er auf ihren Ruf.

Ihre Stimme wurde vielfach zurückgeworfen. In Tausenden Namen stieg sie vom Brunnengrund zu ihnen herauf. Abschar zog Ilia an der Taille zurück, um sie zu beruhigen. Sie aber vergaß sich und schlang die Arme um ihn. Aufgeregt fragte sie, was als nächstes zu tun sei. Abschar drehte das Gesicht beiseite und wand seinen braunen Körper aus ihren perlenweißen Armen. Nicola befinde sich irgendwo in dieser weiten Wüste, sagte er. Sie könnten nichts weiter tun, als nach ihm suchen.

Die Wüste tat ihnen ihr Herz auf. Beiden Farben gleichermaßen. Braun und Weiß. Abschar und Ilia. Genauso wie sie es zuvor auch Isa und Nicola aufgetan hatte. Als wäre das Herz dieses Ortes gegen Verzweiflung gefeit, ließ er sich von Zeit zu Zeit immer wieder auf das gleiche Experiment mit den Menschen ein.

Der Weg verbreiterte sich vor dem Jeep. Leicht und bequem brachte er die beiden zu Scheich asch-Schadhili. Vielleicht hatte Nicola nach seiner unseligen Tat Zuflucht beim Mausoleum dieses Gläubigen, der seit siebenhundert Jahren tot war, gesucht. Vielleicht wollte er im Wunderbrunnen seine geheimen, dunklen Sorgen abwaschen, die nicht einmal Ilia zu ergründen vermochte. Aber das Grabmal war leer. Nur Hunderte von Falken kreisten über den Höhen, als ob sie da ihr Jahresfest feiern wollten. Ab und zu stießen sie herab und packten mit ihren Krallen die Haxen und Eingeweide der Opfertiere, Überreste der Festlichkeit, die hier stattgefunden hatte und zu Ende gegangen war, als die Anhänger, Jünger und Besucher wieder aufgebrochen waren.

Onkel Dschami, der uralte Greis, mehr als hundertzehn Jahre war er alt, kauerte dort in gewohnter Weise, auf einem angewinkelten Unterschenkel. Er reckte seinen Hals hin und her, als wollte er mit den Ohren sehen, nachdem seine Augen diese Fähigkeit verloren hatten. Geschwätzig und prahlerisch verkündete er aller Welt, daß er das Heiligengrab des großen verstorbenen Scheichs in dieser unendlichen Einöde bewache. Dabei war er es eigentlich, der hier Schutz suchte.

Von Nicola war keine Spur zu entdecken.

Sie flogen mit dem Jeep über die Wüstenstraßen und Serpentinen hin, suchten die über gewaltige Entfernungen verstreuten Minen ab und fragten Autofahrer und Kameltreiber nach Nicola. Aber nirgends bekamen sie eine Anwort. Selbst die Hirten, diese Helden der Wüste, die barfuß über Felsgestein und Sand liefen und jeden Fußbreit kannten, hatten von Nicola nichts mehr gesehen oder gehört, seit sie das letztemal von ihm auf dem Darhib bewirtet und mit Wasser und Brot versorgt worden waren.

Unterwegs schöpfte Ilia aus den freundlichen Auskünften Mut und Kraft. Sie ließ ihrer Phantasie, die von all den Erlebnissen übervoll war, freien Lauf, saß nur da und unterwarf sich der unerklärlichen, brennenden Zuversicht, die von Abschar ausging. Sie fühlte den Aufruhr, der in ihrer Seele tobte, und dann mit einemmal Gewißheit, die wie eine Offenbarung über sie kam: Wenn Nicola verschwunden bliebe, würde sie fortführen, was er in der Wüste begonnen hatte. Jener dunkle, starke Zauber, der Nicolas Seele vor Zeiten ergriffen hatte, als er in Isas Augen blickte – war er nicht der Zwilling eben dieses dunklen, starken Zaubers, der nun über sie kam, wenn sie Abschar in die Augen sah?

Plötzlich streckte Ilia die schlanken weißen Hände aus, berührte mit den Fingerspitzen Isas braunes Gesicht und fuhr fort, über seine glatte Haut zu streichen, bis er sich ihr zuwandte.

Aber gleich drehte Abschar das Gesicht wieder weg. Er mußte die Augen, mit denen er Ilias Gesicht gestreichelt hatte, wieder auf die Straße richten. Ein Punkt, der sich in der Ferne bewegte, zog seinen Blick an. Er sah genauer hin und erkannte ganz deutlich, daß dieser Punkt ein Mann war. Er stoppte den Jeep am Rande von Wadi al-Kharit, das sich, Düne auf Düne aus feinem Sand, unendlich weit dahinzog. Es wunderte ihn, daß in diesen Sandhügeln ein Mann herumlaufen sollte. Sein Herz tat einen Sprung und hämmerte schneller. Er packte Ilia bei den Schultern und wies sie mit dem Finger auf den beweglichen Punkt hin. Ilia sah aufmerksam in die Richtung. Sie fragte sich, ob es vielleicht Nicola sei, der in diesen gewaltigen Dünen umherirrte. Abschar sprang aus dem Jeep und rief ihr zu, sie solle nachkommen, damit sie sich Gewißheit verschafften.

Er rannte voraus, sprang vom Rand des Wadis hinunter. Sie stapfte eilig hinterher, die schmalen Füße aus dem Sand ziehend, in den sie immer wieder einsanken. Als sie nahe genug heran waren, daß sie die Gesichtszüge des Mannes erkennen konnten, blieben sie verblüfft stehen, außerstande, auch nur einen Schritt weiterzugehen. Einen Steinwurf entfernt stand Abdrabbo Krischab vor ihnen, ohne irgend etwas von seiner Umgebung wahrzunehmen. Er holte gerade die ausgeworfenen Netzleinen ein, die im Sand untergetaucht waren. Sie rafften das Netz zusammen und zogen es zu ihm heran, bis er alles in seinen Händen hielt. Er untersuchte es sorgfältig, fand aber nicht einen Fisch darin. Ärgerlich wandte er sich ab und schleuderte das Netz weit von sich. Einen Moment lang hockte er sich in den Sand nieder und weinte. Dann stand er auf, griff von neuem nach dem Netz, breitete es aus, schüttelte es, genauso als wollte er es von Muscheln, Abfällen und stachligen Algen säubern, und warf es wieder über den Sand hin, in der Hoffnung, daß es ihn diesmal mit Fischen für das vorige Mal entschädigen würde. Ilias Herz klopfte heftig. Abschar wandte, betroffen von solchem Unglück, das Gesicht ab. Mitleidig schüttelte er den Kopf. Dahin war es also mit ihrem alten Freund gekommen.

Schluß

Nicola erwacht. Er öffnet die Augen, nimmt aber nichts als schwarze Finsternis ringsum wahr. Als er die Füße bewegen und aufstehen will, merkt er, daß seine Gelenke steif sind. Die durchdringende Kälte steckt noch darin. Er beginnt, sie mit den ebenfalls steifen Händen zu reiben, bis ihm das unerträgliche Qual bereitet. Er läßt die Beine, wie sie sind, und richtet sich mit dem Oberkörper auf. Angelehnt kann er ihn aufrecht halten. Er läßt die Arme an den Seiten herabfallen und erstarrt in dieser Haltung.

Das sind diese Momente, Nicola. Wie oft hast du davon geträumt, und nun kommen sie wirklich! Du brauchst gar nichts weiter zu tun, als sie geduldig und ruhig abzuwarten und mit keiner einzigen Bewegung ihr Eintreffen zu stören. Mit den Füßen hat es angefangen. Die Erstarrung würde auf die Arme übergehen und von dort in deinen ganzen Körper kriechen, bis er durchgehärtet wäre. Wie du es dir erträumt hast, würdest du in dieser Natur aufgehen, die dich mit ihrem Liebreiz und ihrer Wildheit betört und der Zivilisation, aus der du kamst, entfremdet hat.

Du wirst erstarren, versteinern, wirst irgendein Felsbrokken mitten im mächtigen Darhib sein, dem du dich mit Herz, Verstand und Seele verschrieben hast.

Es ist ein uraltes Wunder, und jetzt würde es sich an dir wieder vollziehen. War es denn nicht auch am alten Urahn der Begastämme, Koka Luanka, geschehen? Auch er hatte sich ganz und gar, mit Verstand, Herz und Seele, jener hochgelegenen Grotte am verstorbenen heiligen Berg Ulba verschrieben und war dann ein Felsen geworden. Die gesegneten Bäume wuchsen um ihn bis in die Wolken hinein. Dazwischen tummelten sich die geistergleichen weißen Widder munter im Süßwasser, das rings um die geheiligte versteinerte Seele aus dem Felsgestein brach.

Das ist das Wunder wahrer Integration, Nicola. An dir würde es sich noch einmal vollenden.

Nachdem er damals den Preis für sein Verbrechen ge-

zahlt hatte, waren die Gewissensbisse dennoch zurückgekehrt und hatten ihn gepeinigt. Er brachte nicht die Kraft auf, jemandem zu begegnen, so flüchtete er zum Darhib, seiner Zufluchtsstätte, seinem Asyl und stieg in die Grotte hinunter, bis er an den Abzweig der Gänge kam. Er wußte genau, wo er Schutz und Zuflucht finden würde.
Hier, in den Stollen der alten, ersten Ebene, wo die Vorfahren einst mit dem Schürfen aufhören mußten, als sie allen Rohstoff aus den Felsen herausgeholt hatten, zogen sich die verlassenen gewundenen Gänge wie staubgefüllte Adern durch den Berg.
Hier konntest du dich verkriechen, Nicola. Wie ein Embryo im Mutterleib oder eine Raupe im Kokon durftest du dich in einer kleinen verschlossenen Höhle mit all deinen Seelenqualen zusammenrollen. Zu essen würdest du ja nichts brauchen. Es war genug Schmerz in dir, an dem du zu kauen hättest.
Drei Tage ruhte die Arbeit am Darhib. Nicola verbrachte sie ohne Nahrung, versteckt in seinem steinernen Kokon, einer alten Höhle auf den oberen Gängen im Leib des Berges. In der Nacht, wenn er sicher war, daß sich nichts rührte und alles still war, oben im Hof bei den Holzhäusern und bei den Zelten der Arbeiter, schlich er sich aus seinem Versteck. Er kroch abwärts, durch die heißen Gänge und die kalten, tastete sich auf Ellbogen und Knien unten an den Felswänden entlang und suchte nach einer Trinkflasche, die vielleicht ein Arbeiter in den weißen, tiefgrün abgedunkelten Höhlen vergessen haben mochte. In dieser frostigen Kühle, wo er viele hundertmal gestanden und für die Männer Gangstrecken im Bauch des mächtigen Darhib angelegt hat, wo er sie sogar das Herz des Berges mit ihren groben Händen hatte berühren lassen, da kroch er nun auf Händen und Füßen nach einem Tropfen Wasser umher. So durchstreifte Nicola sein Königreich, tausend Meter tief unter dem verwunschenen Eingang, Dutzende Kilometer lang, erging sich in den mit Eisenschienen ausgelegten Stollen, über die einstmals die Förderwagen mit taubem Gestein und Rohstoff gerollt waren. Das alles hatte Nicola mit Sachverstand projektiert und geplant.

Er feuchtete den trockenen Gaumen mit der Zunge an und brummelte in gebrochenem Akzent einen arabischen Fluch vor sich hin, während er wie ein alter Affe die senkrechten Gangleitern wieder hinaufkletterte und in die Höhle seiner Wahl, in seinen Mutterleib und Kokon, zurückkroch.
Am vierten Tag hörte Nicola das Gettrappel von Füßen, die die Eisenleitern herunterkamen und Stollen und Gänge füllten. Er geriet in Panik.
Sie nahmen auch ohne ihn die Arbeit wieder auf und lärmten im Darhib herum! Was du begonnen hast, Nicola, führten sie einfach weiter, als hätte es dich überhaupt nicht gegeben. Eine gewisse Zeit würde vergehen, dann wärst du völlig in Vergessenheit geraten. Vor allem aber verhinderten sie jetzt deinen letzten Traum. Bei diesem Getöse würde es dir nie gelingen zu versteinern, dich zu verwandeln oder ein heiliger Felsen im Darhib zu werden, so wie es vor dir Koka Luanka vollbracht hatte.
Nicola rief Ilias Namen, einmal und noch einmal, als riefe er sie zu Hilfe, damit sie die Arbeiter aufhielte. Doch Ilia hielt sie nicht auf. Das Hämmern ging weiter, wie das Graben und Schürfen. Inzwischen lief Ilia durch die Gänge. Sie folgte der Stimme Nicolas und suchte nach ihm, bis sie zu den oberen, alten Stollen gelangte. Eben schlängelte sie sich um die Holzpfeiler herum, die einen gewaltigen Felsblock abstützten und seinen Einsturz verhinderten. Da erblickte sie Nicola, wie ein Gespenst sah er aus, und lief auf ihn zu. Aber Nicola starrte sie nur angsterfüllt an. Als sich ihre zitternden Finger seinem Gesicht näherten, wich er entsetzt zurück, sprang auf und versuchte, ihr zu entkommen. Dabei stieß er mit seinem Fuß gegen den hölzernen Hauptpfeiler. Er rutschte weg, und der Fels stürzte herunter.
Ilia schrie auf, als sie sah, daß der Felsbrocken den Höhleneingang verschloß und sie gefangen setzte. Mit ihren gepflegten, lackierten Fingernägeln begann sie am Gestein in ihrem finsteren Kerker herumzukratzen, während ihr Schrei draußen durch die Stollen lief und darin wider- und widerhallte.

Sogar als ihr der aufgewirbelte Staub die Kehle zuschnürte, als sie von den Steinen abließ und sich mit den schönen Fingern in den Mund fuhr, bevor ihre Bewegungen schließlich ganz erstarrten, sogar da hallte ihr Schrei weiter fort, und Nicola hörte ihn, während er entsetzt durch die Stollen davonstürzte. Der Schrei schien ihn zu verfolgen, ihn ergreifen und zu Ilia zurückbringen zu wollen. Qual, Verzweiflung und Fassungslosigkeit schwangen in diesem Schmerzensschrei mit. Er schien ihn anzuklagen, ihn aufzufordern, daß er bei Ilia bliebe, schien ihn in eine Zauberwelt zu locken, die sie beide in den tauben Felsmassen erschaffen sollten, um gemeinsam darin zu leben, Seite an Seite, wie es von jeher war: Mann und Tochter, Mann und Mutter, Mann und geliebte, liebste Frau.

Ilia wartete auf ihn in ihrer finsteren Felshöhle in den abgelegenen Bergstollen. Tagelang. Wochenlang. Vielleicht würde ihn die Sehnsucht zu ihr zurücktreiben.

Doch er lag im Fieber, von kaltem Schweiß triefend, auf seiner Eisenpritsche und stammelte seltsames, wirres Zeug. Man wickelte ihn in Decken, die ihn daran hindern sollten, sich zu bewegen, und verbot ihm, in die Stollen zu gehen. Da wurde Ilia zornig, und ihr Zorn war Feuer und Sturm. Sie schickte ihre Seele aus, ihn zu suchen. Es war aber eine unbändige Seele. Sie irrte oben an der Decke in den Hallen und Gängen entlang, bis es ihr gelang, sich durch die Wände des Darhib zu bohren. Eine Ebene nach der anderen durchstieß sie und entwich durch die äußerste Spitze ins Freie, löste sich im unendlichen Raum auf, wo sie niemand mehr finden konnte.

Nun entlud sich ihre Wut erst richtig, und sie zeitigte schlimme Früchte. Eine fürchterliche Sturzflut ergoß sich durch die Löcher, die sie gebohrt hatte, eine Überschwemmung, die alles hinwegfegte und mit sich hinunterriß. Die Wassermassen füllten Stollen und Gänge und machten es den Männern unmöglich, das Innere des Darhib zu betreten oder gar den Abbau fortzusetzen.

Wie hätten alle diese Deserteure zu solchen Blutsbanden kommen sollen, die ihnen die Flucht verboten?

Nicola spuckt den Wüstensand aus, den ihm der Wind in den Mund geweht hat, als er den verlassenen, verwüsteten Platz vor den Holzhütten betrachtet. Hier war doch ein Kommen und Gehen gewesen, hier hatten sie gearbeitet, gegessen und Karten gespielt, hatten grölend oder lamentierend getrunken!
Alle hatten ihr Bestes, ihr Letztes aus sich herausgeholt, hatten es dem Staub und den Felsen des Berges zum Opfer gebracht. Wie dumm von ihnen, den Berg dann zu verlassen und zu fliehen. Ihn, Nicola, hatten sie allein zurückgelassen, damit er auf diesem einzigartigen Berg in der weiten Wüste das Kreuz seiner Strafe und seiner Buße aufrichten konnte.
Traurig senkt Nicola den Kopf und wischt sich mit der großen, staubigen Handfläche den Schweiß ab, der über seinen nackten, staubbedeckten Körper strömt. Nun klebt ihm der Staub in allen Poren. Die Sonne übergießt den leeren Platz vor den Holzhütten mit ihrem Feuerschein. Staub und Sand sehen darin wie glühende Asche aus, in der die Felsen am Hof verbrennen. „Mein Gott, Ilia!“ schreit Nicola. „Hätte ich nur auf dich gehört! Hätte ich mich doch von deinem Schrei zu dir zurückführen lassen. Wir wären für immer zusammengeblieben!“
Als die Sonne im Westen untergeht, als dickes Aschgrau über das Gelb, Rot und Grün der Wüste hinkriecht und alles bedeckt, als die sengende Hitze in einen glühenden Wind übergeht und dann in beißende Kälte umschlägt, als die Berge in der endlosen Weite zu schemenhaften, imaginären Fabelwesen verblassen, kann Nicola kaum noch etwas erkennen. Langsam geht er zu seiner Holzhütte und nimmt einen Schluck aus der Flasche mit dem roten Spiritus, der ihn innerlich erleuchtet. Mit einer Decke kehrt er zurück und hüllt sich darin ein.
Er kauert sich nieder und lehnt den Rücken an die Felsen des Darhib, die allmählich eiskalt werden. Am östlichen Himmel geht in seinem schwachen Karfunkelrot der Mars auf und blickt auf die Arabische Halbinsel herunter. Fern über der großen Wüste beginnt der Jupiter zu flimmern. Da entschwebt Nicolas Geist in dieses weite Himmelreich.

Anmerkungen

Ababde: Nomadenstamm der Bega, ursprünglich Kamelzüchter, die das Gebiet zwischen Assuan und dem Roten Meer in Oberägypten bewohnen.
Beschreibung nach: Hans Alexander Winkler, Ägyptische Volkskunde, Stuttgart 1936: „Manchmal traf ich einen einsamen Hirten mit seinen Ziegen oder einen schwertgegürteten Wanderer. Ja, sie tragen schöne lange Schwerter diese Beduinen, und das vollendet ihre männliche Gestalt. Die Waffe macht den Mann. Bis in den Sudan hinein drang die Kunde, daß am Hamata-Berg ein starker Regen gefallen sei und da kamen sie herbei. Ababde und Bischarin, langsam ihre Herden vor sich her treibend, in fünf, in zehn, in fünfzehn Tagen, tranken an den vollen Brunnen in der Wüste, weideten in den ergrünenden Wadis.
Mein Wunsch war, möglichst bald tiefer in die Wüste zu kommen, um dort mit den Ababde in ihrer Welt gemeinsam zu leben ... Abd el Ati kam. Ah, wie war ich entzückt von seiner tannengeraden Gestalt, sprang er mit langen federnden Schritten den Weg entlang, so schien die Erde sich zu freuen und seinem Fuße zu bequemen, seine Augen waren hell und blank in ungetrübter Jugendkraft, stolz hielt er sein Haupt mit den langen von den Seiten und im Nacken niederfallenden schwarzen Strähnen. Im Gürtel trug er ein langes Messer und am Arm ein paar Narben aus Kämpfen mit den Bischarin. War es die unendliche eherne Wüste, die ihren Sohn mir so herrlich erscheinen ließ? Dachte ich doch an Michelangelo's Adam, als ich diesen Jüngling erblickte." (S. 67ff.)

Abaja: weiter, mantelartiger Umhang, vorn offen, der von Männern, in einigen Gebieten auch von Frauen, getragen wird.

Allahu akbar: „Allah ist größer (als alles)", Einleitung des Gebetsrufs der Muslime, aber auch sonst im Leben häufig gebrauchte Formel.

Banagir und Hagin: Edelrassen schneller Reit- und Rennkamele.

Beduinen: nomadische Viehzüchter arabischer Abstammung.
Beschreibung nach: Heinrich von Maltzan, Meine Wallfahrt nach Mekka (1865), Leipzig 1989:

„Da es gerade Markttag war, konnte ich auf diesem Platze eine nicht unbeträchtliche Menge von Beduinen sehen, welche mit den Erzeugnissen ihrer Heimat hier Handel trieben. Da wandelten sie, diese freien Söhne der arabischen Ebenen, Wüsten und Berge, von keinem Herrscher unterjocht, keinem Tyrannen gehorchend, wild und kühn, männlich und stolz, die Freiheit ihrer Wüsten, trotz Armut und Beschwerden, dem üppigen Leben der Städter, die sie als Sklaven verachten, vorziehend." (S. 244)
„Ich glaube, daß ein europäischer Reisender, der das Innere von Arabien so recht gründlich kennen lernen wollte, mit den Beduinen ziemlich gut auskommen könnte ... Freilich müßte er sich den größten Entbehrungen und Strapazen unterziehen, denn das Leben der Beduinen ist ungefähr das frugalste und abgehärtetste, welches ein Mensch führen kann. Ein Beduine bedarf täglich kaum eines halben Pfundes an Lebensmitteln, um seinen kleinen, spindeldürren, dünnknochigen Körper in einem leidlichen Kraftzustand zu erhalten. Auch schlafen diese Leute nur wenig und unregelmäßig; setzen sich im Winter in ihren dünnen leinenen Gewanden der Kälte, im Sommer mit ihrem unbedeckten Haupte den glühenden Sonnenstrahlen aus. Eine Zeitlang könnte ein Europäer dieses spartanische Leben vielleicht mitmachen, ich zweifle aber, ob es ihm auf die Dauer gelingen wird, sich bei den Beduinen zu akklimatisieren." (S. 247)

Bega (Buddscha): auch Bedja. Sammelbegriff für kuschitische nomadische Stämme, zwischen dem Nil und dem Roten Meer in Oberägypten und Nubien bis an die Grenzen des abessinischen Hochlandes verbreitet. Sie wurden bereits um 2700 v. u. Z. in der ägyptischen Geschichtsschreibung als Nomaden erwähnt. Im 10. Jh. übernahmen sie den Islam. Hauptvertreter dieser Gruppe in Ägypten sind die Bischarin und die Ababde. Sie sind zum Teil am Rande der Wüste angesiedelt, zum Teil leben sie vom Wendekreis bis zur Breite von Kena und Kuseir verstreut in den Wüstentälern.

Bergbau: seit Jahrtausenden im arabischen Raum zur Gewinnung von Bodenschätzen betrieben. Als ältester Beleg ist eine Tontafel aus der Zeit Ramses II. (gest. 1234 v. u. Z.) mit dem Plan einer Goldmine in Nubien bekannt.

Bey: ursprünglich aus dem Türkischen stammender Ehrentitel.

Bischarin: zu den Bega gehörende nomadische Kamelzüchter, die vor allem im Nordosten Sudans leben.

Dhikr: arab. „Erwähnung", „Erinnerung", im Islam die Verherrlichung Allahs mit bestimmten Worten, die laut oder in Gedanken nach rituellen Festlegungen wiederholt und von Körperbewegungen begleitet werden. Islamische Bruderschaften betreiben den Dhikr als geistliche Übung, bei der sie sich bis zur Ekstase steigern können.

Dschebel (Dschabal): arab. „Berg".

Efendi: „Herr", ursprünglich Ehrentitel im Osmanischen Reich, dann als Bezeichnung für Nichteuropäer in europäischer Kleidung gebraucht.

Fatiha: die erste Sure im Koran, wird bei feierlichen Handlungen rezitiert.

Feddan: Flächenmaß, 1 Feddan entspricht 4200,833 qm.

Gabana: Bezeichnung für eine besondere Zubereitungsart von Kaffee und für den Kaffee selbst, der in einem länglich geformten Topf gekocht und mit Dattelblättern gefiltert wird.

Gilbab: langes, hemdartiges Kleidungsstück, meist von Männern getragen.

Groppi: italienisches Süßwaren- und Konditoreigeschäft mit dazu gehörendem Café in Kairo.

Hadsch (Haddsch): Ehrentitel für einen Muslim, der die Pilgerfahrt nach Mekka unternommen hat.

Hammamat: Beschreibung nach: Ägypten und der Sudan. Handbuch für Reisende von Karl Baedeker, Leipzig 1906: „Jenseits des Engpasses nähert man sich mehr und mehr der schönen Felsenlandschaft, durch die sich die zweite Hälfte der Koserstraße hinzieht; in der Ferne ragen die südlichen, näher geradeaus die südöstlichen Ausläufer des Hammamat-Gebirges, das bis zu 1300 m aufragt und an Großartigkeit die Gegend von Assuan übertrifft. Es besteht im Anfang aus gelblichem Sandstein, auf diesen folgt ein rötlicher, der sog. ‚nubische' Sandstein, schließlich der Granit des mächtigen Mittelstokkes.
In der Mitte der Hügelreihen, zwischen denen die Karawa-

nenstraße hinführt, liegt auf der Nordseite eine zweite römische Station, mit jetzt verschütteten Brunnen. Ungefähr 2 Stunden weiter hören die gelben und roten Sandsteinhügel auf. Höhere dunkle, beinahe schwarze Berge, aus Breccie bestehend, treten an ihre Stelle. Es beginnt das Wadi Hammamat, das ägyptische Rehenu-Tal, aus dem die Ägypter schon in alten Zeiten ihre dunklen harten Steine ... zu Statuen und Sarkophagen holten. Nach 1 Stunde kommt man an einen Brunnen von 5 m Durchmesser, den sog. Bir Hammamat ... Gleich jenseits der Steinbrüche dreht sich der Weg scharf nach Süden und berührt einen alten Bergwerksplatz el-Fawachir ‚die Scherben', an dem jetzt wieder eine englische Minengesellschaft ihr Heil versuchen will." (S. 325)

Hidschra: die Übersiedlung Muhammads und seiner Anhänger von Mekka nach Medina im Jahre 622, mit der die heute gültige islamische Zeitrechnung beginnt.

Huri: schöne, ewig jung bleibende Paradiesjungfrau.

Kaaba: arab. „Würfel", das Hauptheiligtum des Islam in Mekka, Ziel der für Muslime obligatorischen Pilgerfahrt. Das würfelförmige Gebäude enthält den als heilig verehrten „schwarzen Stein", einen Meteoriten. Die K. wird alljährlich mit einem schwarzen Teppich bekleidet, der aus Ägypten gebracht wird.

Khawaga: „Herr", Titel und Anrede für Europäer. Vgl. die Impressionen von Lord Cromer, britischer Generalkonsul in Ägypten 1883–1907, in: Earl of Cromer, Das heutige Aegypten, Zweiter Band, Berlin 1908: „Da stehen diese neun oder zehn Millionen eingeborene Aegypter auf der niedrigsten Stufe der sozialen Leiter, eine arme, unwissende, leichtgläubige, aber dabei liebenswürdige Rasse, die so geartet war, wie sie sechzig Jahrhunderte schlechter Regierung und Bedrükkung durch verschiedene Herrscher, von den Pharaonen bis zu den Paschas, gemacht haben ...
Aber der Engländer, wenn er sich erst einmal an seine Aufgabe heranmacht, muß finden, daß, sozusagen, ein dichter Nebel zwischen ihm und dem Aegypter herrschte, der sich aus religiösen Vorurteilen, veralteten und halbbarbarischen Gebräuchen, internationalen Eifersüchteleien, erworbenen Interessen und Bestrebungen aller Art zusammensetzt ... Er mußte erstens finden, daß diese 113000 Europäer, obwohl

sie nur 1,16% der ganzen Bevölkerung ausmachen, den größten Teil des Reichtums und der Intelligenz und einen nicht geringen Prozentsatz der Schurkerei und des aggressiven Egoismus des Landes verkörpern; ferner, daß, möchten ihre Ziele richtig oder falsch, gerecht oder ungerecht sein, diese 113000 Auserwählten oft die Macht hatten, ihre Wünsche durchzusetzen; denn waren sie nicht das Salz der ägyptischen Erde, die Brahmanen Aegyptens, und hatten sie nicht die Diplomaten, vielleicht sogar die Soldaten und Matrosen aller Staaten Europas hinter sich? ... Zweitens mußte er finden, daß die Mehrzahl der Großgrundbesitzer und alle höheren Beamten Turko-Aegypter in verschiedenen Stadien der Aegyptianisierung waren, welche Privilegien genossen, ... besonders das Privilegium, jene 9000000 Aegypter zu bedrükken ...“ (S. 124f.)

Kusch: altägyptischer Name für das Land Nubien (auch Äthiopien genannt), südlich des ersten Nilkataraktes gelegen. Das Volk der Kusch, bzw. Kuschiten, setzte sich hier um 2000 v. u. Z. fest.

Muhammad Ali: (1769–1849), ägyptischer Vizekönig, regierte 1805–1849.

Muharram: Name des ersten Monats im islamischen Mondjahr.

Pascha: aus dem Türkischen stammender höchster amtlicher Ehrentitel, der aber weder erblich noch mit Landbesitz verbunden war.

Piaster: ägyptische Münzeinheit, 1 ägyptisches Pfund hat 100 Piaster.

Ratl: Gewichtseinheit, im gesamten arabischen Orient, jedoch mit regional unterschiedlichen Äquivalenten gebräuchlich. In Ägypten entspricht 1 Ratl 449,28 g.

asch-Schadhili: (1196–1258), islamischer Mystiker, nach dessen Tod in Ägypten eine weithin bekannte, nach ihm benannte islamische Bruderschaft entstand. Sein Grab genießt große Verehrung und ist das Ziel von Pilgerfahrten.

Scheich: Anführer eines Beduinenstammes, dessen Autorität u. a. durch Tapferkeit, Gerechtigkeitssinn und Gastfreundschaft, aber auch durch genaue Kenntnis aller lebensnotwendigen Verhältnisse in der Wüste begründet ist. Im allgemeinen Sprachgebrauch wird die Bezeichnung „Scheich" auch auf einen älteren, angesehenen Mann angewendet.

Sothis: altägyptischer Name des Sirius bzw. Hundssterns, der die Nilflut bringt und das Jahr einleitet, später mit Isis gleichgesetzt. Die S. wurde im alten Ägypten verehrt und gefeiert.

Sufi: Anhänger der islamischen Mystik, deren Anfänge auf die frühislamische asketische Bewegung mit ihren Elementen sozialen Protestes zurückgehen. Durch Überwindung der menschlichen Eigenständigkeit wird die volle Hingabe an Gott angestrebt, der dann als einzige Wirklichkeit erlebt wird.

Talk: hell- bis apfelgrünes Mineral, wird gemahlen in der Pharmazie unter der Bezeichnung Talkum vielfältig verwendet. Die Beduinen schnitzten aus der leicht schneidbaren Masse Tabakspfeifen und sehr haltbare Kochtöpfe.

Tharid: Gericht aus Fleisch, Brühe und Brot.

Tresche: ellengroße, sandfarbene Hornviper, von Mensch und Tier gefürchtet, wühlt sich in den Sand ein, so daß nur der Kopf herausschaut.

Wadi: Trockental, das sich nur während der Regenzeit mit Wasser füllt.

Wüste: Beschreibungen nach: Hans Alexander Winkler, Ägyptische Volkskunde, Stuttgart 1936:
„An einem der nächsten Tage fuhr ich … hinaus zu den Talkminen. Pfeilgerade führte die Wüstenstraße durch die Ebene zu den Bergen. Rechts und links ist die Straße durch Steine markiert. Noch nach tausend Jahren werden diese Steine – wie heute die Römerstraßen – zeugen, denn jeden Handgriff des Menschen bewahrt Wüste. Die Landschaft ist ganz anders als zwischen Goser und Gene [Kuseir und Kena, R.K.]. Dort war damals die Welt ganz nackt und tot, Steine und Sand. Hier ist Leben, zähes, der fürchterlichen Sonne trot-

zendes Leben ... Ein paar Wochen vor meiner Ankunft hatte es hier geregnet, und nun keimte und sproßte und blühte es auf dem Boden, kein grüner Teppich, nein, nur ein Hauch auf der braungelben und grauen weiten Wüste, hier in der Mitte des Wadi, wo der sel, der Gewitterbach, zum Meere strömte, ein paar grüne Flecke, dort ein gelbes Gestrüpp, das junge saftige Spitzen jetzt treibt, dort ein samr-Baum, der seine dornigen Zweige mit vielen winzigen Blättern neu bekleidet hat ... An anderen Tagen zog ich allein durch die Täler, voll Freude über die große Landschaft, über den weiten Raum." (S. 67)

„Wer zum ersten Male die Wüste besucht, wird immer von der Größe und Feierlichkeit dieser schweigenden Landschaft berührt werden. Versucht der Wanderer dann über diesen allgemeinen Gefühlseindruck hinaus etwas in der Wüste zu sehen, unser herrschendes Wahrnehmungsorgan, das Auge, auch hier anzuwenden, Teilerkenntnisse zu gewinnen, die er nachher berichten kann, so wird er in der Regel nicht viel heimbringen ... Als ich jetzt im Hamatagebiet war, schaute ich vor allem hin zu dem fast 2000 m hohen Massiv, blau vor dem fahlen Himmel im Dunst der Ferne, sonst sah ich wohl Täler und grotesk aufeinander getürmte Felsblöcke. An den schirmgestaltigen samr-Bäumen im Tal haftete mein Blick und mehr noch an dem einsamen Hirten, wenn ich ihm begegnete. Vielleicht, daß ein Dichter Worte finden würde, um den Atem dieser Welt dem zu vermitteln, der sie nicht sah. Doch fast möchte ich es bezweifeln. Kehrt man aus der Wüste zurück und will erzählen, wie es dort ist, so weiß man nur von der unaussprechbaren Größe und der Öde." (S. 265)

Nachwort

Als Sabri Musas Roman *Wüstenwölfe* 1973 in Kairo erschien, löste er wahre Begeisterungsstürme aus. Auch heute noch wird dieses Werk genannt, wenn es um die besten Romane der letzten beiden Jahrzehnte geht. Kritiker und Schriftsteller würdigten seine ästhetischen Qualitäten und bescheinigten ihm große Bedeutung für die Entwicklung der ägyptischen, ja der gesamten arabischen Romanliteratur. Besonders die prägnante Erzählweise wurde als wohltuend im Vergleich zur oft umständlichen Weitschweifigkeit mancher älteren Autoren empfunden. Man verglich den schicksalhaft tragischen Verlauf der Handlung mit der klassischen griechischen Tragödie und Nicola, den rastlos suchenden Abenteurer, mit Zorbas, Odysseus und Sindbad. Vor allem aber habe dieses einzigartige Werk der ägyptischen Literatur alte Welten neu erschlossen: „geographisch" mit der Wüstenlandschaft, „ethnographisch" mit den Beduinenstämmen und „geistig" mit den Ideen der islamischen Mystik. Öffentliche Ehrungen blieben nicht aus. Dem Autor wurde 1974 der staatliche Förderpreis für Roman und ein Jahr darauf der Orden der Republik für Wissenschaften und Künste verliehen. Inzwischen ist der Roman ins Englische, Russische und Chinesische übersetzt worden. Seine Verfilmung in amerikanisch-ägyptischer Koproduktion steht bevor.

Sabri Muhammad Hasan Musa, damals bereits als Erzähler und Journalist bekannt, gehörte jener sogenannten mittleren Generation ägyptischer Schriftsteller an, die nach der Revolution von 1952 zu schreiben begonnen hatten. Er stammt aus Dumjat (Damiette), einer in Unterägypten an der Mündung eines Nilarmes gelegenen Stadt, wo er 1932 geboren wurde. Nach seinem Studium der Schönen Künste war er drei Jahre als Zeichen- und Mallehrer angestellt, wechselte jedoch bald zu journalistischen Tätigkeiten über. So war er 1954 bei der Kairoer Tageszeitung „al-Gumhurija" angestellt, zwei Jahre später gründete er zusammen mit anderen die Wochenzeitschrift „Sabah al-kheir". In der Presse veröffentlichte er dann auch erste literarische Arbeiten. Seither hat Sabri Musa seine schriftstellerischen und publizistischen Ambitionen erfolgreich miteinander zu verbinden gewußt. Heute lebt er in New York, wo er im November vergangenen Jahres ein arabisches Wochenmagazin mit dem Namen „Bi-l-arabi" (Auf Arabisch) ins Leben rief. Als eine professionell betriebene, überparteiliche Zeitschrift wendet es sich an alle in den USA und Kanada lebenden Araber.

Seine schriftstellerische Tätigkeit begann Sabri Musa mit einigen, von ihm selber als mißglückt bezeichneten Versuchen in der Lyrik. Er wandte sich danach anderen Gattungen zu, verfaßte Kurzgeschichten, Reisebeschreibungen und Drehbücher für Kinofilme. Sein erster Erzählungsband *Das Hemd* (al-Kamis) erschien 1958 in Kairo. Gemeinsam ist seinen Kurzgeschichten, daß sie auffälligen, symptomatischen Veränderungen in der ägyptischen Gesellschaft, insbesondere in den zwischenmenschlichen Beziehungen, nachspüren. Vor dem Hintergrund einer permanenten Modernisierung des Alltagslebens wird in seinen Erzählungen, mehr oder weniger deutlich, ein Wandel soziokultureller und -psychologischer Lebensbereiche erkennbar.

Sabri Musa hat bisher drei Romane geschrieben. In ihnen behandelt er unter verschiedenen Gesichtspunkten ein großes Thema, das für die moderne arabische Literatur von jeher prägend war. Es ist die konfliktreiche Begegnung zwischen „Osten" und „Westen", „Orient" und „Europa", die so oft als Zwiespalt zwischen der Notwendigkeit westlichen Fortschritts und der Bewahrung eigener Identität geschildert worden ist.

Seinen ersten Roman, *Das Ereignis eines halben Meters* (Hadith an-nisf mitr), veröffentlichte Musa 1961. Die tragisch-lakonische Liebesgeschichte läßt Vorbilder, wie Kafka, Sartre, Camus und Faulkner erkennen, setzt aber für den ägyptischen Roman neue Akzente mit literarischen Techniken, wie dem inneren Monolog und dem freien Umgang mit der Zeit. Konflikte zwischen Mann und Frau werden beschrieben. Sie entstehen aus dem

Nebeneinander moderner Lebensauffassungen und althergebrachter Denkweisen, und doch handelt es sich weniger um äußere Hindernisse des Milieus. Zum einen fasziniert den Ich-Erzähler die halb ironisch, halb überschwenglich geschilderte freie, „moderne" Liebe, zum anderen irritiert es ihn maßlos, daß seine emanzipierte Geliebte vor ihm einen anderen Mann gekannt haben soll.

Sabri Musa beschreibt in seinem Romandebüt psychologisch verinnerlichte Zivilisationskonflikte. Ihre tiefste Ursache sieht er in der Verlorenheit des modernen Menschen, der sich seiner selbst, seiner Liebe, ja alles dessen, was ihn in ständiger Veränderung umgibt, nicht mehr gewiß ist. Daß er mit seinem anonymen Ich-Erzähler den Typ des ägyptischen Intellektuellen der sechziger Jahre psychologisch genau getroffen hat, zeigt ein Ausspruch des Literaturkritikers Ghali Schukri. Er bezeichnete den Roman als eine „zutiefst tragische Deutung unserer Generation, die von einer neuen Zivilisationsetappe zerrissen wird".

In seinem zweiten, hier vorliegenden, Roman *Wüstenwölfe* erweiterte Sabri Musa das Beziehungsgeflecht der Konflikte und Motive. Während im ersten Roman die Liebesbeziehung auf ihre private, zwischenmenschliche Dimension beschränkt bleibt, wird sie hier, symbolhaft verallgemeinert, auf das Verhältnis des Menschen zum Sein – zur Natur, zu Landschaften, zu allem, was lebte und lebt, ausgedehnt. Das Werk trägt im arabischen Original den assoziativen, schwer übersetzbaren Titel „Fasad al-amkina". Wenn sich der Mensch seiner liebenden Verantwortung für die Welt entzieht, dann kommt es zu ihrem „Fasad", das heißt zum „Verderben" und zur „Korrumpierung" der „Amkina", der „Orte". Damit wendet sich Musa einem Thema zu, das in der arabischen Literatur noch relativ wenig behandelt worden ist – Zerstörung der Natur und Selbstzerstörung des Menschen.

Sabri Musas dritter Roman *Der Herr vom Spinatfeld* (as-Sajjid min hakl as-sabanikh) erschien 1987 als Buch. Das parabelhafte Werk, das im vierundzwanzigsten Jahrhundert spielt, gilt als eine der ersten ägyptischen science-fiction-Visionen und ist eine hintergründige Allegorie auf die moderne Zivilisation. Musa erzählt die Geschichte von Homo, dem Menschen der Zukunft, der sich für keine Lebensvariante entscheiden kann. Weder eine Ordnung, die alle physischen Bedürfnisse erfüllt, die emotionalen Wünsche aber unterdrückt, noch eine Ordnung, die alle Freiheiten gewährt, dafür aber jede Bequemlichkeit und Sicherheit vermissen läßt, kann er als Alternative akzeptieren. Mag sein, daß bei diesem Konflikt zwischen zwei Welten auch Autobiographisches eine Rolle spielt. Darüber hinaus wirkt der Roman wie eine utopische Fortsetzung der vorangegangenen Werke.

Bei aller Spezifik stehen die drei Romane Sabri Musas in einem großen Sinnzusammenhang. Schon im *Ereignis eines halben Meters* wurden Deformation und Zerstörung beschrieben, nur daß es sich dabei um „innere" Landschaften handelte. In *Wüstenwölfe* ist diese Landschaft nach außen verlagert, sie wird sichtbar und legt sich wie eine Folie über das Wüstenmilieu. Die Natur ist ein Objekt menschlicher Ausbeutung, aber auch ein Sinnbild psychischer Zustände. So schreitet das „Verderben" bei Mensch und Natur in beklemmender Parallelität voran. Die unerbittliche Konsequenz dieser Entwicklung ist die apokalyptische Zerstörung von Natur und Mensch im dritten Roman.

Beide Romane, *Wüstenwölfe* und *Der Herr vom Spinatfeld,* sind ihrem Anliegen nach gar nicht so weit voneinander entfernt, wie es den Anschein hat. In beiden Werken geht es um die gleichen Grundfragen menschlicher Existenz. Nur der zeitliche Blickwinkel der Betrachtung ist unterschiedlich. Musa gebrauchte in diesem Zusammenhang den bildlichen Vergleich von einem immer gleichen „Drehspiegel der Zeit", den er nur einmal auf die Vergangenheit, ein andermal auf die Zukunft richte, um die Gegenwart besser zu verstehen. Diese Bemerkung trifft genauso auf die wechselnden Zeitebenen in jedem einzelnen seiner Romane zu.

Über die Entstehung des Romans *Wüstenwölfe* gibt der Autor selbst Auskunft: Die Idee dazu sei ihm schon

1963 gekommen, als er die Ostwüste mit ihren gewaltigen Bergen an der südlichen Grenze Ägyptens zu Sudan gesehen habe. Ein verlassenes, noch aus der Pharaonenzeit stammendes Bergwerk beeindruckte ihn besonders. Das Kulturministerium, bei dem Musa damals angestellt war, stimmte seinem Antrag auf eine einjährige Freistellung zu. Er nutzte diese Zeit, um vor Ort Material zu sammeln und unter dem unmittelbaren Eindruck der gleichermaßen großartigen wie bedrohlichen Landschaft mit der Arbeit zu beginnen.

Mit dem Darhib-Bergmassiv verband sich in Sabri Musas Vorstellung anfangs nichts Besonderes. Lediglich der fremde, geheimnisvolle Name sei ihm nicht mehr aus dem Sinn gegangen, wie „ein furchteinflößendes Rätsel" habe er ihn verfolgt. Als der Roman dann abgeschlossen war, hatte dieser Berg Darhib eine weitaus größere Bedeutung für ihn angenommen: „Manchmal kommt es mir so vor", sagte er 1975, „als habe sich der Darhib in ein Symbol für die ganze Erde verwandelt." Symbolhaftes und greifbar Reales liegen tatsächlich in diesem Werk dicht beieinander. Die beiden an sich gegensätzlichen Ebenen stellen sich hier aber nicht in Frage. Sie ergänzen sich zu einem faszinierenden, hintergründigen Panorama, das Aussagen über aktuelle wie „ewige" Themen einschließt.

Die reale, manchmal fast dokumentarische Seite des Romans kommt in genauen geographischen Angaben über den Handlungsort, in technischen Ausführungen über den Wüstenbergbau und in ethnologischen Beschreibungen der Beduinen zum Ausdruck. Auch zeitlich legt sich der Autor fest. Als Datum für den eigentlichen Handlungsbeginn, den Aufbruch der Expedition in die Wüste, nennt er den 1. Muharram 1347 der Hidschra, das heißt den 20. Juni 1928 n. Chr. Ägypten, das zu diesem Zeitpunkt seine staatliche Selbständigkeit formal bereits besitzt, steht in Wahrheit unter britischer Oberherrschaft. Wirtschaft und Verwaltung des Landes liegen in den Händen von Ausländern. Eine Flut von Unternehmern, Abenteurern und Spekulanten aller Couleur ergießt sich bis in die tiefsten Wüstengebiete hinein, um die natürlichen Ressourcen zu erschließen und auszubeuten. Dieser historische Hintergrund ist im Roman stets präsent, ohne daß er im einzelnen ausgemalt würde. Sabri Musa liegt jede Absicht einer literarischen Illustrierung der Zeitgeschichte fern. Was ihn eigentlich interessiert, sind Mechanismen, die eine in diesem Jahrhundert immer mehr eskalierende Konfrontation zwischen Natur und Technik, Orient und Okzident, Bewahren und Fortschritt in Gang gebracht haben.

Der Roman wird als die Geschichte eines alles wissenden, alles sehenden Erzählers wiedergegeben. Er kann das riesige Sichelmassiv des Darhib, das sich unter ihm wie ein Amphitheater rundet, genauso mühelos überblicken, wie er den feinsten Seelenregungen und verborgensten Gedanken der Menschen nachzuspüren vermag. Nicht nur die Hauptgestalt, den „Ingenieur" Nicola, einen aus Europa eingewanderten Abenteurer und Träumer, kennt er seit seiner Geburt, er kennt auch die ganze Geschichte der Menschheit seit ihrer Schöpfung. Ab und zu tritt er zurück und überläßt das Geschehen sich selbst, bisweilen scheint er in Nicolas Haut zu schlüpfen und die Natur voll Liebe und Bewunderung mit dessen Augen zu betrachten – die Wüste, die Beduinen, die Tiere, die Pflanzen. Dann greift er wieder ein, wendet sich wie der Chor in der Tragödie mit Fragen und Vorwürfen an Nicola, beklagt das schwere Schicksal von dessen junger, schuldloser Tochter Ilia und rätselt über den Sinn der Menschheitsgeschichte. Diese moderne literarische Technik des ständigen Wechsels der Erzählposition kann auch als traditionelles Element verstanden werden, wenn man es auf die Vortragsweise des orientalischen Erzählers der Märkte und Kaffeehäuser zurückführt. Auch er unterbrach hin und wieder den Fluß seiner Geschichten, um mit veränderter Stimme und Mimik in die Figuren zu schlüpfen.

Die wechselnde Perspektive des Erzählers schafft eine vom Geschehen abgehobene Ebene der Betrachtung und Reflexion. Einen ähnlichen Effekt haben die häufigen Rückblenden in eine nähere, fernere oder sogar legendäre Vergangenheit. Der tägliche Lebensrhythmus des einsamen, halbirren Greises Nicola auf dem Darhib bildet einen weiteren zusätzlichen Rahmen für die Handlung, denn diese wird vom erreichten Endpunkt seines Lebens für den Leser aufgerollt. Innerhalb dieses Rahmens, der wiederum auch nur eine Geschichte des Erzählers ist, durchdringen sich alle Zeiten. Gegenwart, Vergangenheit und Zukunft fließen ineinander. In ihrem Zentrum steht Nicola, der selbstzerstörerisch seine Schuld an der Zerstörung geliebter Menschen und „Orte" (amkina) in selbst erdachten Strafriten abzutragen sucht.

Nicola hatte seine kühnsten Pläne realisieren können, technisch waren sie ihm, wie geplant, gelungen. In der uralten Talkmine des Darhib hatte er unter den beiden, von Vorfahren in mühsamer Handarbeit ausgehauenen Stollen eine dritte Abbauebene herausgesprengt und vom Gipfel her mit einem Senkrechtschacht belüftet. Auf dem Berg hatte er eine hölzerne Wohnstadt gegründet, dazu einen Hafen am Roten Meer. Doch alle diese „Orte" (amkina) und alles, was sie an natürlicher Würde und Reinheit assoziieren, verkommen in diesem Roman durch Ehrgeiz, Eigensucht und Verantwortungslosigkeit. Infolge des „normalen" technischen, zivilisatorischen Fortschritts verlieren die überlieferten Werte ihre Gültigkeit. Alte Legenden geraten in tödlichen Widerspruch zu einer nüchternen, gewinnorientierten Weltsicht. Die Natur in *Wüstenwölfe* ist zwar noch mächtig, aber sie ist auch verletzlich und hilfsbedürftig. Ihre Brutalität gegen die Wüstenbewohner wirkt urtümlich, unberechenbar und doch wieder unschuldig, ja rein. Die Natur ist dem Menschen ausgeliefert, aber er bedarf ihrer. Gewalttaten, die der Mensch gegen die Natur begeht, müssen schließlich sowohl seinen ethischen Selbstanspruch als auch seine biologische Lebensgrundlage untergraben. So wirkt diese harte, karge Natur oft „menschlicher" als der Mensch.

Die Unterwerfung der Natur wird im Roman *Wüstenwölfe* bildlich als eine Beziehung zwischen den Geschlechtern dargestellt. Der Landschaft haftet etwas symbolhaft Weibliches an: Die Männer dringen gewaltsam in den

Berg ein, sie „schänden" die Felsen, ergötzen sich am Anblick der „vergewaltigten" Meeresbraut, der „jungfräuliche" Strand wird von einer „Orgie" überzogen. An diesen unwürdig behandelten „Orten" werden Mann und Frau entwürdigt. Nicolas Tochter Ilia, die „reine, wilde Blume", Symbol des geliebten Berges, wird zum unschuldigen Opfer sexueller Begierden. Der Beduine Abdrabbo vermag seine legendäre Rache an der männermordenden Meernixe nur noch als Beitrag zur perversen Unterhaltung des Landesherrn zu vollenden. Auch Nicola wird letztlich nur als Werkzeug korrupter Interessen benutzt. Sich dazu hergegeben zu haben ist seine Schuld. Seine tragische Wahnvorstellung, wie in archaischer, alttestamentarischer Zeit die eigene Tochter geschändet zu haben, ist damit indirekt und in tieferem Sinne wahr.
Der Roman ist auf eine überaus spannungsvolle Weise hintergründig. Seine Vielschichtigkeit entsteht durch die Verflechtung realer und phantastischer Vorgänge, nüchterner Kalkulationen und mythischer Motivationen. Geistig beruht sie auf der Annahme einer unendlichen Einheit alles Zeitlichen. In gewaltiger Gesamtschau werden den Konflikten nicht nur geschichtliche Dimensionen verliehen, sondern sie erhalten so etwas wie einen Anflug von Ewigkeit. Legendäres, Mythisches, Religiöses mischt sich mühelos mit Historischem und Individuellem. Die Menschen sind mitten hineingestellt in eine mystisch wirkende Allgegenwart von Schöpfung, Sintflut und Völkerwanderung, von pharaonischen, römischen, osmanischen Reichen, die wiederum völlig gleichwertig neben globalen Machtbestrebungen und individueller Skrupellosigkeit stehen. Nicola wird klein und demütig vor der fast heiligen Geschichtlichkeit einer Landschaft, in der die Spuren biblischen Geschehens noch lebendig sind. Der Geist des Ortes und Atem der Geschichte verweben sich mit seinem Schicksal und erheben es zu exemplarischer Bedeutung.
Den Wüstenarabern ist die Geschichte zur Legende geworden, so wie sie andererseits Legenden als reale Wirklichkeit ansehen. Koka Luanka, der Urvater aller Bega-

stämme, wurde für sie tatsächlich in einen Felsstein verwandelt. Asch-Schadhili, der islamische Mystiker, hat sich für seine Anhänger wahrhaftig mit Gott vereint. Für Isa, den Nachfahren Koka Luankas, gibt es keinen Zweifel, daß die drei Juden, die Nebukadnezar in die Flammen werfen ließ, unversehrt daraus gerettet wurden. Selbst der Erzähler berichtet, daß Ilias reine Seele, des Wartens in ihrem steinernen Kerker müde, in den ewigen, unendlichen Himmel über der Wüste aufstieg. Und dieser gewaltige Berg Darhib, was ist er anderes als eine riesige Mondsichel, die irgendwann einmal vom Himmel herabgestürzt sein mußte.
In diesem Roman steht alles, Konkret-Reales wie Phantastisches, auf der gleichen Ebene eines gleichsam ganzheitlichen Erzählens. Das betrifft aber nicht nur die Zeitläufte, es bezieht sich genauso umfassend auf eine mystische Einheit allen organischen und anorganischen Seins, in der Mensch, Berg und Wüste aufgehoben sein dürfen. Auf diese Geborgenheit hofft der Weltenbummler Nicola, dem die Seßhaftigkeit der Städter niemals eine Heimat bedeuten konnte. „Heimat" ist für ihn mit einer nomadischen Welt-Anschauung verknüpft, mit einer in sich ruhenden Anschauung der Welt durch den rastlosen Menschen, der seine vertraute Welt immer wieder neu ausschreitet. Aber diese ersehnte Heimat, die Nicola fast schon gewonnen, als moderner Mensch wiedergewonnen glaubt, muß er doch preisgeben. Durch wölfisches Verhalten gegenüber der Natur, seinen Nächsten und sich selber macht er sein menschendienliches Werk selbst zunichte. In dieser „zivilisatorischen" Persönlichkeitsspaltung liegt wohl auch die letzte Ursache seines Wahnsinns und Scheiterns.
Wüstenwölfe ist weder ein Anti-Technik-Roman noch eine romantisierende Verherrlichung des Beduinenlebens. Sabri Musa stellt nachdenklich stimmende Fragen: Was hat der „Westen" mit dem technischen Fortschritt, oft auf Kosten anderer Völker, am Ende wirklich erreicht? Was war der Gewinn dabei, was der Verlust? Welche Alternativen sind möglich, um die Natur und mit ihr das Menschengeschlecht zu retten? Der Roman

gibt keine eindeutigen Antworten. Der Erzähler schließt den Kreis und endet dort, wo er begann, bei Nicola, der an das imaginäre Kreuz seiner Schuld und Strafe geschlagen ist. Gefangen im Netz seiner quälenden Erinnerungen, hofft er bis zuletzt, daß er von dieser gewaltigen Natur angenommen werde, die er wie einen Feind bekämpft und unterworfen hat, statt sie zu lieben wie sich selbst.

Leipzig, September 1990 *Regina Karachouli*

Werkeverzeichnis

ERZÄHLUNGSBÄNDE
- Das Hemd (al-Kamis), Kairo 1958
- Gesicht zu Rücken (Wadschhan li-zahr), Kairo 1967
- Plan zur Ermordung einer Nachbarin (Maschru katl dschara), Kairo 1965
- Die Geschichten des Sabri Musa (Hikajat Sabri Musa), 1. Aufl. Kairo 1966, 2. Aufl. Kairo 1967

ROMANE
- Das Ereignis eines halben Meters (Hadith an-nisf mitr), 1. Aufl. Kairo 1961, 2. Aufl. Kairo 1968, 3. Aufl. Kairo 1969, 4. Aufl. Beirut 1974, danach weitere Auflagen
- Wüstenwölfe (Fasad al-amkina), 1968/1969 in der Zeitschrift „Sabah al-kheir" in Kairo veröffentlicht, 1. Aufl. Kairo 1973, 2. Aufl. Kairo 1976; 3. Aufl. Beirut 1980, und weitere Auflagen
- Der Herr vom Spinatfeld (as-Sajjid min hakl as-sabanikh), 1981/1982 in der Zeitschrift „Sabah al-kheir" in Kairo veröffentlicht, 1. Aufl. Kairo 1987, 1990 in der Zeitschrift „Bi-l-arabi" in New York veröffentlicht

REISEBESCHREIBUNGEN
- In der Wüste (Fi s-sahra), Kairo 1963
- In den Seen (Fi l-buhairat), Kairo 1973
- Mittagessen mit Jagdgöttern (al-Ghada maa alihat as-said), Kairo 1986

FILMSZENARIEN (AUSWAHL)
Der Postmeister (al-Bustadschi), Die Lampe der Umm Haschim (Kindil Umm Haschim), Der Besieger der Finsternis (Kahir az-zalam), Verbotene Wünsche (Raghbat mamnua), Reise durch eine Frau (Rihla dakhil imraa), Die Mauern (al-Aswar), Wo verbergt ihr die Sonne (Aina takhbiun asch-schams)

PREISE, AUSZEICHNUNGEN
- Ägyptischer Staatspreis für Szenarium und Dialog (1968)
- Ägyptischer Staatspreis für Roman (1974)
- Orden der Republik für Wissenschaften und Künste, 1. Klasse (1975)
- Pegasus-Preis von Amerika (1978)

(Deutsch: „Happy Christmas". In: Erkundungen, 32 ägyptische Erzähler, Berlin 1989)

Inhalt

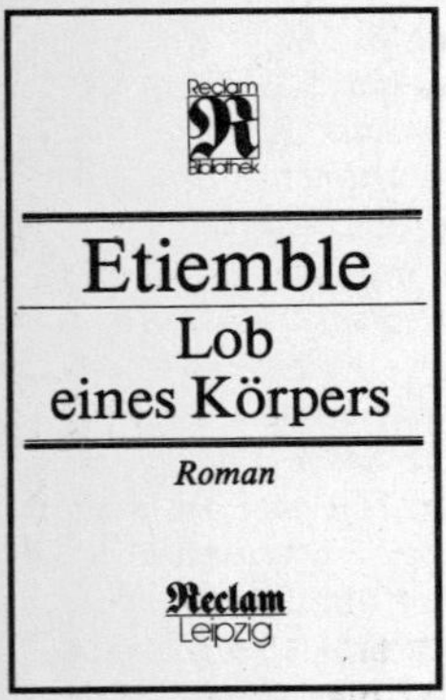

René Etiemble
LOB EINES KÖRPERS

Roman

Aus dem Französischen übertragen von E. Helmlé.
Mit einem Nachwort von H. Rost. 2. Auflage. 195 Seiten.
Band 1270. 6,– DM

René Etiemble (geb. 1909), als universell gebildeter und eigenwilliger Sprach-, Literatur- und Kulturkritiker weit über den französischen Sprachraum bekannt, schreibt in seinem 1961 erschienenen erotischen Roman gegen einen Mythos an – den Mythos der „Liebe“. „Es lebe die Leidenschaft! Zum Teufel mit dem Gefühl.“ Er ersetzt unklares Pathos durch sein Bekenntnis zur Körperlichkeit, zur körperlichen Liebe, die sich befreit von moralischen und sozialen Tabus erfährt.

Xavier de Maistre
DIE REISE UM MEIN ZIMMER / DIE NÄCHTLICHE REISE UM MEIN ZIMMER

160 Seiten. Band 1384.
7,– DM

Stanislaw Ignacy Witkiewicz
ABSCHIED VOM HERBST

Roman

472 Seiten. Band 1361 (Sonderreihe). 7,50 DM

Mary Wollstonecraft
REISEBRIEFE AUS SÜDSKANDINAVIEN

Mit 9 Abbildungen und einer Karte als Frontispiz. 256 Seiten. Band 1387. 8,– DM

Reclam Bibliothek

KULTURGESCHICHTE

Diego de Landa
BERICHT AUS YUCATÁN

Aus dem Spanischen übertragen von U. Kunzmann. Herausgegeben und mit einem Nachwort von C. Rincón. Mit einem Aufsatz „Die moderne Erfindung der alten Maya" von L. Schele und M. E. Miller. Mit 16 farbigen sowie zahlreichen Schwarzweißabbildungen und einer Karte. 242 Seiten. Band 1347 (Sonderreihe). 9,– DM

Der Franziskanermönch Diego de Landa (1524–1579) lebte etwa 30 Jahre auf der mexikanischen Halbinsel Yucatán. In seiner „Chronik" (1566) beschreibt er die damals untergehende Kultur und Lebensweise der Mayas, der Ureinwohner Mexikos, ihre Sitten und Bräuche, Religion, Schrift und Zeitrechnung, Geschichte und Kulturdenkmäler. Die hier erstmalig in deutscher Sprache vorgelegte Schrift ist „die einzige uns überlieferte zuverlässige Quelle über die Mayas" (Eric Thompson). Sie bietet die Möglichkeit, „andere Welten zu erkunden, wenn die bloße Möglichkeit des Exotischen in unserer eigenen Welt endgültig verschwunden ist" (Carlos Rincón).

OPTION FÜR DIE ARMEN

Theologie der Befreiung und kirchliche Basisgemeinden in Lateinamerika

368 Seiten. Band 1350.
6,– DM